braumüller

MATTHIAS CLOSTERMANN

PROTOTYP

THRILLER

braumüller

Bibliografische Information der Deutschen Nationalbibliothek
Die Deutsche Nationalbibliothek verzeichnet diese Publikation in der Deutschen Nationalbibliografie; detaillierte bibliografische Daten sind im Internet über http://dnb.d-nb.de abrufbar.

1. Auflage 2021

Servitengasse 5, A-1090 Wien
www.braumueller.at

Coverfoto: © Shutterstock/HowLettery, © Shutterstock/fotoslaz
Cover innen: © Shutterstock/J. Lekavicius, © Shutterstock/Kirill_Vytovtov, © Shutterstock/Andrei Metelev
Druck: FINIDR, s.r.o., Lípová 1965, 737 01 Český Těšín
ISBN 978-3-99200-315-0

1

Die Sonne stand bereits sehr tief, und er musste trotz seines abgedunkelten Visiers blinzeln. Das Röhren seiner 1250 RS drang dumpf durch seinen Helm. Er drehte vorsichtig am Gas, und die schwere BMW-Maschine gewann weiter an Geschwindigkeit. Die Wälder links und rechts flogen an ihm vorbei. Er registrierte, wie die Anspannung der letzten Tage von ihm abfiel. Er hatte sich die Maschine vor einem Jahr selber geschenkt, zu seinem einunddreißigsten Geburtstag. Sonst war ja auch niemand da, der sie ihm hätte schenken können. Seine Eltern waren viel zu früh verstorben. Er war noch nicht einmal zwanzig gewesen und hatte sich eigentlich auf ein Studium in Rechtswissenschaften vorbereitet, als die Nachricht von ihrem Unfall sein Leben umgeworfen hatte. Sein Vater hatte sich immer gewünscht, er hätte Anwalt werden sollen, oder gar Richter. Und dann plötzlich, von einem Moment zum anderen, war sein Vater nicht mehr da. Einfach so. Ausgelöscht von ein paar Jugendlichen im Drogen- und Testosteronrausch. Mit einem schweren Mercedes, der nachts ungebremst den kleinen Golf seiner Eltern einfach von der Straße gefegt und gegen eine Häuserwand geschmettert hatte.

Nachdem er einige Wochen wie im Schockzustand verbracht und die schier endlose Flut an Aufgaben – das Begräbnis samt der ausufernden Bürokratie des Sterbens – nachgelassen hatte, war ihm klar geworden, dass er nicht mehr studieren konnte. Er konnte eigentlich gar nichts mehr, so alleine. Also war er zum Bund gegangen, als Zeitsoldat. Feste Abläufe, klare Regeln. Eine Ersatzfamilie. Und immer wieder physische Anstrengung und Adrenalin. Das hielt ihn am Leben. Und hatte ihm eine Karriere eingebracht, denn beim Bund wurden sie schnell aufmerksam auf den schweigsamen Jungen, der nicht nur physisch an jede Grenze ging. So schritt seine Laufbahn schnell voran, bis er mit dreißig dann die Ausbildung zum Kommandosoldat mit „Combat Ready“ bestand. Für eine Freundin, geschweige denn eine Familie, war mit diesem Job für ihn schlicht kein Platz. Er lächelte grimmig unter dem Helm, während ihm der Schweiß an den Wangen und den Nacken hinunterlief. Als Kommandosoldat der KSK hatte er wahrlich genug um die Ohren, obwohl er noch keinen einzigen Kampfeinsatz mitgemacht hatte. Aber angeblich sollte sich das demnächst ändern. Deswegen war er noch mal hier in Calw zur Fortbildung und Untersuchung im Bundeswehrkrankenhaus angetreten. Offenbar hatten sie endlich vor, ihn mal abseits von Übungsplatz und Trainingsmanövern in eine echte Mission zu schicken. Er hatte keine Angst davor. Im Gegenteil. Er wollte endlich einmal gegen einen echten Feind antreten und um sein Leben kämpfen. Vielleicht würde er dann auch seine eigenen Dämonen besiegen können.

Vor ihm mündete die Straße auf eine größere Bundesstraße, ein gelbes Schild wies nach rechts, mit der Aufschrift B 294 Neuenbürg/Höfen an der Enz.

Er nahm etwas Gas zurück und bog in die Straße ein. Es war ein verdammt heißer Juliabend. Er durchfuhr eine kleine Ortschaft. Industriegebäude und schmucke kleine Wohnhäuser säumten die Straße. Als er den Ort Höfen hinter sich ließ, lag wieder menschenleerer Wald vor ihm.

Seine Hand schloss sich fester um den Gashebel und drehte. Die Maschine röhrte wohltuend und schoss nach vorne. Seine muskulösen Arme hielten ihn in perfekter Position, und er lenkte die schwere Maschine mit seinem Körpergewicht durch die schnellen Kurven. Die Landschaft flog vorbei, wurde unscharf, und mit ihr auch die Gefühle, die ihn immer wieder plagten, als würde der Fahrtwind sie zumindest teilweise aus ihm herauswehen. Der Tacho zeigte 120 Stundenkilometer an. Dann 130. 150. Seine Augen verengten sich zu Schlitzen, sein Herz pochte. Er fühlte sich lebendig, wach. Perfekt. Die Straße machte mehrere lang gezogene Kurven, und er legte sich in jede so weit hinein, wie es eben ging. Er wollte die Straße spüren, sie bezwingen. Die Nadel berührte kurz 160 Stundenkilometer. Den Transporter, der wenige Meter vor ihm aus der Einfahrt eines kleinen, im Wald gelegenen Industriegebietes kam, sah er erst Sekunden vor dem Aufprall. Er bremste nicht, sein Gehirn war plötzlich wie gelähmt. Die Welt um ihn herum schien mit einem Mal in Zeitlupe zu verfallen. Der weiße Transporter mit der Aufschrift „Weber Automotive“ ragte wie eine Wand vor ihm auf. Dann schlug er mit voller Wucht in die Seite ein.

Das Motorrad flog nahezu unter dem Transporter durch und krachte nach fast einhundert Metern Funken sprühender Rutschpartie auf dem Asphalt gegen einen großen Baum am Straßenrand. Die Wucht zerriss es beinahe. Später würde die Polizei noch fünfzig Meter weiter Teile des Motorrads im Wald sicherstellen.

Das alles bekam er bereits nicht mehr mit. Mit dem Aufprall auf den Transporter wurde seine Welt schwarz.

Der Transporter war leer. Wenn er wie üblich Motorblöcke geladen hätte, wäre von dem Motorradfahrer nichts mehr übrig geblieben. So wurde der leere Transporter durch den Anprall des schweren Motorrades so zur Seite geschleudert, dass sein Körper, der eine Millisekunde später auf dem Blech aufschlug, seitlich von der Karosse abprallte. Kaum ein Knochen, der nicht brach, kaum ein Organ, das nicht beschädigt wurde. Ein Bein riss sofort unterhalb seines Knies ab, mit einem Geräusch wie zerreißender Stoff. Der Unterschenkel mitsamt Stiefel hing immer noch am Motorrad. Der Fahrer des Transporters schrie, versuchte, den Wagen wieder einzufangen. Wenige Meter weiter kam der VW Crafter zum Stehen, mit einer tiefen Delle in der Seitenwand, an der Fetzen von etwas hingen, das wie Motorradkleidung aussah. Der Fahrer stieg benommen aus, atmete tief ein und eilte zum Straßenrand. Der Körper im Straßengraben – oder das, was davon übrig war –, ließ ihn herumfahren. Tränen schossen ihm in die Augen, er übergab sich, bevor er es überhaupt registrierte. Nach einigen Sekunden Husten und Würgen taumelte er zum Wagen zurück und holte sein Handy. Er musste einen Krankenwagen rufen. Auch wenn das wahrscheinlich nichts mehr nützen würde.

2

Sein Leben bestand aus regelmäßigen Pieptönen und einem beständigen Schnaufen und Schlürfen neben ihm, das er nicht zuordnen konnte. Ansonsten war es dunkel. Irgendwann hatten dann Stimmen das Schnaufen ersetzt, nur das regelmäßige Piepen war geblieben. Ein paarmal waren Empfindungen dazu gekommen, ein Druck, den er sich nicht erklären konnte. Bewegung und kurze Lichtblitze. All das waren nur vage Gefühle, verworren wie in einem Fiebertraum. Es gab verschiedene Stimmen, einige kamen und gingen, ein paar andere kehrten immer wieder. Es war die näselnde Männerstimme, die er hörte, als auch das Licht wiederkam.

Professor Keppler fuhr herum. Aus dem Augenwinkel hatte er eine Veränderung auf der Anzeige wahrgenommen, die seinen Patienten überwachte. Oder hatte er es sich nur eingebildet? Er trat an das Bett und berührte sanft die Brust des Mannes, der vor ihm lag. Oder besser: Was von ihm übrig war.

„Herr Roth? Können Sie mich hören?“

Er fixierte das Gesicht des Patienten einige Zeit lang. Und tatsächlich – die Gesichtsmuskeln, die so lange schlaff gewesen waren, zuckten. Die Lider flatterten kurz.

Sein Blick ging von dem Gesicht des Patienten zu den Anzeigen und zurück. Der EEG-Wert hatte sich verändert, unübersehbar. Und die Herzfrequenz lag minimal höher.

„Herr Roth, wenn Sie mich hören können – mein Name ist Dr. Keppler. Ich bin Ihr Arzt. Sie sind in Sicherheit. Es wird alles gut."

Er sah kurz auf seine Armbanduhr. 13:57 Uhr, er war wie immer zu spät zu seinem Lunch. Als er zurück zu seinem Patienten blickte, hatte dieser die Augen geöffnet und sah ihn an. Keppler zuckte vor Schreck zusammen und wäre fast reflexhaft zurückgesprungen. Er beherrschte sich gerade noch rechtzeitig, und lächelte den Mann an, der nun schon so viele Wochen im Koma gelegen war.

„Willkommen zurück im Leben, Herr Roth."

Die Lider des Mannes flatterten noch einmal, dann schlossen sich seine Augen. Es war noch ein langer Weg, aber es war ein Anfang. Professor Keppler blieb noch eine Weile stehen, den Blick auf die Anzeigen über dem Bett gerichtet. Er war äußerlich ganz ruhig, aber sein Herz schlug schneller, und seine Handflächen waren feucht. Er lächelte leise in sich hinein. Den Lunch hatte er längst vergessen. Es waren Momente wie dieser, für die er lebte und arbeitete. Momente, in denen seine Schützlinge ins Leben zurückfanden.

Mit dem Licht kamen die Schmerzen. Zunächst genauso unscharf und vage wie das Licht, dann aber klarer – und quälender. Er konnte die Schmerzen nicht lokalisieren, sie waren einfach Teil von ihm. Im Licht waren jetzt Bewegungen, und manche der Bewegungen hatten Stimmen. Er hatte noch kein Zeitgefühl, daher wusste er nicht, wie lange es dauerte, bis aus dem Licht etwas wurde, das er als „außen" identifizierte. Es gab noch etwas anderes, ein „Innen". Die Grenzen zwischen beidem waren oft verwaschen. Schmerzen, das Gefühl rauen Schluckens, das feuchte Geräusch seines Atmens, das war innen. Die Stimmen, die Bewegungen im Licht und das andauernde Piepen, das war außen. Er wusste nicht wieso, aber die Momente, in denen er diese Unterscheidung schaffte, fühlten sich wie ein kleiner Triumph an.

3

„Und Sie sind sicher, dass er keine Gehirnschäden hat?“, fragte der unangenehme Typ, den er Frosch genannt hatte.

Keppler hatte den vier unangemeldeten Besuchern, die nun sein Büro belagerten, Spitznamen gegeben. Das war seine Methode, ruhig zu bleiben, auch wenn ihm die vier gehörig gegen den Strich gingen. Er hatte sich nicht über dreißig Jahre einen Ruf als Spitzenmediziner in der Traumabehandlung erarbeitet, um sich von Anzugträgern wie Frosch, Papagei, Twiggy und Rambo herumkommandieren zu lassen. Die Namen, die er den vieren gegeben hatte, passten zu ihrem Aussehen. Frosch war offensichtlich kein Mediziner, so viel war klar. Auch wenn er gerne mit Fachbegriffen um sich warf – und dabei meistens komplett danebenlag. Keppler tippte auf höherer Beamter. Dem Akzent nach ein Luxemburger, und seiner Visitenkarte nach irgendein Wichtigtuer von der EU, dessen übersteigerte Selbstherrlichkeit nur noch von seiner Körperfülle übertroffen wurde. Seine vorstehenden Augen fixierten Keppler jetzt seit einer geschlagenen Stunde abschätzig durch die Hornbrille, die der Frosch trug. Papagei war offensichtlich sein Assistent, dessen Aufgabe darin zu bestehen schien, ab und zu die Worte seines Vorgesetzten zu wiederholen und ansonsten enthusiastisch zu nicken. Er war deutlich jünger als die anderen, schien sich aber bereits ebenfalls als enorm wichtig anzusehen. Twiggy war eine dürre, etwas bitter wirkende Frau um die fünfzig mit tiefen Furchen um die Mundwinkel. Ihre wässrigen grauen Augen fixierten Keppler ebenfalls die ganze Zeit. Sie schaffte es ohne Worte, dass er sich wie ein Schüler im Gymnasium fühlte, den man mal wieder ohne Hausaufgaben erwischt hatte. Offensichtlich war sie Medizinerin. Das hatte Keppler ihren knappen, aber zumindest fachlich sehr spezifischen Fragen entnehmen können. Der Vierte im Bunde, Rambo, war hochgewachsen und muskulös. Er trug eine Tarnuniform, die Keppler in seinem Büro als komplett deplatziert empfand. Er hatte bis auf eine kurze Begrüßung bis jetzt nur geschwiegen und sich auch nicht namentlich vorgestellt. Sein Blick war undurchdringlich. Er stand gerade wie ein Bügelbrett hinter den drei anderen, die schon viel zu lange Kepplers Besucherstühle besetzten. Trotz seines schroffen Äußeren und der Uniform sympathisierte Keppler im Stillen mit Rambo. Ohne genau festmachen zu können warum, hatte er das Gefühl, dass ihm der Auftritt der drei anderen eher unangenehm war, er es aber nicht offen zeigen durfte.

Keppler lehnte sich in seinem Stuhl zurück und seufzte theatralisch laut. Für den Effekt ließ er noch einmal ein paar Sekunden verstreichen.

„Noch einmal zur Klärung. Es gibt zu diesem Zeitpunkt keinerlei Anzeichen für physische Beschädigungen des Gehirns oder der angrenzenden Nervenbahnen. Der Helm hat seinen Kopf geschützt, und auch das Rückenmark ist wie durch ein Wunder intakt – wenigstens so weit, dass wir Nervenimpulse zu den Extremitäten hin messen konnten. Was darüber hinaus an nicht sichtbaren, kognitiven und funktionalen Einschränkungen besteht, können wir erst feststellen, wenn der Patient bei vollem Bewusstsein ist."

Twiggy lehnte sich nun vor, ihre Augen schienen ihn zu durchbohren.

„Und wann wird das sein, Professor Keppler? Wir wissen Ihre Arbeit zu schätzen, aber wie lange wollen Sie den Aufwachprozess hinziehen?"

Keppler fühlte Ärger in sich hochwallen, und diesmal konnten ihn selbst die lächerlichen Spitznamen nicht davon abhalten, ihn auch zu zeigen.

„Hören Sie, Frau …" Er konnte sich gerade noch bremsen, sie tatsächlich mit „Twiggy" anzureden, und schaute verstohlen auf die Visitenkarte, die sie ihm zu Anfang des Gespräches überreicht hatte.

„Äh … Dr. Montgomery … Meine Methode gibt dem Patienten die Möglichkeit, das körperliche und psychische Trauma sowie die Beschädigungen durch das verlängerte Koma zu verarbeiten. Wenn Sie Zweifel an der Richtigkeit dieser Methode haben, dann steht es Ihnen frei, diese zu äußern. Was ich Ihnen hingegen nicht erlaube, ist, meine Arbeit einem irgendwie gearteten Zeitplan unterzuordnen."

Frosch, der eigentlich Eugene Van den Belk hieß, hob beschwichtigend die Hand. Offenbar merkte er, dass ihnen das Gespräch zu entgleiten begann.

„Professor Keppler, bitte. Niemand, und ganz bestimmt nicht Dr. Montgomery, zieht Ihre Expertise in Zweifel. Und für Herrn Roth wollen wir selbstverständlich nur das Beste. Deshalb bezahlen wir ja auch seit Wochen die erhöhten Sätze Ihrer Privatklinik. Alles für unsere Truppe, nicht wahr, Major Hendricks?“

Er wandte sich zu dem Uniformierten um, der seine Bemerkung lediglich mit einem kurzen, säuerlichen Gesichtsausdruck quittierte.

„Wir sind nur hier, um mit Ihnen ein gemeinsames Vorgehen abzustimmen. Sie legen den Zeitpunkt des Gesprächs fest. Sie bestimmen, was für den Patienten Stefan Roth gut ist, solange er in Ihrer Obhut ist.“

Keppler ließ mit aufgeblasenen Wangen Luft ab und gab sich ein paar Sekunden, bevor er antwortete. Er bemühte sich, seine Stimme so neutral und ruhig wie möglich zu halten.

„Ich werde Sie benachrichtigen. Im Moment rechne ich damit, dass Herr Roth in der kommenden Woche komplett bei Bewusstsein sein wird. Danach sehen wir weiter.“

Frosch nickte eifrig, was seine Wangen und sein Doppelkinn in wallende Bewegung versetzte. Sein Assistent nickte ebenfalls.

„Herr Professor, vergessen Sie nicht: Was wir Herrn Roth hier anbieten, ist eine absolut einmalige Chance. Das EUTD-Programm kann ihm ein normales Leben zurückgeben. Vielleicht sogar ein neues Berufsleben. Was würde ihn ohne unser Programm erwarten, außer vielleicht einem Pflegeheim? Wir wollen das Gleiche – das Beste!“

Mit diesen Worten erhob er sich schwer atmend. Dr. „Twiggy" Montgomery stand ebenfalls auf, wandte sich ohne ein weiteres Wort um und ging zur Tür. Der Assistent erhob sich ebenfalls und streckte Keppler die Hand entgegen, zog sie aber nach einem strengen Blick seines Vorgesetzten schnell zurück. Was für ein Schauspiel. Keppler schüttelte kaum merklich den Kopf. Der Uniformierte hielt den dreien die Tür auf, blieb aber selber noch stehen. Keppler sah ihn mit hochgezogenen Brauen an.

„Ist noch was?", fragte er.

„Bitte helfen Sie dem Jungen. Kommandofeldwebel Roth ist ein guter Mann."

Professor Keppler nickte bedächtig. Er sah dem Soldaten direkt in die Augen und glaubte, dort echte Sorge zu sehen.

„Kennen Sie ihn persönlich?"

Der Mann trat auf ihn zu und streckte ihm die Hand entgegen. Keppler stand auf und schüttelte sie, erstaunt über diese plötzliche Geste.

„Major Bernd Hendricks, Herr Professor. Ich war sein Ausbilder bei den KSK. Stefan war einer meiner Besten. Und er ist ein Kamerad. Ich will, dass er die Chance bekommt, die er verdient."

Die ruhigen braunen Augen des Majors wirkten bedeutend ehrlicher als die gesamte Vorstellung, die seine drei Begleiter geboten hatten. Professor Keppler lächelte zuversichtlich, während er die Hand seines Gegenübers noch einmal drückte. Major Hendricks nickte ihm knapp zu, wandte sich um und ging. Die Tür seines Büros schloss sich mit einem leisen Klicken, und Professor Keppler ließ sich wieder in seinen Stuhl fallen. Er saß eine Zeit lang mit widersprüchlichen Gefühlen hinter seinem übervollen Schreibtisch. Abgesehen davon, dass ihm drei der vier Besucher schlicht vom Auftreten her missfielen und er es generell nicht leiden konnte, wenn man ihn auf diese Weise überfiel – was genau störte ihn nur so sehr an der Sache? Was sie für Stefan Roth tun wollten, war sensationell. Und selbst wenn es nicht zu einhundert Prozent funktionierte wie geplant, so war es immer noch ein spektakulärer medizinischer Quantensprung. Wie viele Unfallopfer konnten sich so glücklich schätzen, eine solche Möglichkeit zu bekommen?

Er seufzte. Es sprach alles dafür, dass es genau das war, was der Major gesagt hatte: Es war die Chance, die Stefan Roth verdiente. Und nach ihm vielleicht viele andere auch. Dass Keppler selbst bei der ganzen Sache ein dummes Gefühl hatte, war sein eigenes Problem. Vielleicht war er nur eifersüchtig, weil das nicht seine eigene Forschung war.

Er schüttelte ein letztes Mal den Kopf. Dann sah er auf seinen Schreibtisch, auf dem sich Patientenakten, Abrechnungsbögen, Memos und unendlich viele weitere Papiere stapelten. Er nahm ein paarmal verschiedene Papiere vom Stapel und legte sie gleich wieder weg, ohne sie wirklich zu lesen. Dann seufzte er erneut und sah auf die Uhr. Gleich 17:00 Uhr. Gerade noch früh genug für einen Kaffee. Er schob seinen Stuhl zurück, nahm Jacke und Hut vom Garderobenhaken und verließ eilig sein Büro, in Gedanken immer noch bei dem unglaublichen Forschungsprojekt, von dem ihm der Frosch erzählt hatte.

Als er wieder Licht sah, konnte er Formen darin erkennen. Langsam setzten sich diese Formen, die sich im Vordergrund seiner Wahrnehmung bewegten, zu etwas zusammen, das er kannte. Zumindest prinzipiell. Vor ihm stand jemand, eine Person, ein Mensch. Er konnte die Geräusche dieser Person zuordnen, auch wenn er nicht wusste, wer da gerade vor ihm war. Jetzt beugte sich die Person über ihn. Als das Gesicht ihm näher kam, wurde es wieder unscharf. Dann leuchtete etwas hell in seine Augen, erst links, dann rechts. Er blinzelte. In seiner Kehle konnte er seinen Atem spüren, schmerzhaft, pfeifend. Er versuchte etwas zu sagen, aber es kam nur ein gurgelndes Geräusch, und mit dem Geräusch noch mehr Schmerzen in seinem Hals. Er wusste mittlerweile, dass das, was da schmerzte, sein Hals war. Nur leider wusste er nicht, wer er selbst war. Das Gesicht vor ihm zog sich jetzt zurück und wandte sich zur Seite. Die Person sagte offenbar etwas zu einem weiteren Anwesenden. Er hörte die Stimme, konnte sie aber nicht verstehen. Dann kam das Gesicht zurück. Er konnte es jetzt klarer erkennen. Er sah gütig wirkende Augen, deren Lider etwas müde herunterzuhängen schienen. Unrasierte Wangen fielen nach vorne, sein Gegenüber war offenkundig nicht mehr jung. Dann öffneten sich die Lippen zu einem Lächeln, und das Gesicht begann zu ihm zu sprechen.

„Können Sie mich hören? Bitte versuchen Sie nicht zu sprechen. Wir mussten Sie intubieren, eine lange Zeit. Ihr Hals ist noch zu gereizt, um zu sprechen, das tut wahrscheinlich noch sehr weh. Wenn Sie mich verstehen können, dann blinzeln Sie einfach einmal deutlich.“

Er schloss die Augen für eine Sekunde und öffnete sie wieder. Das entlockte dem Gesicht vor ihm ein noch breiteres Lächeln.

„Sie sind im Krankenhaus. Das hier ist die Privatklinik Steinenberg. Mein Name ist Professor Keppler, ich bin Ihr behandelnder Arzt. Ich kümmere mich um Sie. Verstehen Sie das?"

Nochmals schloss er die Augen einmal und öffnete sie wieder. Er verstand es, aber auf eine Art auch wieder nicht. Er konnte sich spüren, aber er wusste, dass es nicht richtig war, *wie* er sich fühlte. Er sollte sich irgendwie anders fühlen ..., wusste aber nicht wie. Nur anders.

„Sie waren recht lange im Koma. Sie waren schwer verletzt, und wir haben Sie lange schlafen lassen, damit sich Ihr Körper erholen kann. Sie werden wahrscheinlich noch eine Weile verwirrt sein, das ist normal. Haben Sie bitte keine Angst. Das wird wieder. Wir passen hier alle gut auf Sie auf."

Das lächelnde Gesicht vor ihm wurde mit einem Mal ernst.

„Sie hatten großes Glück. Und Sie brauchen noch viel Ruhe. Wir sprechen einander bald wieder."

Dann verschwand das Gesicht, und die Person entfernte sich. Er konnte spüren, wie seine Augen tränten. Licht zu sehen, war sehr, sehr anstrengend. Er hörte noch eine Weile Geräusche, die Stimme des freundlichen Gesichtes war jetzt weiter weg. Aber sie beruhigte ihn, flößte ihm Vertrauen ein. Dann nahm ihn die Dunkelheit wieder auf.

Als er die Augen wieder öffnete, fühlte er sich deutlich klarer. Er konnte schärfer sehen, sah das Weiß der Decke, mit den Lichtern, die ihn leicht blendeten. Er konnte den Kopf etwas drehen, zumindest so weit, bis die Schläuche in seiner Nase seine Bewegung schmerzhaft begrenzten. Aus dem Augenwinkel sah er Vorhänge, durch die Licht fiel. Mühsam drehte er den Kopf in die andere Richtung. Ein Kasten stand neben ihm, aus dem eine Menge an Kabeln herauskamen, die zu ihm führten. Der Kasten war still, aber er konnte sich erinnern, aus dieser Richtung die rhythmischen Pieptöne gehört zu haben. Er drehte den Kopf wieder und sah eine Weile in die hellen Lichter an der Decke. Er hörte seinen Atem. Er schmerzte immer noch mit jedem Zug in seinem Hals, aber es war nicht mehr ganz so quälend wie …

Er konnte nicht sagen, wann er das letzte Mal den Schmerz gespürt hatte. Vorhin? Gestern? Letzte Woche? Mit den Fragen kamen Gedanken hoch. Was war mit ihm los? Er konnte seinen Körper spüren, fühlte jetzt sein Herz pochen, empfand dumpfe Schmerzen in seinem Rücken. Aber nicht viel mehr. Seine Wahrnehmung war jetzt klarer, schärfer, und er konnte sich an eine Zeit davor erinnern, die nur aus Momenten, einzelnen Gefühlen und vagen Ahnungen bestanden hatte. Wie lange hatte diese Phase gedauert?

Mit jeder Frage, die durch seinen Kopf ging, begann mehr Angst in ihm hochzusteigen. Er spürte, wie sein Atem schneller durch seine raue Kehle ging. Ein leises, winselndes Geräusch kam aus seinen geöffneten Lippen. Sein Herz begann schneller zu schlagen. Panik stieg in ihm auf. Dann riss ihn ein scharfer Signalton aus dem Gerät neben ihm aus seiner Angstspirale. Das Gerät gab drei lang gezogene Töne von sich, dann begann es wie früher im Rhythmus seiner Herzschläge zu piepsen. Ein paar Sekunden später hörte er, wie eine Tür geöffnet wurde, dann Schritte, die rasch näher kamen. Eine dickliche Frau mit rosigem, freundlichem Gesicht beugte sich zu ihm herunter und sah ihm in die Augen. Sie berührte mit sanftem Druck seine Brust.

„Alles gut, Herr Roth. Beruhigen Sie sich. Ich bin Schwester Marion, der Herr Doktor kommt gleich. Es ist alles gut. Ihnen kann nichts passieren."

Er spürte, wie ihn der sanfte Druck ihrer Hand und die Wärme der Berührung etwas beruhigten. Die Fragen, die durch seinen Kopf rasten, verblassten für einen Moment. Die Frau lächelte ihm aufmunternd zu. Dann drehte sie sich weg, er hörte ein paar leise raschelnde Geräusche, und das Piepsen aus dem Gerät neben ihm verstummte wieder.

Wenig später hörte er, wie die Tür ein zweites Mal aufging. Schwerere Schritte näherten sich. Dann sah er wieder das Gesicht, das er schon kannte. Nur dass die Bartstoppeln in dem Gesicht noch etwas länger geworden waren. Die fast durchgängig weißen Haare standen in etwas ungeordneten Büscheln hoch, und der Mann wirkte, als hätte man ihn gerade aus dem Schlaf geweckt. Aber er lächelte wieder so freundlich wie letztes Mal.

„Hallo, Herr Roth. Schön, dass Sie wieder wach sind!"

Der Mann drehte sich zu der Schwester um.

„Marion, stellen Sie bitte das Kopfende etwas auf. Zehn Grad, nur ein wenig. Danke!"

Er spürte, wie sein Oberkörper mit einem surrenden Geräusch angehoben wurde. Er konnte jetzt die Tür sehen, die er vorher nur gehört hatte. Mit einiger Anstrengung drehte er seinen Kopf ein wenig hin und her und nahm die Eindrücke in sich auf. Der Raum, in dem er lag, war nicht allzu groß, die Wände waren in einer Eierschalenfarbe gestrichen. Gerahmte Bilder hingen an den Wänden. Um ihn herum waren einige eckige Apparate aufgebaut, wie der, der gepiepst hatte. Manche waren niedriger, aber aus allen kamen Schläuche und Kabel heraus, die zu ihm führten. Er sah den Mann an, der vor ihm stand. Mittelgroß, in einem weißen Kittel, den er nicht zugeknöpft trug. Sein graues Hemd war unordentlich in die Hose gestopft, die wohl vor langer Zeit einmal dunkelblau gewesen war. Der Mann trat einen Schritt näher an das Bett. Sein Gesicht war jetzt ernst.

„Herr Roth, Sie werden sich vermutlich fragen, warum Sie hier sind. In den meisten Fällen wie dem Ihren ist die Erinnerung zunächst beeinträchtigt. Das kommt aber meist wieder, seien Sie da bitte unbesorgt."

Er zwinkerte einmal, was dem Mann vor ihm ein Lächeln entlockte.

„Ich sehe, Sie erinnern sich an unsere vorherige Unterhaltung. Das ist gut. Sehr gut sogar!"

Der Mann räusperte sich kurz und wurde dann wieder ernst.

„Ich werde Ihnen jetzt einiges über das erzählen, was Ihnen passiert ist. Wenn Sie eine Pause wünschen, dann zwinkern Sie einfach zweimal, okay? Das wird eine ganze Menge zu verarbeiten sein für Sie."

Wieder zwinkerte er, um zu signalisieren, dass er verstanden hatte. Er spürte, wie sich in seinem Inneren etwas zusammenzog. Er hatte Angst vor dem, was der Mann ihm sagen würde. Aber er wollte es, musste es unbedingt hören.

„Ihr Name ist Stefan Roth. Falls Sie sich nicht daran erinnern können, machen Sie sich bitte darüber im Moment wirklich keine Sorgen. Eine teilweise Amnesie ist nach Traumata, so wie Sie sie erlebt haben, absolut normal und zu erwarten. Das gibt sich wieder. Und glauben Sie mir, ich habe schon viele Fälle wie den Ihren betreut."

Der Mann schürzte für einen Moment die Lippen. Man konnte sehen, wie es in seinem Gesicht arbeitete, während er sich überlegte, was er als Nächstes sagen sollte. Dann holte er einmal seufzend Luft und sprach weiter.

„Sie hatten am 24. Juli dieses Jahres einen sehr schweren Motorradunfall auf einer Landstraße, etwa hundert Kilometer entfernt von hier. Ihre Verletzungen waren so schwer, dass die Chirurgen vom Unfallkrankenhaus Stuttgart sich entschieden haben, Sie sofort in ein künstliches Koma zu versetzen. Sie waren insgesamt sechzehn Wochen bewusstlos. Während dieser Zeit wurde eine Reihe von sehr komplexen chirurgischen Eingriffen vorgenommen, zunächst, um Sie am Leben zu erhalten, und dann, um Ihre multiplen Verletzungen bestmöglich zu versorgen. Die Kollegen haben in mehreren Schritten Organrisse behandelt, Ihre Wirbelsäule wurde an sechzehn Bruchpunkten neu zusammengesetzt, Ihr Becken wurde neu zusammengesetzt, Ihre beiden Schultern, zwölf Rippen sowie Ihre Schlüsselbeine wurden mittels mehrerer aufeinanderfolgender Eingriffe rekonstruiert. Es ist ein Wunder und eine Glanzleistung meiner Kollegen der Universitätskliniken Stuttgart und Tübingen, dass Sie noch am Leben sind. Ich selbst bin Traumatologe und dafür zuständig, Sie so durch den Prozess des Aufwachens aus dem künstlichen Koma sowie durch die ersten Heilungsschritte zu führen, dass Ihr Körper und auch Ihre Psyche das Ganze mit möglichst wenig bleibenden Schäden überstehen."

Der Arzt hielt nochmals inne. Stefan Roth starrte ihn an, Schweißperlen bildeten sich auf seiner Stirn. Er atmete flach. Etwas sagte ihm, dass das, was er gehört hatte, noch nicht alles gewesen war. Dann zwang er sich, einmal langsam zu zwinkern, fast wie eine Art Aufmunterung an sein Gegenüber, nun weiterzusprechen. Der Arzt seufzte noch einmal.

„Ich muss Ihnen leider auch sagen, dass die Kollegen trotz aller Bemühungen Ihre Arme, ein ganzes Bein und den anderen Unterschenkel nicht retten konnten. Sie können bis zu einem gewissen Grad prothetisch versorgt werden, Herr Roth, aber Sie werden Ihr Leben lang schwerbehindert bleiben. Es tut mir leid, Ihnen das sagen zu müssen."

Er hörte die Worte in seinem Kopf nachhallen. Die Bedeutung erschloss sich ihm nur sehr langsam, er nahm alles wie durch eine zähe, gallertartige Schicht wahr, die noch auf seinen Emotionen lag. Doch nach einigen Momenten qualvollen Schweigens kamen ihm Bilder in den Kopf. Bilder, die er nicht sehen wollte. Er spürte, wie sich seine Augen mit heißen Tränen füllten. Sein Atem ging stoßweise durch seinen rauen Hals.

„Herr Roth, ich lasse Ihnen ein leichtes Beruhigungsmittel geben. Wir werden morgen mit Ihrer Therapie beginnen, und ich verspreche Ihnen, wir werden gemeinsam schnelle Fortschritte machen. Sie müssen mir da jetzt vertrauen. Wir werden gemeinsam zusehen, dass Sie Ihr Leben, soweit es geht, zurückbekommen. Versuchen Sie sich jetzt auszuruhen."

Der Mann legte ihm die Hand auf die Brust. Die Berührung beruhigte ihn auch diesmal wieder. Er spürte die Ehrlichkeit des Mannes vor ihm, seine Fürsorge. Aber diesmal hatte die Hand noch eine andere, schlimme Bedeutung, die ihm immer klarer wurde. Der Mann wie auch die Krankenschwester hatten ihm beide die Hand auf die Brust gelegt, weil sonst nicht mehr viel von ihm übrig war. Wohin sonst hätten sie die Hand auch legen können? Er röchelte, verschluckte sich und hustete, während ihm Tränen aus den Augen liefen. Er wusste nicht, wer er war und wie lange er schon gelebt hatte, aber er wusste sicher, dass er sich noch nie in seinem Leben so hilflos gefühlt hatte.

4

Als er das nächste Mal erwachte, war seine Welt erneut anders. Der Druck in seinem Bauch war weg, und der Schlauch, der beim letzten Mal noch in seine Nase geführt hatte, ebenfalls. Er drehte ein paarmal seinen Kopf. Es schmerzte alles etwas, es war aber bei Weitem angenehmer als beim letzten Mal. Er hob den Kopf mühsam ein wenig an. Es war furchtbar anstrengend, aber immerhin ging es. Auch in seinem Geist gab es Veränderungen. Sein Name. Er sagte ihm jetzt etwas. Er fühlte sich als Stefan Roth. Vorher war ihm der Name nur vage bekannt vorgekommen, was sehr beängstigend gewesen war. Und mit der Erinnerung, wer er war, kam auch das Gefühl, dass er stark war. Dass er das hier irgendwie durchstehen würde. Er lag eine Weile einfach da, während in seinem Kopf Bilder umherschwirrten. Eine wilde Motorradfahrt, Lachen unter Kameraden. Schüsse, die um ihn herum abgefeuert wurden, die er selbst abfeuerte. Ein Trainingsmanöver. Schweißtreibende, harte Übungen auf einem Trainingsplatz. Arme, die nach hundert Liegestützen erst richtig anfingen zu arbeiten. Arme …

Seine Gedankenflut brach jäh ab, und sein Hals wurde eng. Er hob abermals den Kopf, um an sich hinunterzusehen, konnte aber außer einer unförmigen Erhebung unter der Bettdecke, die wohl sein Körper war, nichts wirklich erkennen. Er schluckte und kämpfte gegen die Verzweiflung an.

Nach einer Weile hörte er wieder, wie die Tür zu seinem Zimmer geöffnet wurde. Der Mann, von dem er mittlerweile wusste, dass er Professor Keppler hieß, trat ein. Er war heute bedeutend besser gekleidet, trug unter seinem offenen Kittel sogar ein weißes Hemd mit einer gedeckten, dunkelblauen Krawatte. Sein Gesicht war heute glattrasiert. Er ging zu seinem Bett und strahlte ihn an.

„Guten Morgen, Herr Roth. Gute Neuigkeiten! Wir haben Ihnen die Magensonde entfernt. Ab heute werden Sie sich wieder an selbstständiges Essen gewöhnen. Bis jetzt ist alles genauso, wie es sein soll. Und bald können Sie sich schon Ihr Lieblingsessen aussuchen!“

Er lächelte einmal breit, und Stefan konnte sehen, dass er sich wirklich für ihn freute. Trotz seiner eigenen, düsteren Stimmung ließ er sich zu einem Lächeln mitreißen.

„Danke“, krächzte er. Der Professor hob erstaunt eine Augenbraue und setzte sich jovial auf seine Bettkante.

„Na sieh mal einer an, das Sprechen haben Sie auch schon wiederentdeckt, ganz ohne Hilfe. Ich bin beeindruckt, Herr Roth, wirklich beeindruckt.“

Dann sah er ihn prüfend an und wurde ernst.

„Wir werden heute einige Untersuchungen durchführen, sowohl was Ihren körperlichen, aber auch Ihren mentalen Status angeht. Aber ich glaube, die werden allesamt positiv ausfallen. Sie machen mir einen erstaunlich guten Eindruck heute, wenn man bedenkt, was Sie hinter sich haben. Aber wir müssen natürlich sichergehen. Und dann ist da noch etwas …"

Er sah kurz zu Boden und sammelte sich. Stefan wartete und sah den Professor an. Der hob den Kopf und blickte ihm eine Weile direkt in die Augen. Er konnte den Ausdruck im Gesicht des Professors nicht wirklich deuten, aber es war klar, dass dieser mit sich rang.

„Sie werden heute Nachmittag Besuch bekommen, Herr Roth. Von einer Gruppe von Menschen, die Ihnen ein ganz erstaunliches Angebot machen wollen."

Stefan versuchte, genug Speichel in seinem Mund zusammenzubekommen und seine noch etwas unwillige Zunge und die Lippen zum Zusammenspiel zu bewegen.

„An … bot …?", krächzte er.

Der Professor nickte ihm bedächtig zu.

„Offenbar liegt Ihrem Arbeitgeber sehr an Ihnen. Man wird Ihnen anbieten, an einem Forschungsprojekt teilzunehmen – man will versuchen, Ihre verlorenen Gliedmaßen zu ersetzen. Mit neuester, noch experimenteller Technologie."

Er seufzte und sah Stefan unverwandt an.

„Ich will Ihnen darüber jetzt nicht mehr sagen, die Damen und Herren werden Ihnen das heute Nachmittag sicher mit allen Details nahebringen. Ich selbst werde bei dem Gespräch nicht dabei sein. Man will Sie offenbar alleine sprechen."

Er hielt einen Moment inne und überlegte seine nächsten Worte.

„Egal, wie verlockend das alles vielleicht klingen mag, lassen Sie sich Zeit mit der Entscheidung. Es ist eigentlich noch viel zu früh, Sie mit solchen Dingen zu konfrontieren, aber … na ja, Ihr Arbeitgeber scheint es sehr eilig zu haben."

Seine Augen fixierten einen Punkt über Stefans Kopf. Stefan wartete irritiert ab, doch der Professor sagte nichts weiter. Nach einer Weile stand er auf und tätschelte ihm freundlich die Schulter.

„Vielleicht erinnern Sie sich ja morgen sogar schon daran, was Ihre Lieblingsspeise ist. Wenn ja, lassen Sie es morgen früh Schwester Marion wissen!"

Der Tag verging schnell. Stefan Roth wurde von einem Untersuchungsraum in den anderen geschoben, sie nahmen ihm Blut ab, machten Aufnahmen, sahen in seine Augen. Als Letztes kam eine Frau mittleren Alters, die ihn einem psychologischen Test unterzog und seine Erinnerungen abfragte. Alle schienen mit ihm zufrieden zu sein. Er selbst war in sich zurückgezogen und still. Während einer Untersuchung hatten Sie ihn auf eine Bahre gehoben und in einen Computertomografen gefahren. Er hatte zum ersten Mal einen kurzen Blick auf seinen Körper erhaschen können. In ihm steckten immer noch diverse Schläuche und Nadeln, und an manchen Stellen schauten Schrauben aus Stahl aus seiner Haut heraus, die vermutlich die gebrochenen Knochen zusammenhielten. Doch was er sah, schockierte ihn weit weniger, als das, was er nicht sah. Er hatte keine Arme mehr, nicht einmal mehr Stummel. Ein Bein war noch bis zur Mitte des Oberschenkels vorhanden, das andere fehlte gänzlich. Die Sekunde, in der er die Reste seines Körpers sah und realisierte, wer er jetzt war, genügte, um ihn komplett in den Kokon seines eigenen Geistes zu treiben. Er fühlte nichts mehr, keine Angst, keine Verzweiflung, keine Wut. Einfach nur eine eiskalte Leere. Ab und an dachte er an das bevorstehende Gespräch, das der Professor erwähnt hatte. Was konnten diese Leute denn noch mit ihm vorhaben? Er war ein Krüppel, ein kümmerlicher Rest von einem Menschen, unfähig, alleine zu essen, zu pinkeln, geschweige denn irgendetwas von dem zu tun, was für ihn vorher so selbstverständlich gewesen war. Wie wollte ihm da noch jemand helfen? Und warum sollten sie?

5

Das geräumige Krankenzimmer wirkte auf einmal sehr beengt, als sich gleich fünf Personen um sein Bett drängten. Der Dicke im Anzug, der sich Van den Belk nannte, redete von allen am meisten und war schon verschwitzt hereingekommen. Seine ausschweifende Begrüßungsrede hatte ihn dann fast noch mehr zum Schwitzen gebracht. Die hagere Frau, die ihn unentwegt beäugte, war bis jetzt unauffällig und schweigsam. Zwei jüngere Typen waren noch dabei, ein Bubi im Anzug, offenbar ein Assistent, und ein Bärtiger im Holzfällerhemd, der so gar nicht ins Bild passte. Aber die größte Überraschung für ihn war es, seinen Ausbilder wiederzusehen. Er hatte immer noch Mühe, sich an sein Leben vor dem Unfall zu erinnern, aber als er Bernd Hendricks wiedersah, wollte er sofort reflexhaft salutieren – und merkte umso schmerzlicher, dass er dafür zumindest einen Arm benötigt hätte. So konnte er nur den Rücken, so gut es ging, gerade halten. Er sah Hendricks' Augen und dessen ruhiges Lächeln.

„Stabshauptmann Hendricks …“, stammelte Stefan.

Mit dem altbekannten Gesicht kam wie mit einem Schlag ein großer Teil der Erinnerungen an die gemeinsame

Zeit in ihm hoch. Er schluckte gegen den Kloß in seiner Kehle an. Hendricks grinste schmallippig.

„Mittlerweile Major Hendricks. Freut mich, Sie zu sehen, Stefan."

Van den Belk hielt für einen Moment inne und sah stirnrunzelnd auf Hendricks.

„Nun, Herr Roth, wie ich feststelle, Herrn Major Hendricks kennen Sie ja bereits. Frau Dr. Montgomery ist die medizinische Verantwortliche in unserem Stab. Herr Cols hier ist einer unserer Entwickler und wird Ihnen im Weiteren gerne Rede und Antwort stehen, wenn Sie spezifische Fragen haben. Nun aber genug der Vorstellungen. Können Sie alles verstehen, was ich Ihnen sage, können Sie mir folgen?"

Stefan fand den Typen auf Anhieb unsympathisch, aber er hatte eine gewisse Komik. Außerdem war er gespannt, was ihm diese seltsame Truppe zu sagen hatte. Die Tatsache, dass Bernd Hendricks dabei war, machte das Ganze für Ihn mit einem Schlag sehr wichtig. Was auch immer sie wollten: Hendricks würde nicht dabei sein, wenn es nicht ernsthaft war. Daher nickte er nur knapp und sagte: „Ich verstehe Sie, Herr Van den Balg."

„Van den Belk, bitte. Aber für einen Deutschen ist das schwer auszusprechen, glauben Sie mir, ich habe dafür Verständnis."

Er trat einen Schritt näher an Stefans Bett heran. Seine joviale Art wich einem ernsten Gesichtsausdruck, und er fixierte Stefan mit seinen hervorquellenden Augen.

„Herr Roth, ich bin voll entscheidungsbefugter Repräsentant von EUTD, dem European Technology for Defense Program. Wir sind eine Gruppe, die von den Verteidigungsministerien einiger EU-Länder gegründet wurde und nun mit einem sehr umfangreichen Budget Forschungsvorhaben im Rahmen der Entwicklung der Streitkräfte der Europäischen Union durchführt."

Stefan nickte und runzelte dann die Stirn. Seine Stimme wollte ihm immer noch nicht ganz gehorchen, daher verzichtete er auf eine Nachfrage, doch Van den Belk hatte sein Stirnrunzeln wohl bereits als Frage gedeutet.

„Sie wundern sich sicherlich, denn es gibt ja keine europäischen Streitkräfte. Nun, noch nicht. Aber die Forschungen, die wir auf europäischer Ebene betreiben, kommen letztlich allen Heeren innerhalb der EU zugute, auch wenn sie nicht an den zukünftigen Gemeinschaftsstreitkräften beteiligt sind. Derzeit sind Frankreich, Belgien, Deutschland, Luxemburg und Italien maßgeblich an dem Projekt dran."

Er holte ein Taschentuch aus der Innentasche seines Anzuges und wischte sich kurz über das verschwitzte Gesicht.

„Ein besonders berücksichtigter Forschungsaspekt ist das Human Enhancement Project. Unsere Gruppe forscht seit einigen Jahren zusammen mit ein paar der bedeutendsten Institute in Europa an Technologien im Bereich der Neuroprothetik. Sagt Ihnen das etwas?"

Stefan schüttelte bloß träge den Kopf. Er hatte Mühe, dem Redefluss des Dicken zu folgen. Er kniff die Augen zusammen und zwang sich, seine Gedanken zu fokussieren.

„Gut, lassen Sie es mich Ihnen kurz erklären. Neuroprothesen sind voll funktionale Prothesen, die an das

Nervensystem angeschlossen werden und mittels diesem gesteuert werden können. Wenn also einem Soldaten wie Ihnen ein Arm fehlt, dann kann eine Neuroprothese diesen Arm funktional ersetzen – quasi ein Roboterarm, den Sie mit Ihren Nervenimpulsen, also mit Ihrem eigenen Gehirn, steuern können. Das ist ein Kernbereich unserer Forschung: Neuroprothesen mit Funktionalität für den militärischen Einsatz."

Stefan überlegte kurz und versuchte mühsam zu begreifen, was Van den Belk ihm sagen wollte.

„Heißt das, Sie können meine Arme ersetzen? Durch Roboterarme?"

Van den Belk lächelte und lehnte den Oberkörper zurück.

„Ich sehe, Sie verstehen schnell. Ja, Herr Roth, darum geht es bei unserem Forschungsprojekt, und darum geht es uns für Sie. Wir können nicht nur Ihre Arme ersetzen, sondern auch Ihre Beine. Was wir Ihnen anbieten, geht weit über alles hinaus, was Sie jemals in prothetischer Rekonstruktion gesehen haben. Sie können in unserem Forschungsprojekt nicht nur Ihre verlorenen Gliedmaßen zurückbekommen. Wenn es gut läuft, werden Sie hinterher so gut funktionierende Arme und Beine haben, dass Sie Ihren Job als Elitesoldat wieder erfüllen können. Es wird dauern, aber die Möglichkeit ist sehr realistisch."

Er holte tief Luft und wischte abermals mit dem Stofftaschentuch über sein Gesicht.

„Sie könnten in die Geschichte eingehen. Nicht nur als der erste Soldat, der mittels Neuroprothetik vollständig wiederhergestellt worden ist, sondern auch als der,

der das Feld mit uns vorangetrieben hat. Sie sind ja nicht irgendwer … Sie sind Elitesoldat. Und das zählt. Und mittels unserer Forschung können Sie auch in Zukunft Elitesoldat sein! Ihr Leben geht weiter. Bei voller Besoldung, später möglicherweise sogar als Trainer für andere, die ebenfalls Neuroprothesen tragen. Sie haben die Chance, aus Ihrem … Unglück … etwas Großes zu machen, Herr Roth!"

Stefan schwirrte der Kopf. Er zuckte, und sein Gesicht verzog sich unwillkürlich vor Anstrengung. Offenbar entlud sich, seit er keine Gliedmaßen mehr hatte, mit denen er nervös zappeln konnte, die Anspannung in seinem Gesicht. Er atmete ein paarmal ruhig und versuchte seine überschäumenden Gefühle in den Griff zu kriegen.

„Herr Van den … das klingt perfekt …", brachte er hervor. Er atmete noch ein paarmal ein und aus. In seinem Kopf sah er mit einem Mal die besorgte Miene von Professor Keppler. Der schien von der ganzen Sache nicht so begeistert zu sein. Warum? Stefan bemühte sich, möglichst locker zu klingen.

„Wo ist der Haken an der Sache? Und warum wollen Sie gerade mich?"

Van den Belk lächelte. Er hatte diese Frage erwartet.

„Herr Roth, wir wollen Sie, weil Sie Elitesoldat sind. Sie sind … waren … einer der Besten in der Truppe der Besten. Und mit unserer Technologie können Sie es wieder werden. Trotz Ihrer … Situation. Das hat für unser Projekt natürlich einen hohen Wert. Sie sind sozusagen ein Leuchtturm für unsere Forschung. Es wird eine Menge Training benötigen, um mit den neuen Gliedmaßen umgehen zu lernen. Hartes Training. Aber Sie haben schon einmal bewiesen, dass Sie das können."

Van den Belk nahm seine Brille ab und fixierte ihn nochmals sehr ernst.

„Und was den Haken angeht – die Technologie ist neu. Ganz neu. Sie sind der erste Mensch, der damit ausgestattet wird. Wir sind ziemlich sicher, dass es funktioniert, aber … es kann immer Komplikationen geben. Ihr Körper könnte die Prothesen abstoßen. Ihr Nervensystem könnte mit der Menge an künstlichen Signalen nicht klarkommen. Sie könnten im schlimmsten Falle an den Eingriffen sterben."

Stefan ließ das Gesagte einen Moment sacken. Aber sein Entschluss stand eigentlich bereits fest.

„Das, was ich jetzt hier habe, ist kein Leben mehr. Ich habe nichts zu verlieren. Ich bin auf jeden Fall dabei!"

Van den Belk lächelte zufrieden, und nun schob sich die hagere Frau erstmals in den Vordergrund und sprach Stefan direkt an.

„Sie werden Schmerzen haben. Ihr Nervensystem an die Prothesen zu gewöhnen, wird ein harter Prozess. Sie werden aktiv mitarbeiten – und wahrscheinlich viel Unangenehmes aushalten müssen."

Er lächelte sie breit an. Zum ersten Mal, seit er in diesem Bett erwacht war, spürte er so etwas wie Hoffnung.

„Kennen Sie Block 2 unserer Ausbildung – Überleben und Durchschlagen? Das war auch schmerzhaft. Und unangenehm. Ich habe das auch ausgehalten. Ich bin bereit, alles zu tun, was notwendig ist, um mein Leben zurückzubekommen!"

Van den Belk nickte ihm zufrieden zu.

„Herr Cols steht Ihnen nachher noch für weitere Fragen zu den Neuroprothesen zur Verfügung. Wir würden dann gerne noch einige Formalitäten und Organisatorisches mit Ihnen klären, bevor Sie in unsere Forschungseinrichtung verlegt werden."

„Wann würden wir anfangen?", fragte Stefan.

„Gleich morgen. Wir haben keine Zeit zu verschenken. Wenn alles geregelt ist, werden Sie morgen gegen Nachmittag von einem Transportfahrzeug abgeholt."

Professor Keppler stand nachdenklich vor der Tür. Sein wie immer offener Kittel wehte in der kühlen Novemberbrise. Er hielt seinen Kaffee mit beiden Händen fest, um sich ein wenig an der dampfenden Tasse zu wärmen. Sein Blick war auf den weißen Mercedes Sprinter gerichtet, der in der Einfahrt seiner Klinik stand. Ein unmarkiertes Fahrzeug, ausgestattet wie ein Krankenwagen, aber von außen vollkommen unauffällig. Keine Beschriftung. Luxemburger Nummernschilder. Ihm gefiel das einfach nicht. Aber was wusste er schon? Er war ja nur ein Arzt.

Zwei Pfleger rollten ein mobiles Krankenbett heraus. Das Kopfteil war immer noch leicht angehoben, sodass Stefan Roth ihn sehen konnte. Keppler winkte dem Patienten zu, der quittierte sein Winken mit wiederholt hochgezogenen Augenbrauen und einem breiten Grinsen. Immerhin freute der arme Kerl sich. Er hatte weiß Gott genug mitgemacht. Keppler ging langsam zu dem Transporter, während die beiden Pfleger routiniert das Bett hineinhoben und an den Befestigungspunkten fixierten. Er kletterte in den Wagen und warf flüchtig einen Blick in die seitlich angebrachten, schmalen Regale. Alles da, ein perfekt ausgestattetes Kranken- und Rettungsfahrzeug. Er schüttelte den Kopf. Dann legte er Stefan von hinten die Hand auf die Schulter, vorsichtig, um ihn nicht zu erschrecken.

„Wie fühlen Sie sich, Herr Roth? Bereit für die große Reise?"

„Absolut, Herr Professor! Ich kann's kaum erwarten!"

Stefan Roth drehte den Kopf so weit er konnte zu ihm und lächelte.

„Ich weiß, dass Sie Ihre Bedenken bei der ganzen Sache haben, Professor. Aber für mich ist es das Beste. Es ist *die* Chance. Und ich gehe da nicht naiv ran. Das ist okay."

Keppler nickte stumm. Dann griff er in die Innentasche seines Kittels und holte eine Visitenkarte heraus. Er stutzte einen Moment, weil ihm auffiel, dass er sie nicht einfach so übergeben konnte. Er hielt sie Stefan vor die Augen.

„Wenn Sie irgendetwas brauchen, sich unsicher sind oder eine Frage haben … irgendetwas … dann rufen Sie mich an. Das hier ist meine Handynummer. Sie dürfen immer anrufen. Wo … ähm … wo kann ich die für Sie hintun?"

Stefan sah ihn einen Moment an.

„An der Seite vom Bett ist ein Beutel mit meinen Sachen – Ausweis und so. Am besten da rein. Und, Professor …"

Keppler stopfte die Karte rasch in den Beutel und zog diesen dann wieder sorgsam zu. Er sah seinen Patienten an.

„Ja, Herr Roth?"

„Danke. Danke für … für alles. Ich hab das meiste ja gar nicht mitbekommen. Aber ohne Sie wäre jetzt alles vorbei. Die Schwestern haben mir ein wenig erzählt von … wie sehr Sie sich eingesetzt haben für mich. Danke. Ich vergesse das nicht."

Keppler lächelte und klopfte ihm wieder auf die Schulter.

„Melden Sie sich mal, wenn Sie den ersten Spaziergang auf Ihren neuen Beinen machen. Dann trinke ich ein Glas auf Sie!"

Mit diesen Worten wandte er sich schnell um und sprang aus dem Krankenwagen auf den harten Asphalt der Klinikeinfahrt. Es hatte mittlerweile leicht zu nieseln angefangen. Passte irgendwie zu seiner Stimmung. Er verzog das Gesicht und zog die Schultern hoch. Abschiede waren noch nie seine Stärke gewesen, und er hatte diesen armen Kerl aus irgendeinem Grund mehr ins Herz geschlossen als andere Patienten. Vielleicht, weil er ihn an Marvin erinnerte. Er wäre jetzt ungefähr in Stefan Roths Alter – vorausgesetzt, er hätte es so lange geschafft. Keppler schüttelte verärgert den Kopf, als wollte er die Gefühle, die ihn gerade bedrängten, herausschütteln.

In dem Moment kam Van den Belk von der Seite des Transporters auf ihn zu. Die beiden Pfleger schlossen gerade die Türen und machten sich nach vorne zur Fahrerkabine auf. Van den Belk selbst war mit einer schwarzen Mercedes-Limousine gekommen. Offensichtlich interpretierte er Kepplers Kopfschütteln als Missfallen.

„Ihnen ist unwohl bei der Sache, Professor Keppler. Ich kann das sehen. Aber glauben Sie mir, das ist nicht nötig. Herr Roth wird optimal versorgt bei uns. Er ist absolut wertvoll."

Keppler sah ihn nur stumm an. Er konnte nicht sagen, was genau ihn störte. An Van den Belk störte ihn auf jeden Fall so ziemlich alles, so viel wusste er.

„Sie können jederzeit gerne in unser Klinik-Labor kommen und Ihren Patienten dort besuchen. Er ist ja immer noch Ihr Patient, nicht wahr, Herr Professor? Ich weiß, dass das für Sie so ist."

„Wo ist denn Ihr Klinik-Labor genau?", fragte Keppler vorsichtig.

„Nicht weit von hier weg. Das Gebäude ist in einer ländlichen Gegend von Belgien, in der Nähe der Ardennen. Ich schicke Ihnen die Adresse gerne zu."

Der Professor nickte und grummelte ein Dankeschön. Er nahm einen Schluck Kaffee aus seiner mittlerweile fast kalt gewordenen Tasse und wollte sich gerade umwenden und wieder in seine Klinik gehen, als Van den Belk ihn am Arm festhielt.

„Herr Professor, ich hätte da noch etwas für Sie. Als Zeichen unseres guten Willens sozusagen."

Keppler sah den dicken Luxemburger mit gerunzelter Stirn an.

„Ihre Tochter Rebecca. Sie ist ausgebildete Physiotherapeutin. Habe ich recht?"

„Und Osteopathin. Hat gerade alle ihre Lehrgänge fertig", fügte Keppler hinzu.

Er konnte den Stolz in seiner Stimme nicht verbergen.

Van den Belk nickte bedächtig. Der Nieselregen hinterließ feine Tröpfchen auf seiner Brille, und er nahm sie ab und begann, sie mit einem Taschentuch pedantisch zu putzen.

„Und sie findet hier im Umkreis keine Arbeit, trotz bester Zeugnisse – und trotz der guten Beziehungen ihres Vaters …“

„Woher wissen Sie das? Und wieso interessiert Sie das, bitte?“

Van den Belk hob beschwichtigend die Hände.

„Bitte, Herr Professor Keppler. Ich wollte Ihnen nicht zu nahe treten. Ich wollte Ihnen ein Angebot machen.“

Er wartete einen Augenblick, während Keppler ihn verärgert fixierte.

„Ich verstehe, dass Sie wissen wollen, wie es Ihrem Patienten bei uns geht. Und Stefan Roth wird tägliche Physiotherapie benötigen – eine auf ihn zugeschnittene, täglich neu abgestimmte Therapie; und viel Training. Das ist ein Vollzeitjob für einen Physiotherapeuten. Und: Ein Job, den wir gerne Ihrer Tochter anbieten würden. So haben Sie immer eine Verbindung zu Herrn Roth.“

Keppler war verblüfft. Er hatte mit vielem gerechnet, damit jedoch nicht. Dennoch war er nicht bereit, seinen Verdruss einfach so fallen zu lassen.

„Das muss Rebecca selbst bestimmen. Sie ist eine erwachsene Frau, ich habe auf sie keinen Einfluss“, grummelte er.

„Das ist mir und uns klar, Herr Professor. Deswegen hat unsere Human Resources Abteilung Ihre Tochter bereits schriftlich kontaktiert. Ich bin sicher, wenn Ihre Tochter auch nur einen Bruchteil des medizinischen Talentes Ihres Vaters geerbt hat, dann wird das eine hervorragende fachliche Zusammenarbeit werden.“

Van den Belk grinste breit, nickte ihm noch einmal zu, drehte sich um und ging ohne weitere Worte zu seinem

Mercedes. Keppler blieb stehen und starrte ihm nach, komplett verblüfft von dieser Wendung. Er erwachte erst aus seiner Erstarrung, als ihm die Regentropfen des immer stärker werdenden Nieselregens in die Augen und den Kragen seines Hemdes liefen. Er schüttelte verdrießlich den Kopf. Auch wenn alles von außen so gut aussah, für seinen Patienten und anscheinend nun auch für seine Tochter – er mochte es nicht, so überrumpelt zu werden. Und er hatte das klare Gefühl, dass Van den Belk ihn soeben perfekt ausmanövriert hatte. Er wusste nur nicht, wieso.

6

Die Tage nach seinem Transport verschmolzen für Stefan fast genauso ineinander wie die Tage nach seinem langsamen Erwachen aus dem Koma. Kaum war er in seiner neuen Behausung angekommen – einem Krankenzimmer, das immerhin doppelt so groß war wie das bereits geräumige Zimmer, in dem er bei Dr. Keppler gelegen war – wurde er schon wieder auf eine mobile Bahre verfrachtet und zu einer Unmenge von Untersuchungen gefahren. Irgendwann schaltete er einfach ab und ließ die unzähligen Nadeln, Aufnahmen, Scans und die Litanei immer weiterer Befragungen und Reaktionstests mit einer Unmenge von immer neuen Ärzten und Mitarbeitern des Forschungszentrums willenlos über sich ergehen. Immerhin, das Essen war gut, das Zimmer roch gut, und er hatte einen gigantischen Fernseher mit unzähligen Pay-TV-Kanälen auf seinem Zimmer – mit einer Sprachbedienung, die es ihm ermöglichte, zumindest einige Dinge wieder autark zu tun. Überhaupt war die Technologie hier erstaunlich. Er musste nur einen Befehl in ein kleines Mikrofon sprechen, das an einem dünnen Kabel über seinem Kopf hing, und schon ging das Licht an oder aus, er konnte Radio und Fernseher bedienen und sogar die Raumtemperatur hinauf- oder hinunterregeln. Wirklich beachtlich. Aber so angenehm diese Dinge die Situation auch machten – zumindest im Vergleich zu seinem letzten Zimmer –, so war er doch sehr nervös und wollte endlich loslegen. Er war inzwischen geistig völlig klar und hatte sogar seine Erinnerungen beinahe zur Gänze zurück. Einzig der Unfall selbst war immer noch ein schwarzer Fleck – und würde es wohl laut Dr. Montgomery, die ihn in den letzten Tagen zweimal befragt hatte, wahrscheinlich auch bleiben. Gut, er konnte ohne diese wohl sehr unschöne Sequenz leben. Was ihm aber Schwierigkeiten bereitete, war die Tatsache, dass er bis auf fernsehen oder Musik hören gar nichts tun konnte. Nicht einmal an seiner Nase kratzen konnte er sich, oder einen Spaziergang machen, oder sich einen runterholen. Und für Letzteres konnte er wohl kaum einen der Ärzte hier um Hilfe bitten. Er seufzte leise in sich hinein. Immerhin war dieses Glied ihm nicht amputiert worden, und es funktionierte wohl auch noch. Er hatte das letzte Nacht zumindest insofern überprüft, als der Porno, den er auf einem Streamingkanal seines Superfernsehers gefunden hatte, einiges in Regung gebracht hatte, und zwar so heftig, dass der Katheter, an dem er noch immer hing, nochmals fieser wehgetan hatte und er sich eiligst mit Atemübungen und einer Live-Übertragung eines Boxkampfes aus Las Vegas ablenken musste, um Schlimmeres zu verhindern. Er wollte sich gerade wieder in ein neues Pay-TV-Abenteuer stürzen, als die Tür zu seinem Zimmer aufgestoßen wurde und eine Reihe von Personen eintrat. Allen voran ging Dr. Montgomery. Im Schlepptau hatte sie zwei Ärzte in

Kitteln sowie den jungen belgischen Techniker, Henry Cols, und einen weiteren jungen Mann mit dunklerem Teint und pechschwarzen Haaren, der ebenfalls unschwer als Techniker zu identifizieren war. Er schob einen Rollwagen vor sich her, der aussah wie eine Industriekühltruhe auf Rädern. Stefan kannte seinen Namen nicht, wusste aber bereits, dass er ebenfalls an der Entwicklung der Neuroprothesen arbeitete. Henry, mit dem er sich mittlerweile recht gut verstand, grinste ihn freudig an.

Dr. Montgomery trat direkt vor ihn. Zu seiner Überraschung lächelte sie sogar, ein Gesichtsausdruck, den er bei ihr zum ersten Mal sah. Er passte auch nicht recht zu ihr, entschied Stefan. Sie wirkte so freundlich wie eine Hyäne, die ihre Zähne bleckte.

„Herr Roth, ich habe gute Neuigkeiten", sagte sie. Ihre Stimme klang sogar ein wenig enthusiastisch.

„Ihre Prothesen sind vorbereitet, Ihre körperlichen und mentalen Testwerte liegen vor, und den ersten Anpassungen steht nichts im Wege. Wir können morgen mit der ersten Operation beginnen!"

Stefan fühlte eine Erregung, die ihn wie ein elektrischer Schlag durchfuhr. Sein Magen zog sich zusammen wie vor einem Fallschirmsprung. Er holte tief Luft und bemühte sich, nicht vor Freude zu schreien.

„Was wird bei der ersten Operation gemacht? Und wie viele Operationen sind es?"

Er sprach gepresst, aber nicht vor Angst. Er fühlte sich eher als würde er gleich vor Freude platzen.

Dr. Montgomery sah ihn jetzt wieder so kühl und neutral an, wie er es von ihr gewohnt war.

„Wir beginnen mit dem Anbringen Ihrer Arme. Wir werden zunächst einen Teil der Nervenbahnen verbinden. In einem zweiten Schritt werden wir dann weitere Steuerleitungen und den Hauptcontroller legen. Danach kommen, wenn alles glatt läuft, in etwa zwei Wochen Ihre Beine dran. Wir müssen vorsichtig vorgehen, damit Ihr Nervensystem genügend Zeit hat, die Impulse zu verarbeiten. Insgesamt werden es – vorausgesetzt, es gibt keine Abstoßungsreaktion oder Komplikationen – sechs Operationen in einem Zeitraum von neun Wochen sein."

Stefan schluckte. Jetzt, wo es so kurz bevorstand, klang das alles nicht mehr ganz so harmlos. Aber er war bereit. Alles war besser als die Existenz als atmender Kopf, der außer essen, fernsehen und schlafen nichts tun konnte. Er nickte und sah ihr mit seinem besten Soldat-aus-Stahl-Blick direkt in die Augen.

„Ich bin bereit, Dr. Montgomery. Ich freue mich drauf."

Sie lächelte wieder schmallippig und nickte. Dann wandte sie sich kurz zu den Technikern um und deutete auf Stefan.

„Zeigen Sie es Herrn Roth." Dann sagte sie, wieder zu ihm gewandt: „Herr Cols und Herr Alvaro werden Ihnen schon einmal zeigen, was sie für Sie vorbereitet haben."

Alvaro öffnete den Deckel des Rollwagens und griff hinein. Stefan war verblüfft – kondensierende Luft waberte über der Öffnung, es war tatsächlich eine Art Kühltruhe.

Henry Cols sah seinen Blick und grinste ihn an.

„Wir müssen die Dinger kühl halten. Wegen der biologischen Gewebeeinlagen. Wollen dir ja kein Gammelfleisch anschrauben!"

Der Satz trug ihm einen Seitenblick von Dr. Montgomery ein, der vermutlich tödlicher als Giftgas war. Henry war aber bereits in bester Technikermanier so in Fahrt, dass er den Blick gar nicht wahrnahm. Er beugte sich über die Truhe und hob vorsichtig ein Gebilde heraus, das aussah wie ein schwarzer, glänzender Schlauch, aus dem an einem Ende eine Masse von Kabeln heraushing. An der anderen Seite war eine menschliche Hand. Behutsam hob Henry den künstlichen Arm an und trat damit näher an Stefans Bett.

„Die Hand ist überzogen mit einem organischen Hybridmaterial. Genetisch gezüchtetes Gewebe mit Nervenzellen und allem Drum und Dran. Quasi echte Haut, nur eben gezüchtet. Damit bekommst du im Idealfall fast genauso präzise sensorische Rückmeldungen wie mit einer echten Hand, auf Druck, Hitze, Kälte und so weiter. Und du wirst nicht blöd angesehen, zumindest wenn du was Langärmliges anziehst!"

Er drehte den Arm vorsichtig. Das glänzende, schwarze Material wirkte fast surreal. Darunter zeichneten sich Umrisse ab, die beinahe wie Muskeln aussahen, jedoch seltsame, geriffelte Formen und Oberflächen hatten. Henry strich zärtlich über die Außenhülle des Armes.

„Alle Antriebe sind Carbon Nanotubes – künstliche Muskeln. Lediglich für die Feinjustierung und Anstellwinkel verwenden wir noch sehr kleine Mikroservos. Damit sollten die Arme eine Kraft aufbringen, die etwa beim Vier- bis Fünffachen eines menschlichen Armes liegt, dabei aber so exakt arbeiten wie ein Industrieroboter. Die Außenhülle ist ein extrem dicht gewebtes

Aramidfaser-Gewebe, umhüllt mit Elastomer. Du bist also nahezu kugelsicher und wasserdicht … zumindest an den Armen …!“

Seine Augen leuchteten, und auf Henry Cols Wangen hatten sich kleine rote Flecken gebildet. Stefan grinste, es war unmöglich, sich von dem ehrlichen Enthusiasmus des Technikers nicht anstecken zu lassen. Auch wenn er, ehrlich gesagt, nicht zu hundert Prozent verstanden hatte, was Henry ihm da genau gesagt hatte, war für ihn eines klar: Das da würden seine Arme werden – und es war der Wahnsinn! Diese Erkenntnis reichte ihm voll und ganz für heute. Lächelnd ließ er seinen Kopf in das Kissen zurücksinken.

Die Unterredung ging noch einige Minuten weiter, aber Stefan war nicht mehr ganz bei der Sache. In seinem Kopf war er schon dabei, mit seinen neuen Armen zu trainieren und sich die Welt, aus der er so schmerzhaft herauskatapultiert worden war, zurückzuerobern.

7

Das Erste, was er spürte, als er aus der Narkose aufwachte, waren die Schmerzen. Dann folgte das Kribbeln, als würden Tausende von Käfern mit kratzenden Beinen an seinem Oberkörper auf und ab laufen. Das Schlimmste aber waren die Gedanken. In seinem Kopf schienen ständig Bilder zu kreisen, und Bruchstücke von Songs, die er einmal gehört hatte, wie von einem durchgedrehten DJ zusammengemixt. Er wollte schreien, konnte es aber nicht. Stattdessen atmete er gepresst und hechelnd. Wieder konnte er das rhythmische Piepen einer Überwachungsmaschine neben sich hören. Die Schmerzen wurden schlimmer, jetzt war es, als würde jemand mit einem Bunsenbrenner langsam seine Arme hinauf bis zu seinem Nacken fahren. Moment mal, schoss es ihm durch den Kopf, meine Arme?

Er öffnete stöhnend die Augen, schloss sie aber gleich wieder, weil sich alles um ihn herum drehte. Durch das Song-Gewirr in seinem Kopf drangen jetzt Stimmen von außen. Mehrere Personen, weiblich wie männlich, redeten durcheinander, nannten irgendwelche Werte, redeten über ihn. Er stöhnte. Das Brennen wurde weniger, aber der

Schmerz war immer noch unerträglich. Aus dem Stimmengewirr hörte er Dr. Montgomerys Stimme heraus.

„Erhöhen Sie die Schwellensensitivität nochmals einen Step“, meinte er herauszuhören. Dann fuhr ein Stromstoß durch seinen Körper, und trotz geschlossener Augen war er geblendet von weißem Licht. Er schrie auf, sein eigener Schrei hallte in seinen Ohren wider. Er riss die Augen auf, versuchte nach Luft zu schnappen. Auf seiner Brust schien mit einem Mal ein tonnenschweres Gewicht zu liegen. Vor seinen Augen krampften sich seine Hände zusammen, öffneten und schlossen sich. Meine Hände, fuhr es ihm durch den Kopf. Dann wurde alles schwarz.

Als er das zweite Mal zu sich kam, waren die Schmerzen weniger intensiv. Er fühlte ein Brennen am ganzen Körper, und ein Kribbeln, aber es war aushaltbar. Vorsichtig öffnete er die Augen. Sein Blick schärfte sich einigermaßen, und er konnte die Decke seines Zimmers erkennen. Die vielen Maschinengeräusche um ihn herum waren verschwunden, auch die Menschen, die beim letzten Mal durcheinandergeredet hatten, waren nicht mehr da. Er drehte den Kopf langsam und vorsichtig nach links und rechts. Dann sah er an sich hinunter. Neben dem Umriss seines Oberkörpers waren zwei weitere Umrisse zu erkennen: Arme.

Er spürte, wie sich sein Herzschlag beschleunigte. Er fixierte den Umriss des rechten Arms unter der Bettdecke und versuchte, ihn mit purer Willenskraft zu bewegen. Schweißperlen traten ihm auf die Stirn, er hielt die Luft an. Der Arm lag einfach nur da, wie ein Stück totes Holz. Zischend ließ er die Luft aus.

„Hey, du bist wach", kam aus der Zimmerecke Henrys Stimme. Stefan erschrak. Er hatte seinen Kopf nicht weit genug gedreht, um den jungen Techniker in der Ecke sitzen zu sehen. Henry Cols trat an sein Bett heran und lächelte ihn schuldbewusst an.

„Sorry wegen vorhin. Wir haben deinem Nervensystem wohl etwas viel auf einmal zugemutet. Mussten dich kurzfristig noch mal einschlafen lassen, damit wir das alles einjustieren konnten, ohne dass du uns … na, du weißt schon …"

Stefan schüttelte kurz den Kopf und atmete tief durch, um die letzten Reste von Benommenheit loszuwerden. Er fixierte Henry mit einem durchdringenden Blick.

„Wie kann ich meine Arme bewegen? Oder geht es nicht? Hat es funktioniert?"

Henry hob beschwichtigend die Arme.

„Relax, man, alles cool. Es hat alles funktioniert, zumindest im zweiten Anlauf. Die Prothesen nehmen deine Impulse auf und leiten sie auch weiter. Alles so weit perfekt. Dein Gehirn muss jetzt lernen, damit umzugehen. Das wird etwas länger dauern als gedacht. Und es wird viel Training brauchen, bis das alles zusammenspielt, aber von die reine Messwerten ist alles gut."

Stefan wollte gerade zu einer Antwort ansetzen, als er wieder einen kleinen Stromstoß spürte, der ihn instinktiv zusammenzucken ließ. Dann spürte er, wie etwas seinen Bauch streifte, und schrak auf. Henry sah an ihm hinunter und grinste dann breit.

„Wie es scheint, lernt dein Gehirn recht schnell! Gratulation!"

Stefan sah auf den Umriss der Hand unter der dünnen Bettdecke, *seine* neue Hand, die unterhalb seines Bauchnabels lag. Zeige- und Mittelfinger zuckten in regelmäßigen Abständen leicht. Er war zuerst irritiert, dann registrierte er, dass er das Zucken irgendwie spüren konnte. Es fühlte sich nicht so an, wie er es von seinen eigenen Armen in Erinnerung hatte, aber da war ein Gefühl. Unwillkürlich begann er so breit zu grinsen, dass seine Wangen fast schmerzten. Er konzentrierte sich auf das Gefühl, versuchte es zu verstärken. Er zwang sich, ruhig zu atmen und schloss die Augen. Spürte in sich hinein. Spürte das Kribbeln und Brennen, machte es sich bewusst. Dann stellte er sich seine Hand vor und wie sich die Finger bewegten. Ein lautes Auflachen von Henry ließ ihn die Augen wieder öffnen.

„Look at that! Mann, du bist verdammt schnell!“

Der Techniker hatte vor Erregung wieder rote Flecken auf den Wangen und zog nun einfach die Decke von Stefans Körper herunter. Jetzt begannen auch die Finger der linken Hand zu zucken, während die rechte Hand sich langsam und zitternd zur Faust ballte.

„Ich wird das gleich an Dr. Montgomery melden. Das ist sensationell, Mann, du kannst dir gar nicht vorstellen, wie sehr. Ich glaube, wenn das so schnell geht, lässt sie dich gleich heute mit die Training beginnen.“

Wenn er aufgeregt war, wurden Henrys leichter belgischer Akzent und eine manchmal holprige Grammatik in seinem sonst fast fehlerfreien Deutsch hörbarer. Ein noch breiteres Grinsen zog sich jetzt über sein Gesicht, und seine Augen blitzten verschmitzt.

„Und wenn du die Frau siehst, die deine Trainerin ist, bist du gleich noch mal motivierter. Ein echt scharfe meisje, mijn klote!“

Stefan wollte gerade etwas erwidern, als sich seine rechte Hand plötzlich wie eine Spinne in Bewegung setzte und auf seiner Unterhose, genau auf seinen Genitalien, zuckend zu liegen kam.

Beide sahen eine Weile auf die Hand, deren Finger jetzt unnatürlich gestreckt waren. Henry räusperte sich und trat näher an das Bett heran.

„Okay, aber wenn Becky das erste Mal vorbeikommt, willst du vielleicht nicht gleich deine Hand da haben …“

Vorsichtig, aber immer noch grinsend, hob Henry den Unterarm an und legte ihn wieder neben Stefan. Die Hand entspannte sich. Henry deckte ihn wieder zu. Er wurde ernst.

„Ich sage jetzt Dr. Montgomery Bescheid. Im Ernst, Mann, das ist super, was du hier machst. Und du wirst sehen, wenn du ein paar Sachen raus hast, wird es mit die Training ganz schnell gehen. Ich bin bald wieder zurück, okay? Mach bis dahin keinen Blödsinn.“

8

Bereits am nächsten Morgen nach einem größeren Frühstück, das er zum ersten Mal seit seinem Unfall mit Appetit verschlang, konnte Stefan sich persönlich davon überzeugen, dass Henrys Einschätzung seiner neuen Therapeutin korrekt war. Sie war definitiv scharf. Wenn auch etwas kühl und sehr geschäftsmäßig, was aber angesichts der für sie sicherlich genauso seltsamen Umgebung hier kein Wunder war. Rebecca Keppler war in jedem Fall der schönste Anblick, den er bisher in diesem „Forschungszentrum", wie sie es nannten, zu Gesicht bekommen hatte. Mitte zwanzig, mit schlanker, sichtlich trainierter Figur, dunkelbraunen Haaren und einem sehr weichen und weiblichen Gesicht mit vollen, dunklen Lippen. Und mit verdammt kräftigen Fingern, die gerade wieder schmerzhaft in seinen linken Brustmuskel drückten. Er stöhnte laut.

Rebecca sah ihn fragend an.

„So schlimm? Ich dachte eigentlich, das müsste sich schneller lösen."

Sie ließ von ihm ab und trat einen Schritt zurück. Henry und sein offenbar spanischer Kollege Alvaro standen ebenfalls im Raum und notierten eifrig jede noch so kleine Zuckung. Alvaro filmte die gesamte Session mit seinem Handy, während Henry sich auf einem großen Tablet-Computer dazu Notizen machte. Immerhin hatte Stefan es bereits mehrfach geschafft, seine neuen Arme tatsächlich mittels Willenskraft zu bewegen – wenn auch noch sehr unkoordiniert und mit teils schmerzhaft zusammenkrampfender Muskulatur seines „biologischen" Körpers, die Rebecca nun mit ebenso schmerzhaften Griffen zu entkrampfen versuchte.

„Ich halt das schon aus. War nur kurz überrascht."

Er rang sich ein Lächeln ab. Der Schweiß, der ihm vor Anstrengung und Schmerzen auf der Stirn stand, strafte seine Worte Lügen. Er atmete ein paarmal tief ein und aus, um wieder zur Ruhe zu kommen.

„Ich versuch's noch mal. Das mit dem Visualisieren hat ja eben schon ganz gut funktioniert!"

Sein Blick fixierte seine rechte Hand. Und tatsächlich ballte sich diese nach einigen Sekunden zitternd zur Faust. Dann hob sich diese Faust ein paar Zentimeter in die Luft. Nach einigen Sekunden sank sie wieder auf die Bettdecke. Stefan blies zischend die Luft aus, die er vor lauter Anspannung angehalten hatte. Aber es war ein Triumph. Er konnte diese Roboterdinger, die nun seine Arme waren, tatsächlich steuern. Und das nach nur einem Tag. Damit war er viel schneller, als alle Experten im Team das eingeschätzt hatten. Er war stolz, aber ihm war mittlerweile fast schwindelig vor Anstrengung. Trotzdem lächelte er die junge Physiotherapeutin noch einmal so gewinnend an, wie er nur konnte, und sagte: „Jetzt noch mal der andere Arm!"

Rebecca schüttelte nur den Kopf. Sie legte ihm die Hand auf die Brust, was ihm deutlich besser gefiel, als wenn sie ihre Finger in seine Muskeln bohrte.

„Besser nicht. Sie sind schon ganz blass. Ihr Nervensystem lernt gerade, sich auf komplett neue Reize einzustellen, das ist nicht zu unterschätzen. Es ist wahnsinnig anstrengend, auch wenn Ihre Muskeln nicht direkt belastet werden. Aber es ist letztlich für Ihren Gesamtorganismus sogar noch viel anstrengender als echte Muskelarbeit. Lassen wir es gut sein für heute!"

Sie tätschelte seine Brust noch kurz und nahm dann ihre Hand weg. Was er sehr schade fand, aber das konnte er ihr nicht sagen. Stattdessen nickte er nur kurz und ließ seinen Kopf in das Kissen zurücksinken.

„Wird das irgendwann einfacher?"

Statt der jungen Frau antwortete ihm Henry, der sich an ihr vorbeidrängte und nun ganz nah an das Bett kam.

„Das wird ganz schnell besser. Was du jetzt machst, ist fast das Gleiche, wie wenn ein Baby laufen lernt. Dein Gehirn lernt, mit welchen Signalen es deine Gliedmaßen kontrolliert. Noch musst du das bewusst machen, bald geht es ganz von selbst. So wie man ja auch nicht darüber nachdenkt, wie man läuft, oder sich darauf konzentrieren muss. Sobald die neuronalen Verbindungen geschlossen sind, wird das alles immer einfacher und schneller. Und du bist sowieso superschnell, Mann. Wir sind alle stolz auf dich!"

Stefan fühlte sich ausgelaugt, aber glücklich. Er hatte wieder etwas, für das er arbeiten konnte. Ein Ziel. Egal wie anstrengend oder schmerzhaft, damit kam er klar. Er hatte wieder eine Richtung.

„Und die Schmerzen im Nacken? Die werden grade wieder deutlich schlimmer“, fragte er. Von dem Metallding, das sie ihm in seine Halswirbelsäule eingepflanzt hatten, schienen heiße Wellen auszugehen.

„Das ist der Steuerungs-Hub. Lass mal sehen.“

Henry fasste vorsichtig an Stefans Hinterkopf. Ein rundes Metallteil war kurz unter seinem Haaransatz angebracht. Stefan fühlte, wie Henry daran herumdrückte.

„Tut das jetzt mehr weh?“, fragte Henry.

Stefan schüttelte vorsichtig den Kopf.

„Gleichbleibend ekelhaft.“

Henry trat einen Schritt zurück und sah ihn aufmunternd an.

„Dann ist das kein Problem. Der Hub verbindet ja die sensorischen Signale direkt mit deinem Stammhirn. Die Verbindung ist ja noch ungewohnt, das ist jetzt vermutlich nichts anderes als Stress, was du da spürst. Ich lasse dir ein leichtes Schmerzmittel geben, dann passt das. Aber deine Fortschritte sind sensationell. Du kannst echt stolz sein!“

Und seine Fortschritte wurden tatsächlich immer größer. Nach fünf Tagen intensiven Trainings konnte Stefan beide Arme und Hände bereits mit großer Geschicklichkeit bewegen. Er war zwar noch etwas langsam, aber fast immer griffen seine Hände dorthin, wo er es auch beabsichtigte. Mittlerweile erwachte er morgens bereits, bevor das erste Licht durch die Fenster seines Zimmers fiel, und begann sofort mit Übungen. Die tägliche Anstrengung gab ihm eine Richtung, er genoss jede Minute und sank abends völlig erschöpft in seine Kissen. Er begann sogar, von seinen

Armen zu träumen. Seit dem Unfall hatte er keine zusammenhängenden, lebendigen Träume mehr gehabt, an die er sich erinnern konnte. Doch nun sah er sich in seinen Träumen, mit Armen und mit seinen neuen Beinen, was ihm zusätzlichen Antrieb verlieh. Dr. Montgomery hatte ihm gesagt, dass sie seine neuen Beine ansetzen könnten, sobald sein Nervensystem die Arme vollständig kontrollieren konnte und somit bereit für den Stress neuer Gliedmaßen war. Und das wollte er lieber heute als morgen.

Ein weiterer, hoch motivierender Faktor für ihn war die tägliche Stunde mit Rebecca Keppler. Mit jeder neuen Fähigkeit, die er sich antrainierte, wuchs auch sein Selbstvertrauen ihr gegenüber. Längst war er nicht mehr nur von ihrem Äußeren beeindruckt. Nachdem sie ihre anfängliche, professionelle Reserviertheit abgelegt hatte, war sie zu einer offenen, witzigen und oftmals herrlich sarkastischen Gesprächspartnerin für ihn geworden. Erst durch sie merkte er, wie einsam er sich vorher gefühlt hatte – ein Gefühl, dass er vor sich selbst verschlossen hatte, um nicht alle Hoffnung zu verlieren. Mittlerweile waren sie per Du, und das gemeinsame Training mit der schönen Physiotherapeutin war sein Tageshighlight geworden. Er hatte sogar die ältere Krankenschwester, die ihm immer das Frühstück brachte, heimlich gebeten, ihm ein Aftershave zu besorgen und ihn damit heute einzusprühen. Jetzt wartete er nervös auf den Beginn ihrer Trainingseinheit – täglich um 16:00 Uhr – und fragte sich, ob das wirklich eine so gute Idee gewesen war.

Als sich endlich die Tür zu seinem Zimmer öffnete, trat jedoch nicht nur Rebecca Keppler ein. Gemeinsam mit ihr kamen die beiden Techniker sowie Dr. Montgomery, die als Erste zu ihm ans Bett trat. Mit einem kurzen Sprachbefehl fuhr Stefan sein Kopfteil hoch, sodass er fast aufrecht vor der Gruppe saß. Er sah mit hochgezogenen Augenbrauen in die Runde.

„Irgendwas Besonderes heute?", fragte er.

Dr. Montgomery schenkte ihm eines ihrer seltenen Lächeln.

„Herr Roth, ich denke, Sie sind das Besondere heute. Unsere Frau Keppler hier hat mir berichtet, dass Ihr Fortschritt ganz außerordentlich ist."

Neben ihr begann Henry bereits aufgeregt von einem Fuß auf den anderen zu treten. Stefan spürte, dass etwas in der Luft lag.

„Ich habe daher eine Begutachtung angesetzt. Wenn Ihre sensomotorischen Fähigkeiten dem entsprechen, was wir als Mindestmaß ansehen, dann könnten wir nach dem Wochenende beginnen, Ihre Beinprothesen anzusetzen."

Ihr Lächeln wich einem strengen Ausdruck.

„Aber nur, wenn alle Anforderungen erfüllt sind. Wir dürfen hier nichts riskieren!"

In Stefans Kopf schien etwas einzurasten. Er würde seine Beine bekommen. Äußerlich blickte er so gelassen, wie er nur konnte, und erwiderte nur trocken mit Blick auf Rebecca: „Dann wollen wir mal!"

Die nächste Stunde verbrachte er damit, mit fieberhaftem Eifer alle Übungen durchzugehen, die er und Rebecca in den letzten Tagen gemacht hatten. Gegenstände greifen und umsetzen, freie Bewegungen, bis hin zum Zeigen und Reagieren auf schnelle Kommandos wie „Faust links hoch“ und „rechts auf Tasse zeigen“. Er leistete sich keinen einzigen Fehler, und Dr. Montgomery war sichtlich beeindruckt. Henry war geradezu verzückt, und sein rundliches Gesicht zierten wieder rote Flecken der Erregung. Alvaro klebte hinter seinem Handy und zeichnete die triumphale Session ohne Pause auf.

Als Dr. Montgomery gerade zu sprechen ansetzen wollte, brachte Stefan sie mit einer Handbewegung zum Schweigen. Er grinste über ihren verblüfften Gesichtsausdruck.

„Moment noch, Dr. Montgomery! Ich habe noch etwas geübt, was mir Rebecca … also Frau Keppler, nicht beigebracht hat. Das habe ich mal einfach so versucht …“

Mit einer flüssigen Bewegung brachte er beide Hände neben sich und drückte sich komplett in die Höhe. Sein Rumpf schwebte einige Zentimeter über dem Bett, wie ein Turner im „L-Sitz“ – nur ohne Beine. Er drückte sich so hoch er konnte, bis er den schmerzhaften Zug der Schläuche und Kabel spürte, die immer noch in seinen Unterleib gingen. Er grinste triumphierend in die Runde, während alle um ihn herum überrascht den Atem anhielten.

„Und wenn ich meine Beine wiederhabe, dann würde ich wirklich zu gerne auch mal wieder ohne die Schläuche da pinkeln gehen!“ Er konnte kaum richtig sprechen, so sehr musste er über diesen Moment grinsen. Diese neuen Arme hatten etwas für sich – er spürte nicht einmal die geringste Anstrengung. Die Idee war ihm gekommen, als sich Henry wieder einmal darüber ausgelassen hatte, wie viel stärker und gewissermaßen unermüdlich seine elektronischen Muskeln im Vergleich zu biologischen waren.

Und sein Show-Effekt hatte sichtlich eingeschlagen. Selbst Dr. Montgomery stammelte ein wenig, als sie ihn anwies: „Das reicht dann jetzt, Herr Roth. Sehr eindrucksvoll."

Als er sich langsam wieder herunterließ, sah sie ihn an, wie eine strenge, aber stolze Mutter ihr Kind ansieht.

„Am Montag werden wir die Beinprothesen ansetzen und aktivieren. Ich habe das Gefühl, wenn wir Sie noch länger ohne Beine lassen, beginnen Sie noch, auf den Armen zu laufen … Gratulation!"

Sie lächelte noch einmal kurz, wandte sich dann um und ging. In der Tür drehte sie sich noch einmal zu ihm um.

„Herr Roth … nehmen Sie das bitte trotzdem ernst. Machen Sie keinen Blödsinn, der Ihre … Funktionsfähigkeit beeinträchtigen könnte."

Dann ging sie ohne ein weiteres Wort. Die verbleibenden vier hielten schweigend die Luft an. Als die Tür hinter ihr ins Schloss fiel, entlud sich die Stimmung in johlendem Gelächter von Henry, das bald alle anderen ansteckte. Als sie sich alle wieder beruhigt hatten, ging Henry zu seinem Rucksack.

„Ich hab dir was mitgebracht, mein Freund. Aber das bleibt unter uns hier, okay? Ich denke, wenn du das selber festhalten kannst, dann kannst du auch damit umgehen!"

Aus seinem Rucksack holte er einige Flaschen heraus, die er an Alvaro weiterreichte. Dieser nahm sie und öffnete sie ebenso effizient wie wortlos mit seinem Feuerzeug. Offenbar waren sie auch, was das anbetraf, ein eingespieltes Team.

„Vedett IPA. Das ist nicht irgendein Bier, Mann. Das ist richtiges Bier, hier aus Belgien. Hast du dir verdient!"

Er gab zuerst Rebecca eine Flasche und hielt dann eine geöffnete in Stefans Richtung. Stefan ergriff sie, setzte sie an und nahm unter lautstarkem Beifall von Rebecca und den beiden Technikern einen tiefen Zug. Nicht ein Tropfen ging daneben, und das kühle Bier in seiner Kehle, gepaart mit dem Lachen seiner neuen Freunde, war das schönste Gefühl, das er sich in diesem Moment vorstellen konnte.

9

Van den Belk schwitzte wieder. Es war unerträglich heiß in diesem Besprechungsraum, fand er. Warum gaben sie Millionen für ein Forschungszentrum aus, und dann gab es nicht einmal eine vernünftige Klimatisierung in den Besprechungszimmern? Er schüttelte den Kopf. Aber es war nicht nur die Hitze, die ihm zu schaffen machte. Es war auch diese gottverdammte Besprechung – oder, besser gesagt, Inquisition. Er war es gewohnt, Befehle zu geben, nicht sie zu empfangen. Das schienen seine Besucher allerdings anders zu sehen. Einer von ihnen, eine seiner Meinung nach viel zu junge Frau mit karottenroten Haaren, nervte ihn ganz besonders.

„Ich wiederhole mich, Madame Moreau, wir sind nicht nur im Plan, wir sind vor dem Plan. Und alle Mittel sind so verwendet wie angekündigt. Die Budgetüberschreitung ist minimal in diesem Zusammenhang, und …" Weiter kam er nicht. Karottenschopf schnitt ihm mit einer herrischen Geste das Wort ab.

„Herr Van den Belk, wir diskutieren nicht das Budget. Wir diskutieren nur den Zeitplan. Die Kommission will sicherstellen, dass Herr Roth in sechs Wochen einsatzbereit ist für die ersten Missionen. Sehen Sie das gewährleistet?"

Dr. Montgomery, die neben ihm saß, platzte nun endgültig der Kragen. Sie stand auf und blickte zornig auf die rothaarige Madame Moreau und ihre beiden Begleiter, blasse Typen in biederen, blauen Anzügen, die bis jetzt außer gemurmelten Begrüßungen nichts von sich gegeben hatten. Sie lehnte sich über den Tisch und blickte auf ihr Gegenüber hinunter.

„Madame Moreau, Herr Van den Belk und ich sagten Ihnen bereits, wir sind mehr als im Plan. Aber wir werden unter keinen Umständen irgendwelche Zusagen machen bezüglich seiner Einsatzfähigkeit. Und es wird keinerlei Beschleunigung geben. Nicht, solange ich hier medizinische Leiterin bin!"

Ihre sonst so sachliche Stimme hatte einen eisigen Klang angenommen. Die junge Frau ihr gegenüber gab sich davon jedoch komplett unbeeindruckt.

„Nun, Mrs. Montgomery, dann werden die Planänderungen mit einer neuen medizinischen Leitung umgesetzt. Ihre Wahl …"

Sie lächelte süffisant zu der sichtlich erregten Medizinerin hoch. Als diese sie nur entgeistert anstarrte, nickte sie befriedigt.

„Nun, ich denke, wir verstehen uns also. Ich will, dass die gesamten CRH-2022 Codes, die wir Ihnen übergeben haben, noch im Dezember eingespielt werden. Testergebnisse und Reports zweimal pro Woche. Und ich erwarte Einsatzfähigkeit im Januar."

Van den Belk ließ sich schnaufend in seinen Stuhl zurücksinken. Er hatte nicht seinen Posten beim Geheimdienst aufgegeben, um sich von dieser nervtötenden Person herumkommandieren zu lassen. Aber er musste sich eingestehen, dass sie ihn in der Hand hatten. Sie alle. Zumindest, solange das Projekt noch nicht erfolgreich abgeschlossen war.

10

Stefan zuckte leicht zur Seite, als eine Kugelsalve den Putz aus der Mauer vor ihm schlug. Er ließ sich vorsichtig ein wenig zurückfallen. Seine Beine spannten sich wie Sprungfedern, dann rannte er los. Seine eigene Geschwindigkeit überraschte ihn. Links von sich sah er eine Bewegung aus dem Augenwinkel. Er hob blitzschnell seinen Arm und das kompakte G36 in seiner Hand feuerte eine kurze, bellende Salve. Zwei Gestalten wurden vom Einschlag der Kugeln nach hinten gerissen. Zweimal Kopfschuss aus dem Laufen, dachte er erstaunt. Auch nicht schlecht. Dann sprang er in Deckung hinter die nächste kleine Baracke und ging in die Hocke. Das Ganze hatte nicht einmal drei Sekunden gedauert, und doch hatte er eine Strecke von zwanzig Metern zwischen den Häusern überbrückt. Er sah an sich hinunter. Unter seiner Tarnkleidung zeichneten sich seine Beinprothesen ab. Er konnte die unbändige Kraft seiner Arme und Beine spüren wie ein stetiges Summen. Seine Sinne waren geschärft, er war ein Raubtier. Wieder hörte er das Tak-tak-tak einer automatischen Waffe, und zwar in dem Haus direkt vor ihm. Er musste den Schützen eliminieren. In einer geschmeidigen Bewegung warf er sich herum, sprang auf und drehte sich im selben Moment. Einen Wimpernschlag später trat er mit einer flüssigen Bewegung die Tür der Baracke ein, die sich komplett aus dem Rahmen löste und krachend ins Innere des Hauses fiel. Das Geratter des Maschinengewehres im Inneren verstummte augenblicklich. Er warf sich nach vorne, das G36 im Anschlag. Zwei kurze Salven, und die beiden Männer links und rechts neben der Tür brachen zusammen. Sie hatten es nicht einmal geschafft, ihre Waffen zu heben. Instinktiv ließ er sich wieder in die Hocke fallen, rollte nach rechts, um kein Ziel abzugeben. Der Typ mit dem Maschinengewehr war noch da, seiner Berechnung nach musste das Fenster, hinter dem der gestanden war, links vor ihm sein. Er wirbelte herum und konnte den Mann sehen, der sich wie in Zeitlupe zu ihm hindrehte. Den Mund zu einem Schrei geformt, hob er die Waffe an, ein AK12. Sein verschwitztes, etwas zotteliges Haar wirbelte um seinen Kopf herum, und aus seinem Mund flog in Zeitlupe ein Speichelfaden. All das bemerkte Stefan wie beiläufig, bevor er zweimal kurz den Abzug seines G36 betätigte. Die Salven trennten den Kopf des Mannes beinahe von seinem Körper, und er wurde rückwärts gegen den Fensterrahmen geschleudert, prallte ab und kam mit einem dumpfen Geräusch auf dem Boden auf. Die anschließende Stille war gespenstisch. Stefan wartete einen Moment, und als er keine weiteren Feinde ausmachen konnte, richtete er sich auf und bog das kleine Mikrofon seines Helms wieder vor seinen Mund.

„Hybrid 1, alle Ziele eliminiert." Dann trat er ans Fenster und blickte hinaus. Auf der staubigen Straße vor ihm lagen gut und gerne zehn weitere Leichen, fast alle mit Einschusslöchern im Kopf. Sein Blick scannte die Straße nach Bewegungen ab. Alles still. Bis er plötzlich eine Berührung an seiner Schulter spürte. Er wirbelte herum und riss das G36 hoch.

Rebecca fuhr mit einem spitzen Schrei zurück.

„Mann, bei dir muss man ja wirklich aufpassen!"

Seine Augen hatten Mühe, sich zu fokussieren. Er sah sie einige Sekunden entgeistert an. Dann sah er auf seine Arme, die immer noch vor seinem Körper in der Luft hingen, ganz so, als würden sie mit einem Sturmgewehr zielen – nur dass er keines hatte. Er ließ stöhnend die Arme sinken.

„Tut … tut mir echt leid. Ich hab geträumt. Muss eingeschlafen sein … Wie spät ist es?"

Rebecca grinste ihn fröhlich an.

„Kurz nach vier. Ich habe dich geweckt, weil es Zeit für die Trainingseinheit ist. Wir wollen schließlich sehen, wie viel du mit deinen neuen Beinen schon anfangen kannst."

Sie überlegte kurz.

„Dass du so müde bist, kommt wahrscheinlich von der zusätzlichen Nervenbelastung. Ist schon okay – wenn du zu müde bist, komme ich einfach morgen wieder. Du bestimmst das Tempo."

Er schüttelte den Kopf.

„Ich bin okay. Ich will üben. Je schneller, desto besser. Ich will wieder laufen können!"

Er blickte sie kurz an, dann kamen ihm wieder die Bilder aus seinem Traum in den Kopf. Der Traum war anders gewesen, als er es sonst von seinen Träumen kannte. Er war so real gewesen, dass er selbst jetzt noch vor Anspannung innerlich vibrierte. Das faszinierendste war, dass er nun bereits wusste, wie es sich anfühlen würde, seine neuen Beine zu bewegen. Er hatte es im Traum gespürt.

Rebecca wedelte mit einer Hand vor seinen Augen herum.

„Hallo, nicht wieder einschlafen!"

Er zuckte zusammen, dann lächelte er sie an. Mit einer geschmeidigen Bewegung hob er die Bettdecke an und schlug sie zur Seite um. Ein schneller Blick überzeugte ihn davon, dass jetzt tatsächlich keine Kabel oder Schläuche mehr an oder in seinem Unterkörper hingen. Er hatte keine Lust, sich seinen Schwanz abzureißen, nur weil irgendein Arzt vergessen hatte, den Katheter rauszunehmen. Dann schwang er beide Beine aus dem Bett, stellte die Füße auf den Boden und richtete sich auf.

Rebecca trat einen Schritt zurück, die Augen weit aufgerissen. Sie schlug die Hand vor den Mund.

„Oh mein Gott … ich glaub das nicht …"

Er grinste sie siegessicher an. Wie sie erst schauen würde, wenn er ganz lässig mit ihr aus dem Zimmer hinausginge! Er bot ihr in Gentleman-Manier seinen Arm und setzte zum ersten Schritt an. Im nächsten Moment kippte er seitlich weg, sein Grinsen entgleiste ihm und er schlug der Länge nach hin. Rebecca ging neben ihm in die Hocke, die Augen voller Sorge.

„Bist du verletzt? Tut dir was weh?"

Er bemühte sich, die Prellung an seinem ohnehin noch von der OP empfindlichen Hintern zu ignorieren, und setzte ein eher verunglücktes Lächeln auf.

„Nur mein Ego. Der Rest ist, glaub ich, heil …“

11

Der Mix aus Schnee und Sprühregen an diesem unangenehm kalten ersten Dezember machte ihm nun schon seit der Abfahrt von seinem Haus in einem kleinen schwäbischen Dorf zu schaffen. Und nun, kurz vor dem Ziel, legte das belgische Wetter noch eine Schippe oben drauf. Es kam auch noch Sturm auf, und es wirkte so, als würde der graupelige Schneeregen seitwärts fliegen, und nicht fallen. Die Straßen begannen bereits an manchen Stellen zu überfrieren, und Keppler musste höllisch aufpassen, mit seinem BMW nicht zu viel Gas zu geben, sonst hätte es ihn einige Male bereits in den Straßengraben befördert. Die Scheibenwischer arbeiteten auf Hochtouren, und ihr leises Quietschen auf der Frontscheibe störte die trotz des Unwetters angenehme Ruhe in der großen Limousine. Er sah auf seinen Navigationsbildschirm. Nur noch drei Kilometer, er hatte es bald geschafft. Immerhin war er bereits eine gute Stunde länger unterwegs, als er es berechnet hatte. Aber bei diesem Wetter nützte auch ein schneller Wagen herzlich wenig.

Er fragte sich bestimmt zum zehnten Mal in der letzten halben Stunde, ob die Adresse, die ihm Van den Belk gegeben hatte, stimmte. Hier war nichts, nur Ackerland und vereinzelte Bauernhöfe. Durchaus nett, aber er konnte sich nicht vorstellen, welchen Sinn ein Forschungszentrum in dieser Gegend hatte. Außer vielleicht den, dass man nicht so leicht gefunden wurde. Das mit dem Finden war sowieso so eine Sache. Da nun ja nicht nur sein ehemaliger Patient, sondern auch seine Tochter bei diesem Unterfangen beteiligt waren, hatte er es sich nicht nehmen lassen, die Institution, die Van den Belk auf seiner Visitenkarte stehen hatte, einmal etwas genauer anzusehen. Bisher allerdings beschrieb sogar „dürftig" das Ergebnis seiner Recherche noch zu wohlwollend. Eine Google-Suche hatte rein gar nichts ergeben, und erst ein freundlich-penetranter Anruf bei der EU-Auskunftsstelle, bei der er so oft weiterverbunden wurde, bis er die Warteschleifenmusik auswendig konnte, hatte nur einen ganz kleinen Einblick gebracht. Denn der Zuständige beim Departement „Borders and Security" hatte eine ganze Weile herumgedruckst, bis er schließlich mit knappen Worten zugab, zwar von einem European Technology for Defense Program zu wissen, aber darüber hinaus keine weitere Auskunft geben dürfe. Und, nein, er dürfe ihn auch mit niemandem verbinden, der dazu Auskunft geben könne. Danach hatte sich der offensichtlich sehr in Bedrängnis geratene Beamte kurz und bündig verabschiedet und aufgelegt. Was auch immer die Truppe um Van den Belk da machte, Kepplers instinktive Befürchtungen schienen nicht ganz unbegründet gewesen zu sein. Seltsam war es in jedem Fall.

Eine jähe Kurve vor ihm riss ihn aus seiner Grübelei. Er bremste den Wagen nochmals herunter und lenkte ihn vorsichtig über die glitschige Straßendecke. Nach der Kurve konnte er einige Hundert Meter vor sich eine massive, graue Silhouette im Regenschleier ausmachen, allem Anschein nach eine große Industriehalle.

Er beschleunigte sachte und konzentrierte seinen Blick auf das Gebäude vor ihm. Das musste es sein, denn ansonsten waren hier meilenweit nur Ackerland und vereinzelte kleine Waldstücke zu sehen. Langsam fuhr er auf einen schmalen Streifen vor dem Gebäude, der als Parkplatz ausgewiesen war. Er hatte noch nicht ganz angehalten, da öffnete sich schon ein großes Tor an der Front der Halle und sein Handy klingelte. Er nahm das Gespräch über seine Freisprechanlage an, und aus den Lautsprechern ertönte Van den Belks Stimme.

„Willkommen, Herr Professor Keppler. Bitte fahren Sie den Wagen in die Halle, dann bleiben Sie trocken."

Wenig später, nachdem Van den Belk ihn mit einem Kaffee versorgt und er eine erste Führung durch die Anlage bekommen hatte, war Keppler immer noch misstrauisch, aber auch sehr beeindruckt. Die Techniklabors waren klein, aber hervorragend ausgestattet, zwei Operationssäle, die jede Universitätsklinik neidisch gemacht hätten, sowie zehn Krankenzimmer, die eher wie Zimmer in einem Luxushotel aussahen. Alles neu, alles vom Feinsten. Van den Belk saß ihm nun in einem kleinen Besprechungsraum gegenüber und lächelte ihn entspannt an.

„Was Sie gesehen haben, ist noch lange nicht alles. Hinter der Halle sind unsere Wohnquartiere für das Personal. In der Anlage leben vierundsechzig Personen. Wir haben sogar ein Restaurant – Sie werden es gleich sehen."

Van den Belk hob seine schwere Armbanduhr demonstrativ vor seine Augen.

„Es ist ein wenig früh für ein Dinner, aber Sie werden sehr erfreut über die Gesellschaft sein!"

Damit erhob er sich und scheuchte Keppler aus seinem Sitz. Sie gingen wieder durch die Korridore der Anlage, vorbei an den Krankenzimmern. Am Ende des Korridors hielt Keppler seinen Ausweis gegen einen Scanner, und eine automatische Tür öffnete sich zischend. Keppler trat hindurch und sah sich mit offenem Mund um. Sie waren in der Kantine der Anlage, die wirklich eher an ein Restaurant erinnerte. Und nicht gerade an ein preisgünstiges. Bequeme Stühle standen um solide wirkende, runde Holztische, in einer Ecke gab es sogar einen Kamin und eine Gruppe Sessel mit einer Ledercouch. Keppler pfiff anerkennend.

„Mit EU-Forschungsgeldern lebt es sich wohl ganz gut …"

Van den Belk wiegelte lächelnd ab.

„Das ist reine Ökonomie. Fast das gesamte Personal lebt für die Dauer des Projekts hier. Wenn wir motivierte Forschungsmitarbeiter haben wollen, dann müssen wir uns auch bemühen, die Atmosphäre entsprechend zu gestalten."

Er sah über Kepplers Schulter hinweg, als die Tür sich ein zweites Mal zischend öffnete.

„Ah, ich sehe, die wichtigsten Personen des Tages sind eingetroffen!"

Keppler drehte sich um – und konnte es kaum fassen. Seine Tochter lief auf ihn zu und schloss ihn glücklich in die Arme. Er drückte sie, konnte aber seinen Blick nicht von der zweiten Person abwenden, die deutlich ruhiger auf ihn zutrat. Es war Stefan Roth. Sein Patient, den er vor wenigen Wochen als gebrochenen Mann ohne Gliedmaßen schweren Herzens hatte gehen lassen, ging breit grinsend auf ihn zu – und streckte ihm die Hand zum Gruß entgegen. Keppler war sprachlos, und so verblüfft, dass er seine Tochter losließ und instinktiv die ausgestreckte Hand annahm und schüttelte. Der Händedruck war angenehm fest und fühlte sich komplett natürlich an. Keppler konnte nicht anders, als auf die Hand hinunterzusehen. Stefan Roth bemerkte seinen Blick und lächelte freundlich.

„Fühlt sich an wie echt, nicht wahr?"

Er hob die Hand und bewegte die Finger.

„Für mich auch. Jedenfalls fast. Es ist noch irgendwie anders, schwer zu beschreiben, aber es wird jeden Tag besser."

Dann wurde sein Lächeln zu einem breiten Grinsen, er trat auf den verdutzten Professor zu und nahm ihn in eine kräftige Umarmung. Er flüsterte in sein Ohr.

„Danke, Professor Keppler. Ohne Sie wäre ich nicht hier. Ohne Sie wäre ich gar nicht mehr."

Dann ließ er den immer noch wie vom Donner gerührten Keppler stehen und ging zu einem Tisch, der bereits gedeckt war.

Einige Sekunden sah Keppler ihm nach. Er zog eine Braue hoch, als er wahrnahm, wie Stefan Roth, ganz Gentleman, seiner Tochter den Stuhl abrückte und zum Sitzen anbot. Er registrierte auch Rebeccas Blick auf den jungen Mann mit etwas gemischten Gefühlen. Dann seufzte er, schüttelte seine erste Überraschung ab und ging ebenfalls zum Tisch.

„Sie müssen mir alles erzählen, Herr Roth!“

12

Der Assassine schob leise die Tür auf. Durch die Vorhänge fiel gedämpftes Licht. Er trat fast lautlos in den kleinen Flurbereich ein. Einige Sekunden stand er reglos da, wie eine Statue, und lauschte. Befriedigt, dass sein Eindringen offenbar unbemerkt geblieben war, ging er leise den kurzen Flur entlang. Mit einem kurzen Seitenblick vergewisserte er sich, dass das Badezimmer leer war. Von dort konnte er bereits das leise Schnarchen der Person auf dem Bett hören.

Lautlos und geschmeidig wie ein Raubtier trat der ganz in Schwarz gekleidete Assassine an das Bett heran. Sein Gesicht war unter einer schwarzen Sturmhaube verborgen. Wieder stand er eine Weile komplett reglos da und beobachtete die schlafende Gestalt. Professor Keppler atmete ein paarmal unregelmäßig und wälzte sich dann ein wenig zur Seite. Offenbar hatte der Professor einen gesegneten Schlaf.

Dann ließ der Assassine seinen Blick ruhig durch das Zimmer schweifen. Schnell fand er, was er suchte. Mit einem Schritt war er an dem Nachttisch neben dem Bett und nahm das Mobiltelefon des Professors hoch. Er zog ein kleines Gerät aus seiner Hosentasche und verband es durch ein Kabel mit dem Handy. Er wartete eine knappe Minute ab, während Symbole und Textfenster in rasender Geschwindigkeit über das schwach leuchtende Display des Telefons flogen. Als der Prozess abgeschlossen war, leuchtete die normale Benutzeroberfläche wieder auf. Alles sah aus wie immer. So sollte es sein. Er löste vorsichtig die Kabelverbindung, wartete, bis das Display wieder erlosch, und legte dann mit unendlicher Vorsicht das Telefon wieder auf den Nachttisch. Er hatte während dieser Zeit fast kein wahrnehmbares Geräusch verursacht. Dann sah er noch einmal auf den schlafenden Mann im Bett hinab. Langsam und fast schwebend ging er aus dem Zimmer und schloss die Tür. Heute war er nicht gekommen, um den Mann zu töten. Vielleicht ein anderes Mal. Das war nicht seine Entscheidung.

Stefan fühlte sich pudelwohl. Es war eine willkommene Abwechslung, Professor Keppler als Besucher zu haben, und Stefan genoss es, seine Freude und seinen Stolz mit jemandem zu teilen, der ihm wichtig war. Auch wenn sich das irgendwie komisch anfühlte, denn er kannte den Professor ja letztlich gar nicht, hatte ihn jedoch in der kurzen Zeit in der Klinik mehr als schätzen gelernt. Er fragte sich, ob sein Vater dem alten Professor jetzt ähnlich wäre, würde er noch leben. Und ob er stolz auf ihn wäre. Auf jeden Fall gab er sich alle erdenkliche Mühe, Keppler zu beeindrucken. Und er genoss, wie Rebecca, die den Tag mit ihrem Vater und ihm verbrachte, ihn ansah, während er dem Professor die weitläufige Anlage zeigte und seine neu gewonnenen körperlichen Fähigkeiten vorführte. Auf dem Gelände hinter der großen Lagerhalle waren, von den umstehenden Wohnhäusern und Funktionsgebäuden verdeckt, ein militärischer Übungsparcours sowie ein mobiler Schießstand aufgebaut. Nach einem ausführlichen Frühstück und einer Tour durch das gesamte Gelände bot er vor dem erstaunten Keppler eine kleine Show. Von Klimmzügen an einem Finger, die seine neuen Arme mühelos erledigten, über katzenhafte Sprünge von olympischer Höhe, die er ansatzlos aus dem Stand bewältigte, bis hin zum Präzisionsschießen war alles dabei. Er war selber immer wieder erstaunt, wie schnell er es gelernt hatte, mit seinen neuen Gliedmaßen umzugehen. Abgesehen von ein paar kleinen Aussetzern dann und wann war es fast so, als hätte er wieder echte Gliedmaßen – nur eben mit Fähigkeiten ausgestattet, die sie menschlichen bei Weitem überlegen machten. Einzig die Anbindung war das Problem: Seine Arme waren zwar in etwa achtmal so stark wie die eines vergleichbaren Menschen, aber sie wurden immer noch von einem menschlichen Oberkörper getragen. Sie waren mit seinen Schultern und seiner Wirbelsäule verbunden, teils über künstliche Stützverbindungen, und teils über seine eigenen Brust- und Rückenmuskeln. Und die schmerzten nun gewaltig, denn sie mussten erst noch mit diesen neuen Superarmen „mitwachsen".

Trotzdem fühlte er sich nach seiner Demonstration energiegeladen und stolz, während Rebecca mit vor Konzentration gerunzelter Stirn versuchte, durch seine dünne

Trainingsjacke hindurch einen Krampf in seinem Brustmuskel heraus zu massieren.

Er lächelte sie an und nickte ihr dankbar zu. Sie erwiderte sein Lächeln und blies sich die langen, dunklen Haare aus dem Gesicht, die der Wind immer wieder zurückwehte. Auch sie genoss den Tag sichtlich und war noch fröhlicher und gelöster als sonst. Augenscheinlich tat auch ihr die Abwechslung von der täglichen Routine des Forschungsprojektes gut.

Keppler war offensichtlich mehr als beeindruckt und beobachtete die beiden gedankenversunken. Langsam gingen sie zurück zum Hauptgebäude, wo sie noch zusammen einen Kaffee trinken wollten, bevor der Professor sich wieder auf die Heimreise machen musste. Zum Glück war der Tag zwar kalt, aber ausnahmsweise klar und trocken, sodass seine Rückreise bedeutend einfacher sein würde. Im Restaurant erwartete sie schon Van den Belk an einem der Tische. Er erhob sich, als die drei eintraten und ihre Jacken ablegten, wies ihnen jeweils einen Platz am Tisch zu und bestellte bei einem bereitstehenden Kellner die Getränke für die Runde. Dann wandte er sich mit einem geschmeidigen Lächeln Professor Keppler zu.

„Und, hat Ihnen gefallen, was Sie hier gesehen haben, Herr Professor?“

Keppler nickte bedächtig.

„Ich bin sehr beeindruckt. Was Sie hier aufgebaut haben, ist ein Traum für jeden jungen Wissenschaftler. Und sicherlich auch eine ganz tolle Sache für Herrn Roth hier.“

Er wies mit einer Kopfbewegung auf Stefan.

„Und was die Qualität der Prothetik angeht … nun, ich bin mehr als beeindruckt. Ich suche noch nach Worten, aber … was Sie geleistet haben, ist spektakulär."

Van den Belk lächelte breit und lehnte sich zurück. Er wollte gerade zu einer Erwiderung ansetzen, da setzte Kepler noch mit einer Frage nach.

„Was mich da noch interessieren würde … Warum ist das alles hier so eingezäunt, so abgeschieden? Mir sind die Wachen aufgefallen, die hier stehen – und nachts patrouillieren nochmal gut und gerne doppelt so viele, alle schwer bewaffnet. Sie machen hier bahnbrechende Forschungen, und sicherlich will man die ja vor neugieriger Konkurrenz schützen, aber …"

Er vollendete seinen Satz nicht und sah Van den Belk erwartungsvoll an. Der zog amüsiert die Brauen hoch und lächelte immer noch.

„Herr Professor, Herr Professor … ich bitte Sie. Wir betreiben hier ja nicht irgendeine Forschung – wir arbeiten an der Verteidigung der ganzen Union. Sie würden auch nicht wollen, dass eine Arbeit, die von der Europäischen Union mit Milliardenmitteln über lange Jahre entwickelt worden ist, vielleicht von Chinesen oder Russen abgegriffen und kopiert wird. Wir schützen damit nicht nur die Forschung selbst, sondern auch Herrn Roth. Überlegen Sie einmal, wie viel jemand wie er wert ist. Und was eine feindliche Macht vielleicht mit ihm täte, wenn sie ihn in die Hände bekommen würde …"

Van den Belk lehnte sich wieder zurück und ließ den letzten Satz in der Luft hängen. Stefan runzelte die Stirn. Er hatte es selbst noch nie so betrachtet.

„Sehen Sie denn da eine akute Gefahr?“, fragte Keppler.

Van den Belk schüttelte den Kopf.

„Nein, unsere Forschung ist ja bewusst seit Jahren still und quasi unter dem Radar gelaufen. Mit gutem Grund, wie Sie jetzt vielleicht verstehen. Zum Schutze von uns allen. Herr Roth und natürlich auch Ihre Tochter sind hier vollkommen sicher.“

Er lehnte sich vor und fixierte Keppler mit seinen hervorquellenden Augen.

„Und wenn nicht neugierige Menschen mit ihren Nachforschungen und Anrufen zu viele Wellen schlagen, dann bleibt das auch so.“

Keppler zuckte zurück und schwieg perplex.

Stefan sah vom einen zum anderen und konnte sich nicht so recht einen Reim darauf machen, was da gerade passierte. Er spürte, wie die Stimmung zwischen den beiden Männern von vorsichtigem Umkreisen zu eisigem Schweigen umschlug, aber er verstand nicht wirklich, was er da gerade gehört hatte. Er wollte gerade nachfragen, als Van den Belk laut in die Hände klatschte und wieder zu seinem jovialen Grinsen zurücksprang.

„Meine Dame, meine Herren, ich muss mich entschuldigen. Auf mich wartet noch eine Videokonferenz mit dem Forschungsstab der Kommission … Ich muss Sie daher alleine lassen und verabschiede mich von Ihnen!“

Er trank seine Tasse in einem Zug leer, schob seinen Stuhl zurück und seinen beleibten Körper zügig zwischen den Tischen und Stühlen hindurch zu der Schiebetür, ohne sich noch einmal umzudrehen.

13

Für Stefan verschwammen die Tage immer mehr ineinander. Er hatte mittlerweile eine feste Routine entwickelt, die überwiegend aus verschiedenen Trainings seiner neuen Gliedmaßen und dem Ausprobieren seiner neugewonnenen Fähigkeiten bestand. Die tägliche Physiotherapiestunde mit Rebecca war nach wie vor sein Highlight, und er hatte sich sogar getraut, sie nach einer abendlichen Verabredung zu fragen. Da ihnen nicht gerade viele Möglichkeiten blieben, waren sie abends im Restaurant der Anlage essen gegangen. Trotzdem war der Abend Stefan in sehr schöner Erinnerung geblieben, und er hoffte, dass es für Rebecca ähnlich war. Ansonsten verbrachte er die wenige freie Zeit, die ihm zwischen Training, Essen, Therapie und den regelmäßigen medizinischen Untersuchungen noch blieb, entweder alleine mit dem beachtlichen Entertainmentprogramm seines Fernsehers oder aber er spielte Karten mit Henry und Alvaro. Die drei hatten eine lose Freundschaft entwickelt, und Henry schaffte es immer wieder, Bier in die Anlage zu schmuggeln. Er hatte offenbar so einige Sonderrechte, da er nicht nur einer der wenigen war, die nicht permanent in der Anlage lebten, sondern oftmals auch einige Tage abwesend war.

So wurden Tage zu Wochen, während draußen der nasskalte belgische Winter seinen Lauf nahm. Wie beiläufig nahm Stefan wahr, dass Weihnachten kam und ging, doch innerhalb der Anlage wurde die Routine nicht unterbrochen. Dass es eine besondere Zeit war, war lediglich daran zu bemerken, dass ein Teil des Personals in Urlaub und die Anlage relativ menschenleer war. Zu seinem Leidwesen war auch Rebecca für eine Zeit zu ihrer Familie gefahren. Er konnte es ihr nicht verdenken, aber wenn er ehrlich zu sich war, vermisste er sie schmerzlich.

So ging das alte Jahr in das neue über, während Stefan mehr und mehr wie ein Mönch mit strengem, immer gleichem Tagesablauf vor sich hinlebte. Ihm gefiel diese Idee vom Kampfmönch – wie ein Shaolin. Nur dass er eben eine moderne Version war, mit Robotergliedmaßen. Aber was seinen Ehrgeiz und seine Beständigkeit im Training anging, so musste er keinen Vergleich mit den Shaolin scheuen.

Er hatte wieder einmal einen Pokerabend mit den beiden Technikern verbracht und es mit dem Trinken dieses Mal offensichtlich ein wenig übertrieben. Als die Morgensonne träge durch seine Vorhänge fiel, war ihm etwas übel und sein Kopf hämmerte schmerzvoll. Er fühlte sich so schwer und müde, als wäre er am Tag davor einen Marathon gelaufen. Er blinzelte ein paarmal in das Licht und entschloss sich dann, die Augen wieder zu schließen, nur für eine Weile.

Er döste vor sich hin, bis er vom Geräusch der Tür, die schwungvoll aufgestoßen wurde, und von Henrys lautstarkem „Guten Morgen“ aufschreckte.

Er setzte sich grunzend im Bett auf, unfähig zu einer passenden Erwiderung. Henry hatte offenbar keine Probleme, er sah wie immer rosig und gesund aus, ganz das blühende Leben. Er pfiff sogar eine schiefe Melodie vor sich hin und schien ziemlich aufgekratzt.

„Was soll das? Was willst du denn schon hier? Wie spät ist es?“, stammelte Stefan.

Henry lächelte ihn unerträglich strahlend an.

„Heute ist Daten-Check-up, Mann. Dauert nicht lange. Aber ich muss deine Speicher auslesen.“

Stefan runzelte die Stirn.

„Meine Speicher auslesen? Willst du mein Gehirn anzapfen, oder was?“

Ihm war nicht nach Technikerspäßen zumute, zumindest noch nicht. Henry machte eine beschwichtigende Geste und lächelte weiterhin.

„Nein, nein, mein Freund. Aber in deinen Armen und Beinen sind Speichereinheiten. Die protokollieren die gesamte Signalverarbeitung und halten auch alle Logfiles fest. Und eben die muss ich heute kurz auslesen. Dauert nicht lange, du wirst es nicht spüren. Die sind alle im nichtsensorischen Bereich untergebracht. Darf ich?“

Henry zeigte aus respektvollem Abstand auf Stefans Arm. Alle hatten einen gewaltigen Respekt entwickelt, nachdem Stefan beim Training einem Sparringsgegner den Arm gebrochen hatte – aus Versehen und mit einer lapidaren Handbewegung. Er hatte seitdem seine Gliedmaßen weit besser unter Kontrolle, aber die Erinnerung an den Vorfall war für alle noch präsent. Und Henry hatte sichtlich keine Lust, Opfer einer unwillkürlichen Zuckung zu werden, nur weil Stefan vielleicht im Halbschlaf die falschen Reflexe hatte. Stefan nickte ihm müde zu.

„Nur zu. Bediene dich halt …“

Henry nickte und machte sich beflissen an die Arbeit. Er begann mit Stefans Arm, wo er direkt unter der Schulter die schwarze Verkleidung löste. Darunter lag eine kleine Öffnung, nicht größer als ein 10-Cent-Stück. Er holte ein Kabel und ein kleines, Smartphone-ähnliches Gerät aus seiner Kitteltasche und steckte den Stecker in die Öffnung. Stefan glaubte, ein leichtes Kribbeln zu spüren, aber es konnte auch Einbildung sein. So sehr er sich mit seinen neuen Gliedmaßen auch identifizierte, es war immer noch komisch zu sehen, wenn Techniker an ihm so herumschraubten. Es machte ihm immer wieder klar, was er nun war – ein Mensch-Maschinen-Hybrid. Nach einigen Augenblicken gab das Gerät einen leisen Signalton von sich. Henry schnalzte befriedigt mit der Zunge und zog das Kabel ab. Dann wiederholte er den Vorgang erst mit dem anderen Arm, dann mit den beiden Beinen. Wenige Minuten später packte er alles ein und verabschiedete sich von Stefan.

Der war weiterhin so groggy, dass er entschied, heute einmal seine Routine zu unterbrechen. Vielleicht hatte er es ja auch ein wenig übertrieben, und sieben Tage Training in der Woche waren einfach etwas zu viel. Er lehnte sich zurück und aktivierte den Fernseher. Mittlerweile konnte er zwar auch die Fernbedienung benutzen, aber er hatte sich so an die Sprachsteuerung gewöhnt, dass er dabei blieb.

Er wählte einen Nachrichtensender aus. Die Uhr auf dem Bildschirm zeigte 11:24 Uhr an. So lange hatte er nicht mehr geschlafen, seit … nun, seit er seine neuen Arme und Beine hatte. Vielleicht war es wirklich an der Zeit, mal etwas langsamer zu machen. Schließlich waren alle hier mehr als zufrieden mit ihm. Er grübelte noch vor sich hin, als eine Nachricht auf dem Fernseher ihn aus seinen Gedanken holte. Es handelte sich um einen Vorfall in Belgien, und als eine Karte eingeblendet wurde, erkannte er, dass es ganz in seiner Nähe war.

„Ton ein", sagte er.

Das Bild wechselte zu einer Sprecherin, die vor einer Ruine stand, die wohl einmal ein kleines Wohnhaus gewesen war. Der Ton schaltete sich mitten in ihrer Ansage ein.

„… sind hier offensichtlich aus noch ungeklärten Motiven gestern acht Menschen getötet worden, darunter auch der Anführer der Gruppe, Bart Dohmen. Die Polizei geht von einem Angriff einer verfeindeten Bande aus, wahrscheinlich ging es um Drogen und örtliche Vorherrschaft. Die Outlaws sind in Belgien und den Niederlanden als kriminelle Vereinigung eingestuft und vermutlich neben Drogengeschäften auch in Menschenhandel und eine große Zahl von Gewalttaten verwickelt. Der Anführer des Chapters, Bart Dohmen, wurde zudem bekannt durch seine Nähe zu rechten politischen Parteien wie der Vlaamse Belang. Seine Vereinigung soll rechtspopulistische und rechts-extremistische Parteien auch mit Geldspenden unterstützt haben.

Alle acht Opfer wurden aus nächster Nähe getötet, offensichtlich in äußerst brutaler Form durch stumpfe Gewalteinwirkung. Anschließend wurde das Vereinsheim des Chapters hier in Rochefort komplett niedergebrannt. Die örtlichen Behörden gehen daher von einem organisierten Schlag mit paramilitärischer Organisation aus."

Stefan schüttelte den Kopf. Er kannte sich in Belgien nicht wirklich aus, aber anscheinend hatte da jemand bekommen, was er verdient hatte. Die Nachrichten liefen weiter, aber er hörte bereits nicht mehr hin. In seinen Gedanken sah er sich selbst ein solches Haus stürmen, als One-Man-Army. Dann hätte er wenigstens etwas Richtiges zu tun, außer nur zu trainieren. Er seufzte unwillkürlich. Aber das musste eben noch warten, und bis dahin war das Beste, was er tun konnte, die Menschen, die ihm seine neue Zukunft ermöglicht hatten, zufriedenzustellen, indem er im Training alles gab, was er konnte.

14

Der Assassine atmete ruhig. Seine Augen waren geschlossen, während er dem gleichmäßigen, leisen Motorengeräusch lauschte. Er sah nicht, wohin sie ihn brachten, aber er wusste bis ins kleinste Detail, was er dort zu tun hatte und wie es dort aussehen würde. Seine Zielperson hatte nicht mehr lange zu leben. Seine Atemzüge waren gleichmäßig, er spürte seinen Atem unter der Sturmhaube um seine Nase herum zu kleinen Tröpfchen kondensieren.

„ETA zehn Minuten“, sagte der Mann auf dem Fahrersitz.

„Sind Sie bereit?“

Der Assassine nickte nur stumm. Natürlich war er bereit.

Wenig später spürte er, wie die Gleichmäßigkeit der Schnellstraße den Kurven und dem etwas raueren Straßenbelag einer Innenstadt wich. Vor seinem geistigen Auge formte sich die Karte des Gebietes. Er wusste, wo sie sich befanden, ohne die Augen zu öffnen. Dann hielt der Wagen an. Ohne ein weiteres Wort öffnete der Assassine die Augen, löste seinen Sicherheitsgurt und stieg aus dem

Wagen. Nur wenige Sekunden später fuhr der wieder an, und der Assassine blickte den Rücklichtern hinterher. In seinem Kopf lief ein Countdown ab. Er hatte für die Mission maximal dreißig Minuten Zeit, dann nochmals dreißig Minuten für einen schnellen Lauf zum vereinbarten Abholungspunkt. Er ging zügig, aber entspannt die Straße entlang und bog dann in eine kleinere ab. Sein Ziel war die Hausnummer 39.

Vor dem Haus blieb er kurz stehen, wartete auf Geräusche oder andere Sinneseindrücke, die ihm verraten würden, ob er allein war oder nicht. Doch um ihn herum war nur die Stille einer Kleinstadt bei Nacht. Der Countdown in seinem Kopf war jetzt bei 27 Minuten. Vorsichtig, ohne ein Geräusch zu verursachen, öffnete er das Gartentor. Es war nicht verschlossen – der Vorteil einer ruhigen Kleinstadt.

Schnell und katzenhaft leise ging er die wenigen Schritte zur Haustür. Aus seinem schwarzen Overall zog er ein dünnes Dietrich-Set. Die beiden Schlösser der Tür hielten keine drei Minuten Stand. Countdown bei 24 Minuten.

Behutsam schob er die Tür auf, ging hinein und lehnte sie vorsichtig an. Er wollte sie nicht ins Schloss fallen lassen, um das verräterische Geräusch des einschnappenden Schlosses zu vermeiden. Dann blieb er eine Weile regungslos stehen. Die Basis hatte ihn mit korrekten Informationen versorgt. Es ertönte keine Alarmanlage. Das Haus blieb weiterhin ruhig. Er schlich zur Treppe, die in den ersten Stock führte. Die Zielperson sollte oben sein. Alleinstehend, geschieden vor sechs Monaten, zwei

Kinder, die jedoch bei der Ex-Frau lebten. Keine Haustiere. Also eine einfache Angelegenheit. Die Treppe selbst war aus soliden Granitstufen gebaut, schwer, kantig und etwas rutschig – ideal, sowohl um geräuschlos und ohne verräterisches Knarzen darauf hinaufzulaufen, als auch, um seine Zielperson mit möglichst viel Schaden hinunterstürzen zu lassen. Selbstverständlich erst, nachdem er dem Mann das Genick per Hand gebrochen hatte. Er musste ja schließlich sichergehen. Während er langsam Stufe um Stufe hinaufging, legte er sich im Kopf die Details zurecht. Ein kurzer Schlag auf den Hals, um die Zielperson kampfunfähig zu machen, dann ein schneller Genickbruch. Anschließend würde er sich aus dem Alkoholvorrat im Haus, von dem die Basis ihn bereits informiert hatte, eine Flasche Wodka holen, dem Opfer etwas in den Mund gießen und ihn dann samt Flasche die Treppe hinunterwerfen. Fertig war der perfekte Unfall. Simpel, glaubwürdig und geradezu alltäglich.

Oben angekommen blieb er wieder stehen, lauschte eine Weile auf seine Atemzüge und auf Umgebungsgeräusche. Sein innerer Countdown war bei 22 Minuten angelangt. Mehr als genug Zeit für alles. Er wartete, bis sein Countdown bei 20 Minuten angekommen war, und öffnete dann sanft die Schlafzimmertür direkt vor ihm. Jetzt musste es zügig gehen. Mit zwei großen Schritten war er am Bett, hob die Hand, um den ersten Schlag auf den Hals des schlafenden Mannes zu landen – und eine junge Frau fuhr unter der Decke hervor und schrie. Ihr spitzer Schrei weckte auch den Mann neben ihr. Der Schlag des Assassinen ging mit voller Wucht vorbei und schlug nur harmlos in das Kopfkissen. Der Mann hatte sich instinktiv zur Seite gedreht. Jetzt sprang er erstaunlich behände über die nun noch lauter kreischende Frau hinweg auf die andere Seite des Bettes. Er war nackt, wie die Frau offensichtlich auch.

„Was wollen Sie? Raus hier, ich habe eine Waffe!“, schrie der nackte Mann ihn an.

Der Assassine trat einen Schritt zurück. Das war eine unvorhergesehene Komplikation. Er musste umdisponieren. Schnell. Der Mann sah offenbar das Zurücktreten als seine Chance und stürmte mit gesenktem Kopf und erhobenen Fäusten brüllend auf den Assassinen zu. Das war ein großer Fehler. Mit einer minimalen Drehung zur Seite wich der Assassine aus und schlug gleichzeitig einen Haken seitlich gegen den gesenkten Kopf des Mannes. Der Treffer war so hart, dass der Mann von den Füßen gerissen wurde und in den kleinen Nachtschrank neben dem Bett krachte. Bis auf ein leises Stöhnen kam von ihm kein Lebenszeichen mehr. Dann wandte der Assassine sich der kreischenden Sirene im Bett zu. Sie war jung, höchstens Mitte zwanzig, und bestimmt sehr hübsch, wenn sie nicht gerade versuchte, mit ihrer schrillen Stimme die Fensterscheiben herauszuschreien. Er sah stumm auf die Frau hinab. Seine geisterhafte Ruhe brachte auch sie zum Verstummen, und ihre Schreie gingen in leises Schluchzen über.

„Bitte, tun Sie mir nichts … bitte …“

Mehr brachte sie nicht heraus. Mit drei blitzschnellen Schritten war er auf ihrer Bettseite, legte eine Hand in ihren Nacken, die andere unter ihr Kinn, und brach ihr mit einem explosiven Ruck das Genick. Endlich Stille. Er atmete auf. Die Frau war nicht Teil seines Briefings, ein ärgerlicher Kollateralschaden. Er würde jetzt umdisponieren müssen. Er berührte ein kleines Mikrofon, das als Teil eines filigranen Headsets von der Sturmhaube verborgen unter seinem Kinn hing.

„Assassine 01 an Basis. Komplikationen. Eine weitere Person war bei der Zielperson. Musste die Person liquidieren. Erbitte weitere Anweisungen."

Die Antwort war leise und von Störgeräuschen begleitet. Er senkte instinktiv den Kopf, um sich besser auf die abgehackten Worte der Basis zu konzentrieren. Als er den Kopf wieder hob, blickte er in die Mündung einer Waffe. Der nackte Mann war offensichtlich härter im Nehmen als gedacht, und er hatte eine Pistole im Nachtschrank. Das hatte der Assassine sogar gewusst, aber er hatte den Mann nach seinem plumpen ersten Angriff nicht mehr als direkte Bedrohung eingestuft. Eine weitere ärgerliche Fehleinschätzung. Die auf ihn gerichtete Waffe zitterte, und der Mann atmete abgehackt. Keine guten Voraussetzungen für einen gezielten Schuss. Der Assassine sprang blitzartig zur Seite, und im selben Moment löste sich krachend ein Schuss, der in den Schrank hinter ihm einschlug. Eine weitere Chance gab ihm der Assassine nicht. Ein kurzer Sprung, so schnell, dass der nackte Mann ihn nur als unscharfe, schwarze Silhouette wahrnahm, dann schlug er mit der linken Hand den Lauf der Waffe zur Seite. Sein zweiter Schlag brach dem Mann das Handgelenk. Ein dritter zerschmetterte seinen Kiefer und setzte ihn außer Gefecht. Das Ganze hatte nicht einmal zwei

Sekunden gedauert. Der Assassine trat zu der am Boden zusammengesackten Gestalt, nahm den Kopf in beide Hände und brach dem Mann mit einem Ruck ebenfalls das Genick. Ein zweites Mal wollte er sich keine Nachlässigkeit erlauben. Dann berührte er wieder das Mikrofon unter seinem Kinn.

„Assassine 01 an Basis. Zielperson ausgeschaltet. Zielperson hat einen Schuss abgegeben, laut hörbar. Erbitte Anweisungen."

Dann hörte er still eine Weile zu und nickte. In seinem Kopf lief weiterhin der Countdown. 18 Minuten würden wohl ausreichen, um den Gashahn zu finden und die notwendigen Modifikationen vorzunehmen. Er machte sich auf den Weg in den Keller des Hauses.

Als sein innerer Countdown auf null ging, war er bereits mehrere Straßenzüge von dem Haus entfernt. Dennoch waren das Feuer und die Rauchsäule in der sternklaren Nacht bis hierhin sichtbar. Er lauschte, aber noch waren keine Sirenen zu hören. Bis sie ankamen, würde von dem Haus und seinen Insassen in jedem Falle nicht mehr genug übrig sein, um Hinweise auf seinen nächtlichen Besuch zu geben. Er verlangsamte seine Schritte ein wenig. Er war trotz aller Komplikationen perfekt in der Zeit. Kein Grund also, schneller zu gehen als notwendig.

15

Dr. Montgomery erhob sich schweigend. Sie sah Van den Belk und Henry nicht an, sondern hielt den Blick starr geradeaus. Henry saß noch eine Weile unsicher vor Van den Belk im Konferenzraum, ohne etwas zu sagen, so, als warte er auf die Erlaubnis, ebenfalls zu gehen. Van den Belk sah ihn durchdringend an.

„Es muss uns nicht gefallen. Wir wussten, auf was wir uns einlassen. Wir alle. Das haben wir alle unterschrieben, erinnern Sie sich?"

Henry schluckte und nickte nur stumm. Ihm war anzusehen, dass in seinem Inneren ein Kampf tobte. Van den Belk schüttelte kaum merklich den Kopf. Er mochte den Jungen. Ein brillanter Techniker, begeistert, loyal, sorgfältig. Alles, was man sich für so ein Projekt wünschen konnte. Aber eben auch noch etwas grün hinter den Ohren. Nun, das würde sich mit der Zeit geben. Je mehr man sah und mitmachte, desto dicker wurde die Hornhaut. Van den Belk musterte den jungen Mann, dessen etwas spärlicher Bart seit dem Beginn seiner Arbeit kaum gewachsen war. Eine Sekunde lang fragte sich Van den

Belk, ob er sich den Bart wohl bewusst so löchrig schnitt, oder ob es tatsächlich nicht für mehr reichte. Dann schüttelte er den Gedanken ab und erhob sich.

„Lassen Sie uns das für heute beenden. Sie wissen, was die Marschrichtung für die kommende Zeit ist, und ich weiß es auch. Die Tatsache, dass Dr. Montgomery hier … nun, Bedenken hat, ist notiert, aber letztlich hat niemand von uns das Vorgehen im Projekt infrage zu stellen. Auch wenn …"

Er zögerte einige Sekunden lang, „… auch wenn ich selbst nicht immer mit allem übereinstimme, was unsere Vorgesetzten uns hier so aufbürden. Aber so ist das nun mal."

Damit stand er endgültig von seinem Stuhl auf und ging zur Tür. Als er sah, dass Henry immer noch recht kläglich in seinem Stuhl saß, kehrte er um und legte dem jungen Mann mitfühlend die Hand auf die Schulter. Dann bedeutete er ihm mit einer knappen Geste aufzustehen und verließ ohne sich noch einmal umzudrehen den Raum.

Als er den Korridor zwischen den Verwaltungsbüros des Anwesens entlangging, drangen gedämpfte Geräusche von Schüssen an sein Ohr. Er sah auf seine Armbanduhr. Es war kurz nach 15 Uhr. Wahrscheinlich war Stefan Roth jetzt wieder auf dem Schießplatz. Er entschied sich für einen kleinen Spaziergang an der frischen Luft, holte schnell noch seine Jacke aus seinem Büro und ging nach draußen.

Die Luft war klar, aber bissig kalt, und er spürte, wie nach wenigen Schritten im Freien seine Ohrläppchen zu kribbeln begannen. Seine Nase lief ebenfalls. Die Kälte war einfach nicht sein Ding. Sobald dieses Projekt fertig war, würde er sich endlich zur Ruhe setzen, und zwar in einem warmen Land. Spanien vielleicht, Südküste. Da hatte es ihm immer gefallen. Als seine Frau Emily noch gelebt hatte, waren sie mehrfach dort gewesen, einmal sogar mehrere Wochen mit dem Wohnmobil. Er sah versonnen über das weitläufige Areal hinweg, das er zu verantworten hatte. Tue ich das Richtige, Emily?, fragte er sich, wie schon einige Male, seit sie in die heiße Phase eingetreten waren. Er hatte in seiner Zeit als Leiter des SRE, des Geheimdienstes von Luxemburg, viele kritische Entscheidungen zu verantworten gehabt, obwohl der Nachrichtendienst, so wie sein Heimatland selbst, ja eher klein war. Aber das hier war etwas anderes.

Seine bedächtigen Schritte hatten ihn bis zu dem Schießplatz geführt, wo ein militärischer Ausbilder Stefan Roth gerade diverse Feuerwaffen reichte. Er trug einen Gehörschutz und wirkte sehr konzentriert. Auf der Holzablage vor ihm lagen verschiedene Handfeuerwaffen und ein kleines Sturmgewehr.

Stefan trat zwei Schritte zurück und nickte dem Ausbilder zu. Dieser betätigte einen Knopf auf einer Steuerkonsole an der Wand. Scheppernd fuhr in etwa fünfzig Metern Entfernung eine Pappfigur an einer Schiene entlang zwischen zwei Häusern hervor. Stefan sprang zu der Ablage, griff die erste Pistole und schoss in atemberaubender Geschwindigkeit mehrere Salven auf die Pappfigur, deren Kopf daraufhin komplett zerfetzt in alle Richtungen flog. Zwei weitere Figuren klappten aus dem Boden hoch, und wieder ertönten zwei schnelle Salven. Zweimal präzise Treffer in den Kopf.

„Waffenwechsel", brüllte der Ausbilder. Stefan ließ die Pistole fallen und griff die nächste. Im selben Moment klappten vier Figuren hoch, zwei davon waren rosa gekennzeichnet, was sie als Zivilisten markierte. Die Waffe bellte mehrfach in Stefans Hand auf, dann zerbröselten die Zielfiguren, während die Zivilisten in unmittelbarer Nähe unversehrt waren. Der Ausbilder nickte anerkennend. Stefan ließ die zweite Waffe wie ein Cowboy im Western um seinen Finger kreisen und legte sie dann ab. Er nahm die Ohrenschützer ab.

Van den Belk klatschte Applaus, und Stefan fuhr zu ihm herum. Als er ihn sah, lächelte er, sichtlich stolz.

„Sehr beeindruckend, Herr Roth, sehr beeindruckend."

Er trat zu dem Soldaten und klopfte ihm anerkennend auf die Schulter.

„Gehen wir ein paar Schritte, in Ordnung? Nur einen Moment, dann können Sie wieder an Ihr Training."

Stefan nickte und gab dem Ausbilder den Gehörschutz in die Hand. Dann trat er zu Van den Belk, der bereits vorausgegangen war. Er wollte nicht, dass der Ausbilder das Gespräch mithörte. Als sie ein paar Schritte weit weg waren, blieb er stehen und sah Stefan aufmerksam an.

„Geht es Ihnen gut, Herr Roth?"

Stefan lächelte enthusiastisch.

„Oh ja, ich habe alle meine Werte diese Woche nochmals verbessert. Sie haben ja gesehen, auch die Schusswaffenbeherrschung ist jetzt oberhalb aller Marker, die wir in der Truppe jemals geschafft haben, und …"

Van den Belk schnitt ihm mit einer knappen Handbewegung das Wort ab.

„Ich meinte nicht, ob Ihre Leistungen gut sind, Herr Roth. Ich meinte, ganz ehrlich, wie es Ihnen selbst geht. Fühlen Sie sich gut, gesund, ausgeglichen?“

Stefan war für einen Augenblick verblüfft, dachte einige Sekunden nach. Er erwiderte Van den Belks Blick ernst.

„Mir geht es gut. Mir geht es besser, als ich es mir vor zwei Monaten hätte vorstellen können. Und ich bin jeden Tag dankbar dafür. Das Einzige …“

Er überlegte eine Weile, und Van den Belk nickte ihm aufmunternd zu.

„… das Einzige, was mir fehlt, ist ein bisschen die Außenwelt. Man ist hier schon ziemlich weg vom Schuss, wenn Sie wissen, was ich meine …?“

Van den Belk nickte bedächtig und sagte nichts. Stefan zuckte die Achseln.

„Na ja, und die starken Kopfschmerzen sind komisch. Wie ein Kater nach einem Saufgelage, und das fast den ganzen Tag. Das hatte ich bis Januar nicht, und jetzt schon dreimal in den letzten vier Wochen. Ich hab's auch schon Dr. Montgomery gesagt. Ich hatte schon gedacht, ich kriege eine Migräne oder so was Ähnliches.“

Van den Belk musterte ihn schweigsam. Dann ging er langsam weiter.

„Halten Sie mich auf dem Laufenden, Herr Roth. Wenn Sie das Gefühl haben, Ihnen fehlt irgendetwas, oder dass irgendetwas mit Ihnen nicht stimmt, dann geben Sie mir Bescheid, in Ordnung?“

Stefan nickte und lächelte ihn an.

„Danke, das werd' ich."

Aber Van den Belk hatte sich bereits abgewandt und ging tief in Gedanken versunken wieder in Richtung des Verwaltungsgebäudes.

16

Keppler saß müde in seinem Sessel und ließ sich vom Fernseher berieseln. Er nippte gedankenverloren an seinem zweiten Glas Springbank-Whiskey. Seine Gedanken waren wie so oft bei seinen Patienten, speziell bei denen, deren Zustand kritisch war. Und davon hatte er gerade wieder ein paar neue. Er fokussierte seine Augen wieder auf den Fernseher, um sich aus den Grübeleien zu reißen. Irgendwann musste auch mal Feierabend sein. Seine Frau, seine Ex-Frau besser gesagt, hatte genau das an ihm immer bemängelt – dass er zwar körperlich nach Hause kam, sein Geist aber immer noch in der Klinik blieb. Dann war sie gegangen, kaum dass Rebecca zum Studium ausgezogen war. Jetzt saß er hier in seinem viel zu großen Haus alleine vor dem Fernseher, wie fast jeden Abend. Sie fehlten ihm, beide, Frau und Tochter. Auch wenn er beiden nie wirklich gerecht werden konnte.

Über seinen Fernseher flimmerten Bilder eines komplett verwüsteten Hauses. Die Kamera schwenkte über die Nachbarschaft, in der einige eher einfach gebaute, kleine Häuser oft ähnlicher Bauart zu sehen waren. Scheinbar nicht gerade ein wohlhabendes Viertel. Die Sprecherin erzählte irgendetwas von einem Attentat und von mehreren Opfern, vermutlich alle aus einer militärischen Einheit namens „Korps Commandotroepen". Offensichtlich aus Holland. Dem Verdacht nach hatten sich hier mehrere Soldaten regelmäßig privat getroffen. Die Betroffenen waren auch Ziel einer internen Ermittlung wegen rechtsextremer Gesinnung gewesen.

Der Professor seufzte und trank seinen Whiskey in einem langen Zug leer. Die Welt war irgendwie verrückt geworden. Wenn er richtig zählte, war das jetzt schon der vierte Vorfall innerhalb von sechs Wochen. Als würde da eine Armee quer durch Europa ziehen. Er versuchte, sich genauer an die anderen Fälle zu erinnern, aber sein Kopf war zu müde. Er seufzte erneut. Das war wirklich nicht sein Problem. Die Welt war nun einmal aus den Fugen geraten. Alles, was er als Mediziner tun konnte, war einige der Menschen, die in dieser Welt stark beschädigt wurden, wieder zu heilen. So gut es eben ging.

Er schaltete den Fernseher mit der Fernbedienung aus. Dann saß er eine Weile im Dunkeln in seinem Sessel und grübelte. Er sah auf das leere Glas in seiner Hand und spielte mit dem Gedanken, sich noch einen dritten Whiskey zu gönnen. Er war schließlich Arzt, er konnte damit umgehen. Schließlich erhob er sich und tappte schwerfällig zu dem kleinen Biedermeier-Schränkchen, das ihm als bescheidene Hausbar diente. Während er sich reichlich eingoss, kreisten die Fernsehbilder weiter in seinem Kopf. Bei den Soldaten musste er an seinen Patienten Roth denken. Sein Besuch bei ihm und seiner Tochter war bereits vier Wochen her, und er war mit genauso gemischten Gefühlen abgefahren, wie er gekommen war. Zwar ging es beiden gut, und im Falle von Stefan Roth war der Heilungsfortschritt wirklich nicht weniger als ein Wunder – oder zumindest eine technologische Meisterleistung. Aber irgendetwas nagte an ihm. Es war die ganze Situation, die Anlage, und speziell die seltsame Art des Chefs dort, dieses Van den Belk. Er konnte den Mann einfach nicht einschätzen, aber er spürte, dass der sehr viel verheimlichte. Und dass er es offensichtlich gar nicht schätzte, wenn man versuchte, mehr über ihn zu erfahren. Gedankenverloren nippte Keppler an seinem Glas. Einige Schlucke später wusste er, dass er das nagende Gefühl nicht loswerden würde, bis er mehr von der Wahrheit erfahren hatte. Dazu kannte er sich zu gut. Wenn er dem Gefühl nicht nachgab, würde es ihm keine Ruhe lassen. Während er sein drittes Glas immer noch an seinem Barschränkchen stehend leerte, grübelte er intensiv, doch kam zu keinem konkreten Plan.

17

Dr. Montgomery wies ihn in ihrer typisch knappen und schroffen Art an, sich wieder anzuziehen. Stefan hatte sich für eine weitere Untersuchung zu ihr begeben, nachdem er morgens wieder mit so starken Kopfschmerzen aufgewacht war, dass er kaum aus dem Bett gekommen war. Mittlerweile waren die Schmerzen etwas abgeklungen, aber ihn plagte immer noch eine bleierne Müdigkeit.

Als er fertig angezogen war, winkte Dr. Montgomery ihn zu sich.

„Körperlich konnte ich nichts feststellen. Sie haben ein paar blaue Flecken und eine kleine Muskelzerrung am Rücken. Das ist nicht überraschend, so wie Sie hier trainieren. Was mir Sorgen macht, sind Ihr EEG und Ihr Nervensystem. Sie sind stark überlastet. Ich muss daher anordnen, dass Sie für mindestens eine Woche einfach einmal ausruhen. Nichts tun, maximal Ihre Krankengymnastik mit Frau Keppler, ansonsten aber kein Training. Ihr Nervensystem ist wie überhitzt, wir müssen Sie wieder beruhigen, sonst droht Ihnen noch ein Zusammenbruch."

Stefan nickte, aber er war verzweifelt. Eine Woche ohne Training hieß für ihn, dass es kein Entkommen aus der gleichförmigen Langeweile der Anlage gab.

„Aber ich verstehe das nicht. Ich trainiere ja jeden Tag, und diese Anfälle habe ich nur manchmal. An anderen Tagen geht es mir blendend."

Dr. Montgomery musterte ihn streng und schüttelte den Kopf.

„Das glauben Sie, aber Ihr EEG und Ihre Messwerte sprechen da eine andere Sprache. Ich werde auch mit den Technikern reden, was die Signalauswertung Ihrer Prothesen ergeben hat. Aber bis dahin haben Sie Ruhe zu halten. Gehen Sie spazieren. Lesen Sie ein Buch."

Stefan verzog das Gesicht zu einer Grimasse. Spazieren gehen? Innerhalb der Anlage? Auch wenn das Gelände groß war, kannte er mittlerweile jeden Winkel in- und auswendig. Und Lesen war nicht gerade seine Stärke. Aber Dr. Montgomerys Ton duldete keinen Widerspruch. Er wollte noch eine Frage stellen, aber sie setzte sich bereits wieder hinter ihren Schreibtisch und deutete mit einer knappen Geste auf die Tür.

„Gehen Sie bitte erst mal wieder auf Ihr Zimmer und halten Sie Ruhe. Wenn es noch etwas gibt, wissen wir ja, wo wir Sie finden können."

Etwas später, nachdem er zwei Filme aus dem schier unendlichen Pay-TV-Programm angesehen und sein Mittagessen im Restaurant gegessen hatte, war es zumindest endlich so weit, dass Rebecca zur täglichen Krankengymnastik kam. Als sich die Tür öffnete und sie in den Raum huschte, ging für Stefan zumindest für einen

Moment die Sonne auf. Er konnte nicht anders, als sie zur Begrüßung herzlich zu umarmen. Sie lachte ihn an, ihre Augen blitzten.

„Oh, womit hab ich das denn verdient?"

Stefan lachte ebenfalls. Dann erzählte er ihr von seinem Problem und von dem morgendlichen Besuch bei Dr. Montgomery. Sie saßen nebeneinander auf Stefans Bett, und ihm fiel auf, wie gut sie heute wieder duftete. Er kämpfte immer wieder mit sich, denn er fühlte sich sehr zu der jungen Frau hingezogen. Und er spürte seit Längerem, dass sie seine Gefühle offensichtlich erwiderte. Aber er hatte Angst, was passieren würde, wenn er einen Schritt weiterging. Schließlich war er kein normaler Mann mehr. Vor seinem Unfall war er stolz gewesen auf seinen muskelbepackten Körper, und One-Night-Stands waren wie ein weiterer Sport für ihn gewesen. Aber mit seinen Gliedmaßen war auch sein Selbstbewusstsein amputiert worden. Er hatte sich so oft vorgestellt, wie es wäre, Rebecca einfach zu küssen … und dann zärtlich ihre Bluse zu öffnen …

Er konnte gar nicht mehr zählen, wie oft er sie sich schon nackt vorgestellt hatte. Und ab dem Moment zerplatzten seine Tagträume immer, denn damit kam auch das Bild, wie er nackt aussah. Ein menschlicher Rumpf, mit schwarz glänzenden Robotergliedmaßen, die an seinen Körper angesetzt waren. An mehreren Stellen verliefen feine Kabel über seinen Oberkörper, die dann in seinen Körper hineinführten. Es war nicht zu leugnen: er funktionierte zwar wieder hervorragend, aber er war ein Frankenstein. Er selbst hatte sich an seinen Anblick gewöhnt, aber er konnte sich nicht vorstellen, dass ihn jemals wieder eine Frau zärtlich berühren könnte. Oder, dass er sich dabei wohlfühlen würde.

Rebecca konnte offenbar die Gefühle in seinem Gesicht lesen: Sie legte die Hand unter sein Kinn, hob sanft seinen Kopf ein wenig an und sah ihm in die Augen.

„Lass dich nicht hängen. Das wird wieder. Und jetzt bin ich ja erst mal da …"

Sie lächelte ihn verschmitzt an. Dann sprang sie vom Bett herunter und stellte sich vor ihn, die Hände in die Hüften gestützt.

„Vielleicht hat es dir auch einfach nicht gutgetan, drei Tage ohne mich zu verbringen?"

Stefan zog die Stirn in Falten und wollte gerade nachfragen, wie sie diesen Satz gemeint hatte. Schließlich hatten sie sich ja gestern noch gesehen. Aber er kam nicht dazu, denn wieder öffnete sich die Tür zu seinem Zimmer. Van den Belk kam plötzlich mit fuchtelnden Armen in den Raum. Auf seiner Stirn stand schon wieder ein feiner Schweißfilm, obwohl es nicht besonders warm war. Als er Rebecca bemerkte, grinste er jovial.

„Aahhh, da sind ja die beiden Richtigen beisammen!"

Er zwinkerte Stefan an. Dann nickte er Rebecca zu.

„Verzeihen Sie, Frau Keppler, ich wollte nicht so mit der Tür ins Haus fallen. Aber ich habe für Sie … also für Sie beide, wenn Sie das möchten, eine Überraschung."

Beide sahen ihn verblüfft an. Das Auftreten war untypisch für Van den Belk, der stets freundlich, meist aber eher zurückhaltend war. Nun aber ging er sogar zu Stefan und legte ihm den Arm um die Schultern wie ein väterlicher Freund.

„Ich habe von Dr. Montgomery von Ihrer Misere gehört, Herr Roth. Und ich glaube, ich habe da genau das Richtige für Sie."

Er blickte verschwörerisch von Stefan zu Rebecca.

„Ich kann mir ja denken, dass Sie hier vor Langeweile die Wände hochgehen, wenn Sie nicht arbeiten können. Und da Sie das ja nicht dürfen, dachte ich mir … wie wäre es, wenn Sie unsere Frau Keppler hier einmal wirklich ausführen? Machen Sie sich einen schönen Tag, in Brüssel, oder noch besser in Antwerpen. Belgien ist ein schönes Land, wenn man an die richtigen Plätze geht!" Er grinste breit.

Stefan brauchte einige Sekunden, um den Sinn seiner Worte wirklich zu verstehen. Auch, weil ihn die plötzliche körperliche Nähe des sonst so distinguierten Mannes etwas verwirrte.

„Sie meinen raus aus der Anlage? Aber wir haben doch unterschrieben, dass wir das bis zum Ende des Projektes nicht dürfen … wegen der Sicherheit und so …"

Trotz seines Misstrauens wogte bereits Vorfreude in Stefan auf bei dem Gedanken, die Abgeschiedenheit der Anlage für eine Weile gegen eine lebendig brodelnde Stadt einzutauschen.

Van den Belk klopfte ihm ein paarmal freundschaftlich auf den Rücken.

„Wissen Sie, Herr Roth, ich bin ja hier derjenige, der – zumindest bis zu einem gewissen Grad – die Regeln festschreibt. Und ich kann auch die Ausnahmen machen. Und Sie brauchen wirklich etwas Urlaub. Ich nehme an, Sie hätten nichts dagegen, unserer Frau Keppler hier einmal eine schöne belgische Stadt zu zeigen?"

Er zwinkerte Rebecca zu, etwas zu viel des Guten, wie Stefan fand. Aber solche Details waren gerade nebensächlich für ihn. Die Aussicht auf einen echten Ausflugstag mit Rebecca überstrahlte für ihn gerade alles andere.

„Natürlich würde einer unserer Fahrer Sie hin- und auch wieder zurückfahren, und die Nacht müssten Sie dann wieder hier verbringen, aber ich finde, eine kleine Auszeit und ein Tapetenwechsel kann vielleicht Wunder für Sie wirken. Für Sie beide."

Stefan sah ungläubig zu Rebecca. Sie strahlte ihn an und nickte enthusiastisch. Mehr musste er nicht sehen. Er konnte sein Grinsen nicht länger zurückhalten.

„Wow, das ist … Danke, Herr Van den Belk. Das ist wirklich super! Ich werde Ihr Vertrauen nicht enttäuschen, bestimmt nicht!"

Van den Belk trat einen Schritt zur Seite und wedelte mit der Hand.

„Ach was, Herr Roth, ich bitte Sie. Wir sind doch weit darüber hinaus. Sie haben wirklich allen bewiesen, was in Ihnen steckt, und wie sehr Sie sich anstrengen."

Er sah von einem zum anderen und dann demonstrativ auf seine Armbanduhr.

„Also dann wird unser Fahrer morgen früh auf Sie warten, sagen wir um 8:30 Uhr? Ich empfehle Ihnen Antwerpen, eine bezaubernde Stadt. Hervorragende Pubs und Straßencafés. Da bekommen Sie auch außergewöhnliches Bier, Herr Roth. Hunderte von Sorten. Weit mehr, als Ihnen Henry derzeit einschmuggelt. Genießen Sie Ihren Tag!"

Bei der letzten Bemerkung zwinkerte er wieder, diesmal zu Stefan.

Die schwarze Mercedes-Limousine wartete pünktlich um halb neun in der geräumigen Halle, die der Anlage als Garage und Warenempfang diente. Ein älterer Soldat war ihr Fahrer. Auch wenn er einen Anzug trug, erkannte Stefan in ihm die untrüglichen Züge eines altgedienten Kommandosoldaten. Bürstenschnitt, harte, wettergegerbte Gesichtszüge. Der Mann hatte in seiner Laufbahn bestimmt so einiges gesehen. Stefan ging zu ihm und begrüßte ihn mit Handschlag, den der Fahrer stumm erwiderte. Dann sah er sich um und suchte nach Rebecca. Er fühlte sich nervös wie ein Teenager. Da er nur wenig Kleidung zur Auswahl hatte, trug er seinen Standardlook: Schwarze Jeans, ein weißes T-Shirt und ein schwarzes Kapuzen-Sweatshirt. Nicht gerade ein modisches Statement, aber immerhin besser als die Sportkleidung, die er normalerweise abwechselnd mit Tarnoveralls zum täglichen Training trug. Bestimmt zum fünften Mal innerhalb von fünf Minuten sah er auf seine Armbanduhr.

Er wollte gerade wieder seinen Arm heben, als er das Geräusch der Tür zum inneren Gebäude hörte. Er drehte sich herum und hielt den Atem an. Rebecca kam lächelnd auf ihn zu. Ihr Anblick verschlug ihm erst einmal die Sprache. Bis auf den einen Abend im „Restaurant“ hatte er sie immer nur in ihrer Arbeitskleidung gesehen – zweckmäßige Jeans, T-Shirt und ein weißer Kittel darüber. Heute aber sah sie aus wie eine andere Person. Sie trug ein dezentes Make-up, eine helle Bluse, eine dazu passende, taillierte

Lederjacke und eng anliegende, schwarze Lederpants. Sie kam mit schnellen Schritten auf ihn zu und gab ihm zur Begrüßung einen federleichten Kuss auf die Wange.

„Du kannst den Mund jetzt wieder zumachen …", flüsterte sie grinsend in sein Ohr.

Stefan klappte mit einem provozierend lauten Geräusch die Kiefer zusammen, was ihr ein glockenhelles Lachen entlockte. Der Tag fing bereits perfekt an, das konnte ja nur noch besser werden. Galant hielt Stefan ihr die hintere Wagentür auf und stieg dann selbst auf der anderen Seite ein. Ihr Fahrer stieg wortlos ein und startete den Motor. Seine blassblauen Augen fixierten Stefan im Rückspiegel.

„Antwerpen, hat der Chef gesagt?"

Stefan nickte aufgeregt.

„Ja! Ich weiß aber nicht, wo wir am besten halten. Ich hab auf Google geschaut, da gibt es ein Parkhaus in der Innenstadt, neben dem Hilton …"

Der Fahrer nickte nur und gab ansatzlos Gas. Stefan und Rebecca hielten sich instinktiv fest, als der schwere Wagen so schnell aus der Halle hinausschoss, dass das Dach beinahe das sich nur langsam hebende Eingangstor streifte. Offenbar hatte der Kollege auch das Fahren hauptsächlich bei einer Spezialeinheit geübt.

Auf der Landstraße beruhigte sich die Fahrt jedoch schnell, und ihr Fahrer steuerte den großen Wagen zügig, aber gekonnt komfortabel über die sich windende Fahrbahn. Die große Limousine glitt fast geräuschlos durch die triste Morgenstimmung, die Sonne schien sich nur mühsam gegen das dunkle Grau der Dämmerung durchzusetzen. Dass Rebecca in den Kurven gegen ihn gerutscht war und jetzt an ihn gelehnt blieb, störte Stefan überhaupt nicht. Dass sie irgendwann dabei ohne Worte seine Hand genommen hatte und diese immer noch hielt, noch viel weniger.

18

„Wo ist er?“

Das Gesicht der Frau war zu einer roten, wutverzerrten Fratze verzogen. Mehrfach fuhr Sie mit der Hand angespannt durch die kurz geschnittenen, orange-rötlichen Haare, die ihr rundes Gesicht einrahmten. Van den Belk musterte sie bewusst eine Weile lang stumm und regungslos, bevor er antwortete.

„Nicht hier.“

„Das sehe ich selbst, verdammt noch mal! Van den Belk, das ist ein Verstoß gegen meine Weisungen, den Sie bereuen werden. Wo ist das Objekt?“

Van den Belk setzte seine Brille ab und machte eine Show daraus, sie umständlich mit einem Stoff-Taschentuch zu putzen. Erst als er die Brille wieder aufgesetzt hatte, antwortete er ihr mit provozierender Gelassenheit.

„Herr Roth benötigte eine Auszeit. Die bekommt er gerade. Was er nicht benötigt, ist ein weiterer Missbrauch durch Sie. Das geht alles viel zu schnell, überhastet und unkoordiniert, Madame Moreau.“

Die rothaarige Frau blitzte ihn hasserfüllt an. Die beiden Männer in dunklen Anzügen, die seitlich hinter ihr standen, musterten ihn weiterhin ausdruckslos. Leibwächter, so viel war Van den Belk klar. Bis jetzt hatten die beiden sich aus allem herausgehalten, und Van den Belk hoffte, dass das auch so blieb. Aber dieser widerlichen Person nachzugeben, das ging einfach nicht mehr. Nicht nach dem, was er herausgefunden hatte.

Moreau trat nahe an ihn heran. Er konnte ihr Parfum riechen, das sich mit ihrem etwas abgestandenen Atem und einem subtilen Hauch von Schweißgeruch mischte.

„Sie sind mir unterstellt, Van den Belk. Sie haben nicht zu bestimmen, wie das Projekt ausgeführt wird. Und Sie werden das Objekt jetzt herbringen lassen!"

Van den Belk blieb stehen und sah sie ungerührt an.

„Das ‚Objekt', wie Sie es nennen, ist ein Mensch und hat einen Namen: Stefan Roth. Und ja, formal bin ich Ihnen unterstellt. Aber ich glaube, Ihre Kollegen im Gremium werden nicht unbedingt gutheißen, wie Sie Ihre Autorität hier nutzen. Oder wofür Sie das Projekt hier missbrauchen. Vielleicht sollten wir darüber zuerst reden?"

Seine Miene verriet nichts, während ihr Gesicht schier zu implodieren schien. Sie stand noch einige Sekunden vor ihm, atmete schwer, sagte aber nichts mehr. Dann wandte sie sich abrupt ab und ging ein paar Schritte von ihm weg. Als sie sich wieder zu ihm umdrehte, war ihre Miene eingefroren in kaltem, fanatischem Hass. Aber sie hatte auch ihre Beherrschung wiedererlangt.

„Das Gremium geht Sie nichts an. Sie haben mit

niemandem zu reden, außer mit mir. Und Sie haben meine Befehle zu befolgen."

Van den Belk lächelte süffisant.

„Andernfalls was? Entlassen Sie mich dann? Madame, ich bin sehr gerne bereit, ein oder zwei Jahre früher in Pension zu gehen. Nur zu. Aber hier, in dieser Anlage, bestimme ich, wie wir arbeiten."

Moreau starrte ihn einen Moment lang an. Dann verzogen sich ihre Lippen zu einem kalten Lächeln.

„Nein, Van den Belk, da irren Sie sich. Sie werden hier gar nichts mehr bestimmen."

Sie drehte sich um und winkte ihre Leibwächter zu sich. Nach zwei Schritten in Richtung Tür sagte Van den Belk leise: „Ich weiß von Dr. Pearl, von Rheinmetall. Ich weiß, was Sie mit ihm vorhaben. Ich werde das nicht zulassen!"

Sie erstarrte mitten in der Bewegung. Langsam, wie in Zeitlupe, drehte sie sich wieder zu ihm um. Ihre Züge waren jetzt kalt, entschlossen. Sie hatte sich wieder komplett im Griff.

„Sie wissen gar nichts, Van den Belk. Sie wissen nicht, worum es hier geht. Sie wissen nicht einmal, was das Objekt wirklich ist. Sie sind nur ein alter, weißer Mann, der mir im Weg steht."

Sie drehte sich um und ging zur Tür, die einer ihrer Begleiter für sie offenhielt.

„Das nächste Mal, wenn ich komme, sind Sie nicht mehr da, Van den Belk. Dafür sorge ich."

Abermals verzogen sich ihre Lippen zu einem gehässigen Lächeln. Dann trat sie durch die Tür, ihr Leibwächter zog sie zu, und das ganze Schauspiel war vorüber.

Van den Belk atmete hörbar aus und lockerte seine verspannten Schultern. Er musste jetzt einige Strippen ziehen, wenn das hier nicht böse enden sollte. Aber zunächst einmal brauchte er einen starken Drink, um diese ekelhafte Person vorerst aus seinem System zu spülen.

19

„Das war super! Ich fand die aufgeschnittenen Braukessel am besten, und du?"

Rebeccas Wangen waren leicht gerötet, sowohl vor Freude als auch von der beißenden Kälte, die in Antwerpen herrschte. Für Stefan sah sie so nur noch entzückender aus. Der Tag war noch nicht vorbei und schon ein voller Erfolg. Nachdem sie eine Weile unentschlossen durch die kleine, aber malerische Innenstadt gelaufen waren, hatten sie sich entschieden, in das berühmte Museum op de Strom zu gehen, ein berühmtes Kunstmuseum am Hafen von Antwerpen. Beide fanden es beeindruckend, vor allem die Dachterrasse mit Blick über die Stadt, aber bald stand Stefan der Sinn nach etwas leichterer Unterhaltung. Nach einem kleinen Mittagessen in einer der unzähligen Kneipen waren sie an den Stadtrand zu einer recht neuen und aufwendig gestalteten Brauereiführung namens De Koninck-Experience gefahren. Die unterhaltsame Tour hatte einen großen Teil ihres gemeinsamen Nachmittags ausgefüllt. Als sie das Gebäude verließen, war es bereits fast 18 Uhr, und die winterliche Dämmerung ließ das Viertel um sie herum dunkelgrau erscheinen.

„Ich fand alles irgendwie toll …"

Er überlegte kurz.

„Am besten gefällt mir, dass wir zusammen hier sind!"

Rebecca blieb stehen und drehte sich zu ihm. Ihre Augen leuchteten noch mehr als ihre geröteten Wangen. Ihr Atem war als kleine Wölkchen sichtbar, die der Wind schnell forttrug. Sie nahm erst eine seiner Hände, dann die andere. Ohne den Blickkontakt mit ihm abzubrechen, trat sie langsam auf ihn zu. Stefan hielt den Atem an, in seinem Magen flog ein Schwarm Schmetterlinge umher. Langsam zog sie ihn zu sich heran. In ihren Augen lag Versprechen und Forderung zugleich. Dann streckte sie ihr Gesicht zu seinem hoch, schloss die Augen und küsste ihn sanft auf den Mund. Bei der Berührung ihrer vollen Lippen mit seinen schien sich in Stefan alles aufzulösen, er spürte nur diesen Moment – und wollte auch gar nichts anderes mehr spüren oder denken. Vorsichtig schlang er seine Arme um sie, drückte sie sanft an sich. Wieder küssten sie einander, dieses Mal länger und leidenschaftlicher. Sein Zeitgefühl ging komplett verloren, während sie ineinander versunken mitten auf dem Gehsteig standen. Nach einer Weile lösten sie sich voneinander. Keiner von beiden sagte ein Wort. Es hätte auch keine Worte gegeben, die Stefans Gefühle hätten ausdrücken können. Er legte den Arm um ihre Schultern. Sie lächelte zu ihm herauf, und sie gingen langsam weiter. Die Kälte und das Grau um sie herum trat in den Hintergrund.

Nach einer Weile brach Rebecca das Schweigen.

„Wann müssen wir zurück sein?"

Stefan seufzte. Das war jetzt das Letzte, an das er denken wollte, aber sie hatte natürlich recht.

„Der Fahrer wartet im Parkhaus von heute Morgen auf uns, um acht.“

„Dann lass uns noch was trinken gehen in der City, okay? Ich weiß doch, wie gerne du noch ein Bier probieren willst!“

Stefan lachte. Der Tag war ein Traum, sie war ein Traum, und er konnte sich nicht vorstellen, glücklicher zu sein. Er beugte sich zu ihr und küsste sie noch einmal innig.

Dann beschleunigten sie ihre Schritte und gingen in Richtung Innenstadt.

Nach zwanzig Minuten waren sie in der Fußgängerzone angekommen und hatten sich für das Beer-Central entschieden, eine Kneipe mit angeblich über dreihundert Biersorten. Sie war schummerig-gemütlich im Inneren, mit altem Holzboden, urigen Holztischen und wild dekorierten Ziegelwänden. Nach der Kälte waren beide froh, in einem warmen Raum zu sitzen.

Ein junger Kellner hatte ihnen hingebungsvoll die Menükarte erklärt, und so saßen sie nun vor ihren Getränken. Rebecca hatte ein Fruit-Beer bestellt, eine besondere belgische Spezialität, während Stefan sich für ein Trappiste entschieden hatte, das angeblich aus einer echten Abtei stammte. Rebecca nahm einen Schluck und strahlte ihn an.

„Hmm, okay, das war es wert. Kann verstehen, warum du es so eilig hattest, hier anzukommen …“

Sie lächelte verschmitzt. Er zuckte peinlich berührt die Achseln.

„Tut mir leid. Ich vergesse immer noch, dass andere Menschen Beine haben, die müde werden …“

In der Tat fiel es ihm immer noch schwer, sich daran zu gewöhnen, dass seine Arme und Beine nicht nur übermäßig stark waren, sondern auch fast unbegrenzt belastbar. Er hatte bei ihrer kleinen Wanderung unbewusst immer mehr das Tempo erhöht und dabei nicht einmal schneller geatmet, während Rebecca sich neben ihm abmühen musste, nicht außer Atem zu kommen.

„Hättest du doch was gesagt …"

Sie winkte lächelnd ab.

„Ist alles okay, so war mir wenigstens warm! Cheers!"

Sie stießen an und tranken beide einen großen Schluck. Stefan ließ das ungewöhnliche Getränk auf sich wirken. Es war anders, als er sonst Bier kannte – aber verdammt gut, entschied er. Sie sahen einander eine Weile still und zufrieden in die Augen. Rebecca nahm seine Hand in ihre. Er war immer noch überrascht, wie viel Gefühl diese Berührung in ihm auslöste, obwohl seine Hand künstlich war. Aber das prickelnde Gefühl ihrer Zärtlichkeit übertrug sich offensichtlich auch durch im Labor erzeugtes Gewebe und Sensoren ganz gut. Er musste unwillkürlich lächeln bei diesem Gedanken. Vielleicht war ein Leben als Frankenstein-Cyborg doch gar nicht so übel.

Rebecca legte fragend den Kopf schief.

„Was denkst du?"

Er schüttelte den Kopf.

„Ist schwer zu erklären. Ich denke, ich bin einfach richtig glücklich."

„Das ist schön."

Sie drückte seine Hand etwas fester. Dann sah sie ihn ernster an.

„Was ich noch fragen wollte … Hast du immer noch deine Kopfschmerzen und diese Müdigkeit? Wir konnten gestern gar nicht richtig darüber reden."

Er verzog sein Gesicht beim Gedanken an die migräneartigen Anfälle und seine erzwungene Trainingsabstinenz.

„Ja, ist immer noch ein Problem. Ich hatte das fast den ganzen Tag, bevor du gekommen bist. Van den Belk hat mich eine Woche vom Training befreit, meint, ich bin wahrscheinlich überlastet. Aber ich weiß nicht. Irgendwas stimmt nicht mit mir. Ich glaube nicht, dass es an zu viel Training liegt."

Rebecca sah ihn mitfühlend an und strich mit einer Hand zärtlich über seine Wange. Sie wurde nachdenklich.

„Weißt du, es ist komisch, aber vielleicht liegt es daran, dass du an den Tagen davor keine Physiotherapieübungen gemacht hast. Oder fehle ich dir einfach nur zu sehr?"

Stefan zog fragend eine Augenbraue hoch.

„Wieso keine Übungen? Du bist doch jeden Tag zur Stunde da."

Er lächelte breit.

„Aber natürlich würden die Schmerzen sicherlich noch viel schlimmer, wenn du nicht da wärest …"

Jetzt war es an Rebecca, ihn fragend anzusehen.

„Ich meine es ernst. Ist dir das nicht aufgefallen? Die letzten drei Male hattest du immer nach den ganztägigen Untersuchungen Kopfschmerzen, immer dann, wenn unsere Stunde ausgefallen ist."

Stefan wurde etwas unsicher. Er lächelte noch immer, wenn auch etwas gezwungen.

„Welche Untersuchungen meinst du? Wir haben noch nie eine Stunde ausfallen lassen, die Untersuchungen sind immer vorher."

Ihr Gesicht wurde sorgenvoll. Sie zog langsam ihre Hand zurück und sah ihm in die Augen.

„Stefan, du warst vorgestern weg zur Untersuchung. Sogar zwei Tage. Ich habe die Tage mit Papierkram verbracht, und hab dann noch einem der Techniker mit seinen Rückenschmerzen geholfen. Aber wir haben uns nicht gesehen. Und vor zwei Wochen auch nicht. Dr. Montgomery hat mir gesagt, du wärest zu Untersuchungen in einem anderen Labor, außerhalb der Anlage."

Ein eisiges Prickeln lief Stefans Rücken hinunter. Er schüttelte vehement den Kopf.

„Nein, wir haben uns doch gesehen. Die beiden Tage waren wie alle anderen auch. Ich hab trainiert, morgens Koordination und Oberkörpertraining, dann haben wir unsere Stunde gehabt, und dann war ich noch auf dem Schießstand mit Major Laury."

Rebecca sah ihn entgeistert an. Dann überlegte sie kurz.

„Sag mal, was hast du vorgestern zu Mittag gegessen?"

Er war von der Frage verblüfft. Er suchte fieberhaft in seiner Erinnerung nach einer Antwort, aber er konnte sie nicht finden. Nach wenigen Augenblicken kniff er die Augen zusammen. Hinter seiner Stirn begann es schmerzhaft zu pochen. Er hob instinktiv eine Hand an die Stirn.

Rebecca stand von ihrem Stuhl auf und ging schnell zu ihm herüber. Sie nahm sein Gesicht in beide Hände.

„Stefan, alles okay? Was ist mit dir?"

„Ich weiß nicht … das ist fast wie die Migräne, nur noch nicht ganz so schlimm … aber so plötzlich …"

Er riss sich zusammen und versuchte ein Lächeln. Es fiel etwas gequält aus.

„Geht schon wieder", murmelte er.

Rebecca schüttelte den Kopf und hielt sein Gesicht weiterhin zärtlich in den Händen.

„Und? Weißt du noch, was du gegessen hast?"

Er schüttelte den Kopf.

„Warum ist das so wichtig? Das Essen ist sowieso irgendwann immer dasselbe, ganz egal, wie viele Köche sie im Restaurant haben."

Sie ließ sein Gesicht los, setzte sich wieder hin und sah ihm ernst in die Augen.

„Weil du offensichtlich Erinnerungslücken hast, Stefan. Und scheinbar immer, bevor du diese Kopfschmerzen bekommst. Und das ist gar nicht gut. Wir sollten morgen früh mit Dr. Montgomery darüber reden, okay? Ich mach mir Sorgen um dich."

Stefan stimmte ihr grummelnd zu. Seine Hochstimmung hatte einen Dämpfer erhalten. Er wollte jetzt nicht darüber nachdenken, nicht jetzt, wo alles so perfekt war wie schon lange nicht mehr. Schweigend saßen sie noch eine Weile da und tranken ihr Bier aus. Sie hielt weiter seine Hand, aber die romantische Stimmung war erst einmal weg. Beide hingen ihren Gedanken nach. Dann winkte Stefan den Kellner heran, um zu zahlen. Sie hatten noch eine halbe Stunde, genug, um in Ruhe durch die Fußgängerzone zum Parkhaus zu schlendern.

Draußen vor der Tür hakte sich Rebecca bei ihm ein.

„Puh, es ist richtig kalt geworden!", stieß sie bibbernd aus.

Sie liefen in gemächlichem Tempo durch die Gassen. Nach ein paar Abbiegungen stellte Stefan fest, dass sie sich offensichtlich verlaufen hatten. Die Gegend wirkte eher ungepflegt, die Gassen waren schmal und dunkel, und die gepflegten Altstadtbauten wichen Graffiti-beschmierten, leicht baufälligen Mehrfamilienhäusern. Mittlerweile war der Winterabend komplett dunkel, und die spärliche Straßenbeleuchtung tauchte die Gasse vor ihnen in ein unangenehm gelbstichiges Licht.

„Das ist falsch hier. Wir sind aus dem Zentrum rausgelaufen. Sorry, ich dachte, ich hätte das mit dem Weg im Griff."

Er löste sich von ihr, um das Smartphone, das ihm Van den Belk gegeben hatte, aus seiner Jacke zu holen. Er öffnete Google Maps und gab das Parkhaus als Ziel ein. Als die Route angezeigt wurde, atmete er erleichtert auf.

„Ist nicht so weit weg wie befürchtet. Wir müssen da vorne rechts."

Er zeigte auf eine Abzweigung vor ihnen, direkt hinter einem unförmigen Haus, an dessen Fassade bereits der Putz abbröckelte. Rebecca nickte und hakte sich wieder bei ihm ein. Sie gingen etwas zügiger weiter. Stefan verzog angespannt das Gesicht. Er hatte jetzt zwar sein Smartphone, um ihnen den Weg zu weisen, aber die Gegend gefiel ihm nicht. Die Straße, in die sie einbogen, wurde rasch schmaler, und es stank nach Urin. Alle paar Meter lagen leere Bierflaschen, Scherben und allerlei Müll auf dem Boden verstreut.

Bereits an der folgenden Kreuzung bewahrheitete sich seine Sorge. Als sie in die nächste, etwas breitere Straße hineinliefen, stand eine Gruppe von fünf dunkelhäutigen jungen Männern um eine Laterne herum. Er hatte ihre Stimmen hören können, bevor er und Rebecca um die Ecke gegangen waren.

Die Männer waren alle ähnlich gekleidet. Jeans, Hoodies und darüber Lederjacken. Drei von ihnen trugen gestutzte Bärte, die zwei anderen hatten dichte Stoppeln im Gesicht. Um sie herum lagen zerschlagene Flaschen. Einer aus der Gruppe sah ruckartig zu ihnen herüber. Selbst auf die Entfernung konnte Stefan seinen glasigen Blick sehen. Der Typ war stockbesoffen, oder auf Drogen. Sein Blick fiel auf die Wodkaflasche in der Hand des Mannes, dann versuchte Stefan, die Gruppe zu ignorieren und sah starr geradeaus. Doch es war bereits zu spät.

„Ey, heb je sigaretten?", rief ihm der Typ mit der Flasche in der Hand in nuschelndem Flämisch zu. Sie waren mittlerweile nur noch etwa vier Meter von der Gruppe entfernt. Stefan sah kurz zu ihm hin und schüttelte nur den Kopf. Dann senkte er den Blick sofort wieder, um die Gruppe nicht zu provozieren. Rebecca tat instinktiv das Gleiche und drückte sich noch enger an ihn. Noch zwei Meter, gleich wären sie vorbei. Da trat ein anderer aus der Gruppe heraus, ein großer und hagerer Typ, und blockierte die Straße. Er starrte erst Stefan an, dann Rebecca. Sie blieben abrupt stehen. Der Typ verzog sein Gesicht zu einer höhnischen Fratze.

„Verstehst du nichts? Was bist du für ein Typ? Was willst du hier? Er will Zigaretten, Mann!", fuhr der Hagere ihn jetzt auf Englisch an.

Seine Stimme war erstaunlich hoch und heiser für seine Größe. Sein gutturaler Akzent und die stakkatoartigen Fragen klangen bereits sehr bedrohlich. Stefan schüttelte abermals den Kopf und bemühte sich ruhig zu bleiben. Er wollte keinesfalls eine Konfrontation riskieren, nicht mit Rebecca neben sich.

Da trat ein zweiter aus der Gruppe heraus und positionierte sich hinter ihnen. Das war für Stefan das Zeichen. Sie kreisten sie ein. Sachte schob er sich ein kleines Stückchen von Rebecca weg. Er brauchte Platz, um den unweigerlich folgenden Angriff zu parieren. Und angreifen würden sie, das war ihm klar. Trotzdem versuchte er, die Situation zu entschärfen.

„Jungs, hört mal, wir haben wirklich keine Zigaretten. Nichtraucher, wisst ihr?"

Er hob in einer entschuldigenden Geste die Hände. Die Männer starrten ihn an. Jetzt ging ein dritter hinter sie, die beiden anderen näherten sich ihnen von der Seite. Stefan spürte, wie sich trotz der Kälte Schweißperlen in seinem Nacken bildeten. Er atmete bewusst ruhig. Da schrie Rebecca auf, als der Bärtige hinter ihnen ihre Haare griff und sie grob nach hinten zerrte. Stefan fuhr herum. Im selben Moment zog der Hagere vor ihnen ein Messer aus seiner Jacke und trat einen Schritt auf sie zu. Stefans Welt schien sich zusammenzuziehen. Alles um ihn herum verlangsamte sich in eine fast surreale Zeitlupe. Er machte einen blitzschnellen Ausfallschritt nach hinten und griff den Arm, der Rebeccas Haare festhielt. Er erwischte ihn am Handgelenk. Mit einer kurzen, ruckartigen Bewegung seines eigenen Handgelenkes brach er dem Mann beide

Unterarmknochen, die mit einem trockenen Knacken zersplitterten. Der Mann kreischte vor Schmerz und Überraschung und sank auf die Knie. Das Ganze hatte Stefan nicht mehr angestrengt, als einen Zahnstocher umzuknicken. In einer fließenden Bewegung stieß er den schreienden Verletzten zurück und trat ihm dann so fest gegen die Brust, dass er fast zwei Meter nach hinten flog. Sein Kopf schlug laut hörbar auf dem Asphalt auf, und er blieb regungslos liegen. Mit derselben Geschwindigkeit zog Stefan Rebecca zur Seite und hinter sich, sodass er zwischen ihr und den anderen Angreifern stand. Das Ganze hatte nicht einmal zwei Sekunden gedauert. Der Hagere mit dem Messer zögerte kurz, seine Augen flackerten unsicher. Aus dem Augenwinkel sah Stefan, wie auch die anderen drei in ihre Jacken griffen und Messer herausholten. Es war nur eine Frage von Sekunden, bis der erste dieser Idioten zustechen würde. Sein Kopf war vollkommen leer, er fühlte keinerlei Nervosität, Aufregung oder gar Furcht in diesem Moment. Es war, als wäre etwas in seinem Gehirn eingerastet, eine perfekt funktionierende Maschine gestartet. Seine Wahrnehmung war unglaublich klar. Er sah alles wie im hellen Tageslicht, er hörte jedes Geräusch, vom leisen Kratzen der Schuhsohlen der Männer auf dem Asphalt bis hin zu Rebeccas zittrigen Atemstößen hinter sich. Sein Herz schlug ruhig und gleichmäßig. Er wusste genau, was zu tun war.

Der Bärtige neben ihm war der erste, der versuchte, mit dem Messer anzugreifen. Offenbar dachte er, Stefan würde ihn, weil er seitlich von ihm stand, nicht schnell genug sehen. Ein überaus dummer Fehler, vor allem weil der Typ auch noch dick war und sich sehr unelegant und langsam bewegte. Stefan schoss vor, drehte sich und trat mit voller Wucht gegen das Knie des Dicken, als der gerade seinen Vorwärtsschritt beendete. Das Knie brach wie ein trockener Ast und er knickte sofort ein. Sekundenbruchteile später schnellte Stefans Hand vor und schlug von unten unter das bärtige Kinn des Mannes. Die Bewegung war so schnell, dass der Typ noch nicht einmal Zeit hatte, wegen seines zertrümmerten Beines zu schreien. Sein Kopf schnalzte ruckartig nach hinten und riss seinen ungelenken Körper mit sich. Mit seiner übergenauen Wahrnehmung konnte Stefan spüren, wie der Kiefer an der Einschlagstelle brach, bevor der Kopf von der Wucht nach hinten geschleudert wurde. Die Beschleunigung war so gewaltig, dass die Halswirbelsäule des Dicken nicht standhalten konnte und schnappend brach. Den Aufprall auf der Straße erlebte der Typ bereits nicht mehr.

Stefan wirbelte wieder herum und brach mit einem Handkantenschlag den Unterarm des Hageren. Das Messer flog blitzend durch die Luft und schlitterte nutzlos auf dem Asphalt weg. Ein weiterer Schlag gegen die Kehle ließ den Hageren röchelnd auf der Stelle zusammenbrechen.

Stefan sah sich kurz zu Rebecca um. Keine Gefahr, sie stand nur wie angewurzelt und mit weit aufgerissenen Augen da. Sichtlich schockiert und verängstigt, aber unversehrt. Dann wandte er sich den letzten beiden Typen zu. Beide standen ebenfalls wie eingefroren da. Ihre vernebelten Gehirne hatten noch gar nicht richtig verarbeitet, dass sie von Jägern zur Beute geworden waren. Er konnte in ihren Augen sehen, wie es ihnen dämmerte. Er trat ruhig einen Schritt auf die beiden zu. Simultan wichen sie zurück. Ein weiterer, langsamer Schritt. Stefan machte keinen Laut, sondern sah die beiden nur durchdringend an. Sein Atem ging keinen Deut schneller als vor dem Angriff. Sein Gesicht war komplett ruhig, seine Augen kalt und gleichgültig. Wenn die beiden sich entschlossen, es auch zu versuchen, dann würden sie eben auch sterben. Kein Problem. Die beiden sahen auf die anderen drei, die bewegungslos auf dem Boden lagen. Unter dem Kopf des ersten Angreifers bildete sich bereits eine Blutlache. Sie wussten es vielleicht noch nicht, aber keiner von denen würde jemals wieder aufstehen.

Dann warfen sie sich gegenseitig einen kurzen, nervösen Blick zu. Der Jüngere der beiden, er war trotz seiner dunklen Bartstoppeln höchstens siebzehn, reagierte als Erster. Er ließ das Messer fallen, als wäre es heiß, und ging zügig einige Schritte rückwärts. In seinen Augen stand jetzt nackte Angst. Dann drehte er sich um und rannte. Sein Kollege, nun plötzlich allein, zögerte noch einige Sekunden, spuckte noch vor Stefan auf den Boden und nuschelte etwas, das klang wie „Ik kom terug!"

Dann ergriff auch er die Flucht.

Stefan sah ihnen einige Momente nach, dann trat er zu Rebecca und nahm sie fest in den Arm. Sie zitterte, aber sie weinte nicht. Sie war tapferer, als er gedacht hatte. Er zog sie sanft mit sich.

„Komm, wir sollten gehen. Nicht dass die beiden noch mit einem ganzen Clan zurückkommen!"

Rebecca nickte nur stumm. Zügig gingen sie auf der Route weiter. Nach weniger als zehn Minuten erreichten sie das Parkhaus. Ihr Fahrer stand bereits am vereinbarten Treffpunkt, und nach einer wortkargen Begrüßung saßen die beiden wieder auf der Rückbank des Mercedes. Stefan war dankbar, dass der Fahrer so distanziert war und keinerlei Interesse an einer Konversation hatte. Er hielt Rebeccas Hand, und sie entzog sie ihm nicht. Keiner von beiden sagte etwas während der Rückfahrt. Aber Stefan wusste auch so, dass sie sehr bald darüber reden mussten, was da gerade passiert war. Er war gut geschult im Nahkampf, das brachte seine Ausbildung als KSK-Soldat nun einmal mit sich. Aber was er eben getan hatte, kam nicht von seiner Ausbildung. Vielmehr war es so, als hätte ein anderer Teil seiner Persönlichkeit mit einem Mal das Ruder übernommen. Ein Teil, der ihm irgendwie dunkel und bedrohlich vorkam – und der unglaublich effizient, gnadenlos und kalt war.

Nach einer schweigsamen Fahrt durch die winterliche Dunkelheit ließ der Fahrer sie in der geräumigen Garage der Anlage wieder aussteigen. Er hielt ihnen die Tür auf und nickte Stefan noch knapp zum Abschied zu. Seine Bewegungen waren so zackig, dass Stefan in Versuchung kam, zum Abschied zu salutieren. Er verkniff es sich, aber der Gedanke brachte ihn trotz allem, was sie gerade durchlebt hatten, zum Schmunzeln. Er nahm noch einmal Rebeccas Hand in seine und zog sie sanft zu sich heran.

„Wir reden morgen darüber, in Ordnung?“, flüsterte er in ihr Ohr.

Ihr Gesicht wirkte müde, aber nicht mehr so angespannt wie zu Beginn der Heimfahrt. Sie nickte zur Antwort. Dann drückte sie sich noch einmal fest in seine Arme und küsste ihn schnell auf den Mund, bevor sie sich von ihm löste und den Korridor hinunter zu den Mitarbeiterquartieren ging. Stefan stand noch einige Zeit erleichtert da. Was passiert war, beunruhigte ihn, aber zumindest war Rebecca nicht von ihm abgestoßen. Verunsichert, ja, das konnte er ihr nicht verdenken. Das war er selbst ja auch. Aber er wollte keinesfalls wieder verlieren, was sich zwischen ihnen entwickelt hatte. Mit einem Mal müde und bleischwer tappte er in Richtung seines Zimmers.

Trotz seiner Müdigkeit schlief er unruhig. Immer wieder sah er im Traum die Szenen des Abends wie in Zeitlupe ablaufen. Jedes noch so kleine Detail war in seinem Kopf wie unter einem Brennglas vergrößert. Er spürte, wie die Unterarmknochen des ersten Angreifers unter dem Druck seiner Finger zerbarsten. Er hörte das trockene Knacken dabei wieder und wieder, wie den Rhythmus eines Ohrwurms, den man nicht mehr aus dem Kopf bekommt. Er sah den Kopf des Zweiten auf dem Boden aufschlagen und wieder abprallen, sah, wie feine Blutstropfen aus seinem Mund spritzten, registrierte, wie das zerschmetterte Bein dabei wie bei einer Stoffpuppe verdreht wurde. Er hörte das verzweifelte Gurgeln, mit dem der Dritte versuchte, durch seinen zerschlagenen Kehlkopf Luft zu bekommen. Und dann war da noch mehr. Zwischen die Bilder des Abends mischten sich andere Gesichter, die er nicht kannte. Er sah Menschen im Kugelhagel fallen, sah Flammen, die leblose Körper verbrannten. Die Spirale der Bilder und Geräusche beschleunigte sich immer mehr, bis er mit rasendem Herzschlag und hämmerndem Kopfschmerz aufwachte. Sobald er wieder einschlief, begann das Ganze von vorne. Erst in den frühen Morgenstunden wurde er langsam ruhiger, und als er endlich in einen traumlosen Schlaf verfiel, war es fast fünf Uhr morgens.

20

Am nächsten Morgen quälte sich Stefan mühsam aus dem Bett. Die Kopfschmerzen waren nicht ganz so schlimm, wie er sie schon erlebt hatte, aber er fühlte sich gerädert und ausgelaugt. Ohne sich mit Duschen und Ähnlichem aufzuhalten, zog er sich schnell einen Trainingsanzug über und schlurfte zum Restaurant der Anlage. Ein Vorteil der verordneten Trainingspause war, dass er morgens in Ruhe ein oder zwei Kaffees trinken konnte.

Im Restaurant grüßte er kurz den Kellner, der wie meistens auch an diesem Morgen Dienst hatte, und bestellte sich einen doppelten Espresso. Mit der dampfenden Tasse in der Hand zog er sich in eine der Sitznischen an der Seite des Raumes zurück. Auf dem Weg griff er sich noch eine Zeitung, die am Eingangstisch ausgelegt war. Der Name des Blattes war „De Standaart“. Er verstand zwar kein Niederländisch, aber die Sprache war Deutsch auch nicht ganz unähnlich. Er hatte in den Wochen hier bereits herausgefunden, dass er den Texten, wenn er sich Mühe gab, zumindest einen groben Sinn entnehmen konnte.

Träge fächerte er die Zeitung auf und trank in kleinen Schlucken seinen Espresso.

Im Innenteil, in der Rubrik „Binnenland“, sah er schließlich, was er gesucht hatte. Obwohl er insgeheim gehofft hatte, es nicht zu finden. Es war nur eine kleine Meldung, aber er konnte aus der Überschrift erkennen, dass es sich um einen Artikel über drei Tote in Antwerpen handelte. Er leerte seinen Espresso in einem Zug und versuchte, den kurzen Text, so gut es ging, zu verstehen. Mit zusammengekniffenen Augen saß er einige Zeit da und ging die Textzeilen wieder und wieder durch. Offenbar waren die drei wenig später in der Nacht von einer Polizeistreife gefunden worden. Wenn er es richtig verstand, waren sie alle für Gewalt- und Drogenstraftaten bereits polizeibekannt, sodass man von einem Streit oder einem Problem unter Kleinkriminellen ausging. Er blies geräuschvoll den Atem aus. Erst jetzt realisierte er, dass er beim Lesen komplett die Luft angehalten hatte. Der Artikel bestätigte seine Befürchtungen, aber er beruhigte ihn auch, denn wie es aussah, würde der Vorfall wohl nicht mit ihm in Verbindung gebracht werden, und es gab auch keine Zeugenaussagen – zumindest bis jetzt. Er entschied sich, das Ganze erst einmal für sich zu behalten und Van den Belk nichts davon zu erzählen. Er blickte gerade auf, als Van den Belks Stimme durch das ansonsten leere Restaurant schallte.

„Aahh, Herr Roth! Schön zu sehen, dass Sie es ruhiger angehen lassen!“

Er kam eilig an Stefans Tisch, was bei seiner Körperfülle und wegen seines schwarzen Anzugs mit makellos weißem Hemd das Bild eines watschelnden Pinguins in Stefan heraufbeschwor. Etwas zu hektisch klappte Stefan die Zeitung zu und legte sie neben sich. Er hoffte, dass Van den Belk diese etwas auffällige Geste übersehen hatte. Im Anmarsch winkte Van den Belk noch schnell dem Kellner und sagte etwas auf Flämisch, was Stefan nicht verstand. Dann ließ er sich schwer in den Sitz neben ihm fallen. Der Kellner kam an den Tisch und brachte Van den Belk einen Cappuccino, den dieser begierig nahm und gleich zum Schluck ansetzte. Dann schmatzte er laut und lehnte sich mit einem genießerischen „Aahh“ zurück. Stefan musterte ihn etwas misstrauisch. Van den Belks Verhalten wirkte aufgesetzt und untypisch für ihn. Er wartete ab. Nach wenigen Sekunden lehnte sich Van den Belk zu ihm vor und sprach leise.

„Hatten Sie beide einen guten Tag gestern?“

Stefan bejahte und bemühte sich um ein fröhliches Lächeln. Es stimmte ja auch, der Tag war fantastisch gewesen. Nur der Abend war komplett außer Kontrolle geraten, aber das musste Van den Belk vorerst nicht wissen. Der nickte nur wissend und schob sich seine Brille zurecht. Dann sah er sich im Raum um, als wolle er sich vergewissern, mit Stefan allein zu sein. Er lehnte sich noch weiter vor. Seine Stimme war fast ein Flüstern.

„Herr Roth, es gibt einiges, was wir besprechen müssten. Dringend. Aber nicht hier. Ich möchte mit Ihnen unter vier Augen reden, am besten draußen bei einem Spaziergang. Sagen wir um zwölf Uhr am Schießstand?“

Dann lehnte er sich zurück und setzte wieder ein strahlendes Lächeln auf. Stefan sah ihn verunsichert an. Wusste

Van den Belk von gestern Abend? Ging es ihm darum? Aber wenn er davon wusste, woher?

Van den Belk nahm noch einen großen Schluck von seinem Getränk, während er Stefan mit entspannter Miene musterte. Dann setzte er die Tasse ab.

„Der Kaffee ist heute auch nicht so gut, wie ich gehofft hatte ... Na ja, man kann nicht alles haben. Ruhen Sie sich noch gut aus, Herr Roth. Wenn Sie mich brauchen, dann wissen Sie ja, wo Sie mich finden!"

Damit stand er auf und ließ Stefan allein mit seinen Gedanken zurück. Der seltsame Auftritt irritierte ihn. Er sah auf die Uhr, die an der Wand gegenüber hing. Es war kurz nach zehn. In knapp zwei Stunden würde er Van den Belk draußen treffen, vielleicht würde sich das Rätsel ja dann lösen. Auf jeden Fall musste er sich bis dahin überlegen, ob er Van den Belk in die Geschehnisse des vorigen Abends einweihen wollte. Er sah noch einmal auf seine leere Tasse und erwog kurz, sich noch einen Espresso zu bestellen. Dann überlegte er es sich anders und stand auf. Vielleicht war es besser, zumindest ein wenig Bewegung zu bekommen, um seine Unruhe loszuwerden. Und wenn er schon um zwölf am Schießstand sein musste, dann konnte es ja nicht schaden, vorher ein wenig dort zu üben, so ganz in Ruhe und nur für sich, das war ja dann kein offizielles Training. Mit zügigen Schritten ging er zur Tür und dann in Richtung seines Zimmers, um sich eine Jacke zu holen. Er wollte gerade die Tür zu seinem Raum aufstoßen, als ihn ein heftiger Kopfschmerz wie ein Blitz durchzuckte. Er erstarrte mitten in der Bewegung und musste sich dann an der Türklinke abstützen, um nicht vornüber zu fallen.

Vor seinen Augen tanzten gleißend helle Sterne. Er stöhnte leise. Plötzlich verschwand der Korridor um ihn herum, und er stand in einem Haus, das er noch nie gesehen hatte. Statt der Türklinke hielt er eine Waffe in der Hand. Er sah hinunter – die Waffe war eine Walter P88, an deren Lauf ein Schalldämpfer angeschraubt war. Er kannte diese Waffe, aber er hatte sie nie benutzt. Was passierte da gerade? Dann hörte er ein Geräusch. Er wusste, dass er zu dem Geräusch musste – um es zu eliminieren. Er war …

Wieder zuckte ein gleißend heller Blitz durch seinen Kopf. Dieses Mal sank er stöhnend auf die Knie und nach vorne. Mit einem dumpfen Laut schlug sein Kopf gegen seine Zimmertür, was den Schmerz für einige Sekunden noch potenzierte. Er hob beide Hände vors Gesicht und hielt einen Moment den Atem an. Dann ebbte die Schmerzwelle wieder ab. Er blieb ein paar Sekunden auf den Knien, aus Angst, die Schmerzen würden wieder zunehmen, sobald er sich bewegte. Einige Atemzüge lang wartete er ab, bevor er sich langsam und vorsichtig erhob. Der Korridor war wieder ganz normal, und er stand vor seiner Tür. Die beißenden Schmerzen in seinem Kopf waren zu einem dumpfen Pochen geworden, das stetig weniger wurde. Er sah sich um, war nach wie vor allein im Flur, niemand sonst hatte gesehen, was ihm gerade widerfahren war. Er öffnete die Tür und trat mit weichen Knien ein. Die Lust auf Schießübungen war ihm erst einmal vergangen. Stattdessen ging er zu seinem Bett und ließ sich rücklings auf die Matratze fallen. Er massierte vorsichtig seine Stirn und Schläfen mit den Fingern. Was zur Hölle passierte da mit ihm?

21

Professor Keppler sah nachdenklich auf sein Handy. In weniger als fünfzehn Minuten musste er in eine Ärztebesprechung, in einer Stunde kamen zwei neue Patienten an, beide im Wachkoma. Er hatte jetzt keine Zeit für irgendetwas anderes. Aber seit dem Anruf seiner Tochter am frühen Morgen brodelte etwas in seinem Gehirn. Rebecca hatte zuerst nicht wirklich erzählen wollen, was vorgefallen war, aber er kannte seine Tochter und spürte, wenn sie ihm etwas verheimlichte. Mit sanftem Druck hatte er sie dann doch dazu gebracht, von dem Gewaltausbruch in der Antwerpener Gasse zu erzählen. Einerseits war er froh, dass Stefan Roth offensichtlich ein guter und äußerst effektiver Beschützer für seine Tochter war. Aber etwas in ihrer Schilderung ließ ihn erschauern, die tödliche Effizienz und Kälte, mit der Stefan vorgegangen war. „Wie ein Terminator aus dem Film", hatte Rebecca es genannt. Er konnte nicht genau sagen, was es war, aber die Formulierung löste etwas in ihm aus. Etwas, um das er sich schon einmal Sorgen gemacht hatte in der Geschichte seines Patienten – ehemaligen Patienten, wies er sich selbst zurecht.

Seine Gedanken ließen ihm keine Ruhe. Er würde dem nachgehen müssen, sonst würde er heute Nacht keinen Schlaf finden.

Nach einem kurzen Klopfen öffnete sich die Tür zu seinem Büro und seine neue Assistentin schaute vorsichtig herein. Sie war noch sehr schüchtern und unsicher, machte aber sonst ihre Sache schon recht gut, fand er.

„Herr Professor, in fünf Minuten müssen Sie in Konferenzraum 2 sein, die Herren warten bereits."

Er nickte ihr kurz dankend zu und holte tief Luft. Was auch immer da an ihm nagte, es würde bis zum Abend warten müssen.

Van den Belk stand bereits an den Eingang zum Schießstand gelehnt, als Stefan dort eintraf. Sein Atem bildete kondensierende Wolken in der Luft. Er war mit einem dunklen, teuer aussehenden Mantel bekleidet und hatte sich einen dicken Schal umgelegt. Als er Stefan sah, nickte er ihm knapp zu und wies auf den schmalen Weg, der am Schießstand vorbeiführte. Dann setzte er sich in Bewegung, bis Stefan zu ihm aufschloss.

Van den Belk ging in gemächlichem Tempo eine Weile schweigend weiter. Als sie in den Schatten einiger Bäume liefen, die die Sicht vom Haupthaus einschränkten, griff er in seinen Mantel und reichte Stefan einige Fotos.

„Haben Sie die hier schon mal gesehen?", fragte er ansatzlos.

Stefan nahm die Bilder und sah sie der Reihe nach an. Er schüttelte den Kopf.

„Nein. Bei dem hier … nein …"

Dann runzelte er die Stirn.

„Den hier habe ich im Fernsehen gesehen. Ist das nicht dieser Politiker von den … ach, ich weiß nicht, auf jeden Fall irgend so eine rechte Partei aus Holland?"

Van den Belk musterte ihn von der Seite.

„Aber sonst erkennen Sie keine dieser Personen?"

Stefan schüttelte den Kopf und reichte ihm die Bilder zurück.

„Nein. Müsste ich?"

Van den Belk nahm die Fotos und drehte sie einzeln zu Stefan.

„Das hier ist Christian Stappen, das ehemalige Aushängeschild von Vlaamse Belang. Und die sind aus Belgien, nicht aus Holland. Er war gerade dabei, die Partei sehr beliebt zu machen und vom rechten Rand, wie man sagt, wegzuführen. Das hier …" Er wechselte zu einem weiteren Bild, „… das ist Bart Dohmen. Ein krimineller, Rocker-Milieu. Und das hier …", wieder wechselte er die Bilder, „… sind Floris Cleys, Hermann Rutte und Marc Wilders. Mitglieder einer holländischen Spezialeinheit."

Er sah Stefan weiter prüfend an. Dieser konnte nur den Kopf schütteln.

„Tut mir leid, sagt mir alles nichts. Sollte es?", fragte er.

Van den Belk steckte die Bilder wieder in seine Tasche.

„Lassen Sie uns das nachher besprechen. Kennen Sie diese Person?"

Er holte ein weiteres Dokument aus der Innentasche seines weiten Mantels hervor, diesmal das Deckblatt eines Dossiers, in der oberen linken Ecke ebenfalls mit einem Foto versehen. Es zeigte eine junge Frau mit rötlichen

Haaren und blasser Haut. Stefan nahm das Blatt und studierte es ein paar Sekunden.

„Nicole Moreau … Ecolo … EU-Sicherheitsrat … Sagt mir alles nichts …"

Er gab das Blatt zurück. Van den Belk nahm es an sich und ließ es wieder in seiner Manteltasche verschwinden. Er ging langsam weiter und sprach, ohne Stefan anzusehen.

„Nicole Moreau hat eine eindrucksvolle und schnelle Karriere als Beamtin hingelegt. Studierte Kunstgeschichte und Sozialwissenschaften, Mitglied in diversen linken Aktivistengruppen. Dann Parteiarbeit bei der Parti du Travail de Belgique, Marxisten. Sie hat recht schnell gemerkt, dass sie dort mit ihrer Karriere nicht weiterkommt, und ist zu Ecolo gewechselt. Hat sich in der Partei hochgearbeitet und ist dann vor fünf Jahren zu einem Posten in der EU gekommen. Seit drei Jahren ist sie Mitglied im EU-Sicherheitsrat, und seit zwei Jahren ist sie beim Human Enhancement Project. Hat langsam, aber sicher die Sache an sich gerissen."

Er sah Stefan auffordernd an. Als dieser nur mit einem Schulterzucken und fragendem Blick reagierte, fuhr er fort.

„Human Enhancement Project, das sind Sie, Herr Roth. Es geht hier um weit mehr als nur um die Wiederherstellung von verwundeten Soldaten. Es geht hier um menschliche Waffen. Perfekte Soldaten. Und diese Frau ist leider … sozusagen meine Vorgesetzte. Wir haben, was das Projekt und seine Durchführung angeht, einige Meinungsverschiedenheiten."

Van den Belk blieb stehen und sah Stefan nun direkt in die Augen.

„Herr Roth, dieses Projekt nimmt eine Richtung, die ich so nicht mittragen kann. Was man mit Ihnen macht, entspricht nicht dem, was vereinbart war. Und ich gedenke, das Ganze zu stoppen. Aber dafür benötige ich Ihre Mithilfe."

Stefan lächelte ihn verwirrt an.

„Herr Van den Belk, ich weiß, ehrlich gesagt, nicht genau, wovon Sie da reden …"

Van den Belk schnitt ihm mit einer schroffen Geste das Wort ab.

„Es war von Anfang an das Ziel, mittels Technologie perfekte Soldaten zu schaffen. Stärker, schneller, präziser als jeder normale Mensch. Und mehr als das – perfekt kontrollierbar. Aber das Ganze ist zu weit gegangen. Sie ist zu weit gegangen. Sie hat das Projekt für ihre persönliche Ideologie missbraucht, und ich weiß noch nicht, wie weit das reicht. Wer da noch beteiligt ist. Aber Dr. Montgomery und ich werden dieses Projekt gemeinsam stoppen."

Stefan konnte sich immer noch keinen Reim aus dem machen, was Van den Belk ihm da erzählte. Obwohl er leise redete, war ihm die Emotion in seinen Worten anzumerken. Und Stefan bemerkte noch etwas: Van den Belk war besorgt. Nein, mehr als das, er hatte tatsächlich Angst. Sein Gesicht war blasser als sonst, seine Augen zuckten oft nervös. Das war ungewöhnlich für den sonst so distanzierten Leiter der Anlage.

„Ich … weiß nicht, ob ich Ihnen folgen kann …", setzte Stefan an.

„Sie werden bald Bescheid wissen. Ich wollte heute zunächst abklären, wie viel Ihnen bewusst ist. Offenbar nichts. Das ist schlecht, aber für Sie erst einmal gut. Alles Weitere werden wir Ihnen gemeinsam sagen, Dr. Montgomery und ich. Wir müssen zunächst einmal dafür sorgen, dass Sie sicher sind."

Stefan schüttelte den Kopf. Was er da hörte, war für ihn wirres Zeug. Andererseits war Van den Belk sehr intelligent und ganz bestimmt kein Spinner. Er wollte nochmals nachfragen, aber Van den Belk brachte ihn abermals zum Schweigen.

„Bitte, ich kann verstehen, dass das jetzt etwas überraschend ist. Ich verspreche Ihnen, in den kommenden Tagen wird sich alles klären. Dr. Montgomery und ich werden Sie kontaktieren, wenn es so weit ist. Bis dahin verhalten Sie sich bitte normal und reden mit keinem über unsere Unterhaltung von heute. Auch nicht mit Frau Keppler. Zu Ihrer Sicherheit. Bitte!"

Dann ging er mit energischen Schritten auf dem Weg weiter. Stefan trottete unsicher hinterher. Sie gingen schweigend bis zum Haupthaus, wo sich Van den Belk noch einmal zu ihm drehte und ihn strahlend anlächelte. Er sprach wieder lauter, fast übertrieben deutlich.

„So ein Spaziergang ist wirklich gut. Das sollten wir einmal wieder machen, Herr Roth! Und denken Sie daran, schonen Sie sich ein wenig, wie wir besprochen haben!"

Daraufhin wandte er sich zackig ab und ging ohne ein weiteres Wort durch die schwere Tür. Stefan stand noch eine Weile grübelnd da. Die Bilder, die ihm Van den Belk gezeigt hatte, gingen ihm noch durch den Kopf. Stefan hatte ihn in dieser Sache angelogen. Er hatte ein paar dieser Typen schon einmal gesehen – aber nicht im realen Leben.

Er hatte von ihnen geträumt. Das war so seltsam, dass er es Van den Belk nicht hatte sagen wollen. Er kniff die Augen zusammen, als sich wieder ein schmerzhaftes Pochen hinter seiner Stirn ankündigte. Nach einigen Sekunden war es jedoch wieder vorbei. Er atmete erleichtert auf.

Am Abend saß Stefan endlich wieder einmal in seiner Bier- und Pokerrunde mit den beiden Technikern zusammen. Obwohl er in einer Tour verlor, entspannte ihn der Abend und lenkte ihn etwas von den seltsamen Ereignissen ab. Und die zwei Bier, die Henry ihm mitgebracht hatte, halfen auch ein wenig, seine kreisenden Gedanken angenehm zu verlangsamen. Sie spielten noch eine ganze Weile, bis knapp nach 22 Uhr, dann stand Henry gähnend auf.

„Compadre, wir müssen los. Im Gegensatz zu dir haben wir morgens ja feste Anfangszeiten. Aber danke für den einträglichen Abend."

Er tätschelte grinsend das Münzgeld in seiner Tasche, dass er Stefan beim Spiel abgenommen hatte. Stefan grinste ebenfalls und hob die Hand zum High five.

„Beim nächsten Mal bin ich wieder besser. Dann mach ich dich arm!"

Henry zuckte nur gelassen die Schultern.

„Ach, warte, da ist noch etwas. Bevor ich gehe, muss ich noch die Speicher auslesen. Sekunde."

Er nahm die kleine Werkzeugtasche, die er stets wie eine Damenhandtasche mit sich führte, und kramte darin herum. Stefan zuckte nur kurz verblüfft die Achseln und begann, sein Sweatshirt auszuziehen. Henry sah ihn an und schüttelte den Kopf.

„Nicht mehr nötig. Wir haben das doch alles auf Wireless umgestellt."

Henry zog ein kleines Gerät ähnlich einem Smartphone aus seiner Tasche hervor und hielt es hoch. Stefan ließ sein Sweatshirt los und sah ihn fragend an.

„Seit wann? Und wie habt ihr das umgestellt?"

Henry lächelte etwas verlegen.

„Schon länger. Musste nur noch getestet werden, damit wir wissen, ob die Datenübertragung auch fehlerfrei läuft. Aber, hey, so ist es viel weniger Aufwand für dich!"

Er schaltete das Gerät ein und sah eine Weile konzentriert auf das Display. Dann nickte er befriedigt.

„Lädt schon runter. Noch etwa zehn Minuten. Zeit für noch ein Bier?"

Er kramte wieder in seiner Werkzeugtasche und förderte noch eine Flasche Vedett-Bier zutage. Stefan schüttelte grinsend den Kopf.

„Deine Tasche ist ein wahres Wunder. Schon klar, dass du die immer mitnimmst."

Er griff nach der Flasche und schnippte mit dem Daumen den Kronkorken lässig nach oben weg. Auch ein Vorteil, wenn man verstärkte Hände hatte. Das machte das Leben in manchen Sachen viel einfacher. Er nahm einen tiefen Zug. Das Bier war deutlich zu warm, aber das war ihm gerade egal. Es half, seinen Kopf ruhigzustellen, und das zählte jetzt.

Henry lächelte wissend, und Alvaro erhob sich jetzt ebenfalls. Er war deutlich schweigsamer und zurückhaltender als Henry, und Stefan wurde nicht recht schlau aus ihm. Aber offenbar war er ein guter Techniker, denn Henry hielt große Stücke auf seinen Kollegen. Stefan blieb noch sitzen und genoss sein Bier, während er geduldig wartete, bis Henry seinen Daten-Download von was auch immer fertigbekam. Er war nun entspannt genug, um heute vielleicht wieder ohne Albträume schlafen zu können.

22

Der Assassine öffnete das braune DIN A4 Kuvert. Darin lagen zwei Magnetkarten. Er nahm sie an sich. Mehr benötigte er nicht. Dann zog er sich eine schwarze Sturmhaube über, die nur die Augen freiließ. Eine schwarze Hose und ein schwarzes Sweatshirt trug er bereits. Über seine Hände zog er dünne Latexhandschuhe. Dann ging er leise zu dem Gebäude hinüber, in dem seine Zielpersonen schliefen. Es würde ein einfacher Einsatz werden heute. Gegenwehr, zumindest ernsthafte, war nicht zu erwarten. Seine Schritte waren auf dem weichen Boden unhörbar. Am Haus angekommen, hielt er eine der Karten gegen den Leser rechts neben der Eingangstür. Ein kleines Licht blinkte grün, und mit einem leisen Schnappen entriegelte das automatische Schloss. Er drückte die Tür sachte auf. Beide Zielpersonen waren im ersten Stock des Gebäudes untergebracht, in großzügigen Appartements, die nebeneinander lagen, also musste er unnötigen Lärm vermeiden. Die Frau würde die erste sein.

Mit katzenhafter Eleganz lief er die Treppen hinauf, und obwohl er jeweils zwei Stufen auf einmal nahm, waren seine Schritte kaum zu hören. Nach wenigen Sekunden stand er vor der Tür zur Wohnung der Frau. Er nahm eine der beiden Code-Karten und hielt sie vor den kleinen Leser neben der Tür. Das Klicken des sich öffnenden Schlosses war bei Weitem lauter als jedes Geräusch, das er bis jetzt verursacht hatte. Ohne zu zögern, öffnete er die Tür und ging mit schnellen Schritten zum Schlafzimmer des Appartements. Das Wohnzimmer und der Flur waren recht großzügig, daher musste er knapp zehn Meter überbrücken, bis er im Türrahmen des Schlafzimmers stand. Dort hielt er inne und sah auf das Bett. Die Frau lag still da und war offensichtlich immer noch im Tiefschlaf. Das leise Geräusch des elektronischen Türschlosses hatte die Frau nicht aufgeweckt. Er lauschte eine Weile ihren regelmäßigen Atemzügen, in die sich ab und an ein ganz leichtes Schnarchen mischte. In seinem Kopf legte er sich die nächsten Schritte zurecht. Einen Moment stand er noch bewegungslos da, dann schoss er nach vorne wie eine angreifende Spinne. Seine Hände schlossen sich um den Kopf der schlafenden Frau, mit einer Hand hielt er den Hinterkopf fest, die andere presste er auf Mund und Nase. Dann riss er ihren Kopf hoch und drehte ihn blitzartig zur Seite, bis er das trockene Knacken ihres brechenden Genicks hörte. Er hielt den Kopf eine Sekunde so, dann drehte er ihn zur Sicherheit noch einmal mit der gleichen brutalen Kraft zur anderen Seite. Sanft legte er die Frau wieder flach hin. Er brachte sein Ohr ganz nahe an ihren Mund und lauschte konzentriert für eine volle Minute. Es kam kein Atemzug mehr. Sie war nicht einmal aufgewacht.

Der Assassine richtete sich auf und sah auf die Frau hinab. Etwas in seinem Inneren regte sich. Er runzelte die Stirn. Es war eine Emotion, die er nicht zuordnen konnte. Er wartete eine Weile, horchte in sich hinein, aber das Gefühl verschwand bereits wieder. Trotzdem legte er fast zärtlich die Decke über den frischen Leichnam und strich sie ebenso fast zärtlich glatt. Ruhig ging er zurück zur Tür des Appartements, dann in den dunklen Flur. Er schloss die Tür sanft. Zielperson eins war eliminiert. Nun noch Zielperson zwei. Er konzentrierte sich kurz. In seinem Kopf lief wieder ein Countdown ab. Er lag gut in der Zeit. Vielleicht würde er sich mit Zielperson zwei etwas mehr Zeit lassen, um zu erkunden, was das seltsame Gefühl war, das er in sich wahrgenommen hatte – wenn es denn wiederkam.

„Aufstehen! Jetzt sofort!"

Stefan öffnete widerwillig die Augen. Die unangenehme Stimme im Befehlston gehörte zu dem mindestens genauso unangenehmen Typen, der jetzt an seiner Schulter rüttelte. Der Typ stand mit dem Rücken zum Fenster, aus dem bereits helles Licht in sein Zimmer fiel, daher konnte er ihn zunächst nur schemenhaft erkennen. Aber was er sah, reichte ihm: Bürstenhaarschnitt, militärische Uniform ohne Kennzeichnung, Waffe in der Hand. Was auch immer hier los war, es war nicht gut. Für einen Moment wurde ihm eiskalt. Hatten sie ihn doch mit den Toten aus Antwerpen in Verbindung gebracht? War der Typ vielleicht von einer belgischen Polizeieinheit?

Er hob langsam und bedächtig die Hände und bemühte sich, ruhig zu sprechen.

„Ist ja gut, alles okay. Ich stehe jetzt auf, gut? Alles cool."

Er erhob sich langsam. Der Typ sagte nichts, sondern fixierte ihn nur mit gleichgültiger Verachtung. Die Waffe war gesenkt, und bis auf die latente Aggression, die ihm aus jeder Pore strömte, war der Typ entspannt. Definitiv keine Polizei, entschied Stefan. Er schob sich vorsichtig aus dem Bett und stand in Unterhose vor dem Bewaffneten. Der beäugte ihn jetzt mit unverhohlener Überraschung und Neugier. Stefan war kurz davor, ihn anzublaffen: „Was, noch nie einen Cyborg gesehen?" Er entschied sich dann aber dafür, erst einmal ruhig zu bleiben. Sein Aussehen mit nichts als einer Unterhose war ja auch wirklich sehr ungewöhnlich, freundlich ausgedrückt. Er atmete kurz durch, um seine Genervtheit in den Griff zu bekommen, und fragte dann nur knapp: „Kann ich mir was überziehen?"

Sein Gegenüber nickte nur stumm und fixierte ihn weiter. Stefan ging zu seinem Kleiderstapel und zog sich seine übliche Kombination aus Trainingsklamotten über. Im Vorbeigehen erhaschte er einen Blick auf die digitale Zeitanzeige unterhalb seines Fernsehers. 12:54 Uhr, er hatte fast bis Mittag geschlafen. Sein Kopf fühlte sich auch wieder an wie bei einem dieser Migräneanfälle, nur nicht ganz so schlimm wie beim letzten Mal. Wahrscheinlich hatte er diesmal das Schlimmste schlicht verschlafen. Dafür fühlte er sich jetzt benebelt und groggy. Er zog sich noch Laufschuhe an und schlurfte dann zu dem Typen zurück, der die ganze Zeit unbeweglich dagestanden war. Er blickte ihn fragend an.

„Ins Restaurant. Alle müssen da hin!", lautete dessen knappe Ansage.

Mit einer Kopfbewegung wies er auf die Tür. Sehr gesprächig, dachte Stefan. Er fügte sich in sein Schicksal und ging mit langsamen Schritten zur Tür. Er hörte, wie sein schweigsamer Begleiter hinter ihm herging. Im Restaurant bot sich ihm ein ungewöhnlicher Anblick. Es war nahezu voll besetzt. Alle waren da, vom medizinischen Personal über die Techniker bis hin zu Köchen und Reinigungskräften, und auch einige Gesichter, die er nur im Vorbeigehen gesehen hatte und gar nicht genau zuordnen konnte. In der Anlage arbeiteten insgesamt etwas mehr als vierzig Personen, soweit er wusste. Die schienen auch nahezu alle hier zu sein. Verteilt im Raum standen weitere bewaffnete Männer in Uniform, wie der, der ihn geweckt hatte.

Stefan ließ den Blick schweifen, bis er Rebecca an einem der Tische sitzen sah. Sie wirkte genauso überrascht und eingeschüchtert wie alle anderen. Er ging mit betont entspannter Miene zu ihr hin und lächelte ihr aufmunternd zu. Ihr Gesicht hellte sich auf, als sie ihn sah. Neben ihr saßen Henry, Alvaro und eine Krankenschwester, an deren Namen sich Stefan partout nicht erinnern konnte.

„Um was geht's hier?", fragte Stefan, nachdem er sich neben Rebecca gesetzt hatte. Sie zuckte nur die Schultern. Henry antwortete an ihrer Stelle. Seine Miene war düster, die Stimme sehr gedämpft.

„Die haben alle zusammengetrommelt. Offenbar gibt es ein Problem. Die Frau da, das ist Nicole Moreau. Ätzendes Weib!"

Stefan zog eine Augenbraue hoch bei dem Namen. Er folgte Henrys Blick zu der Frau mit orangefarbenem

Kurzhaarschnitt und etwas unförmiger Kleidung. Er wollte gerade Henry fragen, woher er sie kannte, als die Frau in die Mitte des Raumes trat und dreimal laut in die Hände klatschte. Die leisen Gespräche an den Tischen verstummten. Nicole Moreau sah sich im Raum um und genoss offenkundig, wie sie die Anwesenden im Griff hatte. Die Bewaffneten positionierten sich langsam und mit wachsamen Augen an den Außenseiten des Raumes. Stefan sah unauffällig von einem zum anderen. Insgesamt waren es acht bewaffnete Männer, alle in militärischer Kleidung, jedoch ohne Abzeichen oder Kennungen. Sehr seltsam, dachte Stefan. Dann sah er wieder zu der Frau hinüber, die mit überschlagender Stimme versuchte, besonders laut zu sprechen.

„Alle zuhören! Wir haben Sie hier zusammengebracht, weil sich in der Anlage ein Verbrechen ereignet hat. Mein Name ist Nicole Moreau, und ich habe die kommissarische Leitung hier! Sie alle hier stehen bis auf Weiteres unter Arrest. Sie haben mir und meinen Männern Folge zu leisten. Ist das verstanden worden?"

Sie sah sich um. Im Raum ertönte eine kurze Welle von Gemurmel, einige Anwesende sahen sich ungläubig um. Ihr erhitztes, leicht pausbäckiges Gesicht unter der Karottenfrisur passte nicht ganz zu dem autoritären Ton, den sie anschlug. Aber Stefan konnte in ihren Augen eine Überzeugung, einen Fanatismus sehen, der in starkem Kontrast zu ihrem Äußeren stand. Er bemühte sich, sie möglichst unauffällig zu mustern. Ihm war bereits beim Betreten des Raumes aufgefallen, dass sie ihn anders ansah als die anderen. Er erinnerte sich deutlich an Van den

Belks säuerliches Gesicht, als dieser ihren Namen erwähnt hatte. Der gute Mann konnte sie nicht leiden, so viel war klar. Und Stefan spürte, dass es ihm nach wenigen Augenblicken bereits genauso ging. Die Frau setzte nach einer kurzen Wirkungspause wieder zum Sprechen an, diesmal hatte sie ihre Stimme etwas besser im Griff.

„Heute Morgen sind der bisherige Leiter der Anlage, Herr Eugene Van den Belk, sowie die medizinische Leiterin, Frau Dr. Selina Montgomery, tot aufgefunden worden. Alle Umstände deuten auf einen Mord hin."

Das Gemurmel wurde jetzt zu einem lauten Raunen, Stefan hörte, wie viele der Mitarbeiter scharf Luft einsogen. Einige standen auf und versuchten, Fragen zu stellen. Nicole Moreau bedeutete ihnen mit herrischer Geste zu schweigen.

Aus dem Augenwinkel sah Stefan, wie einer der Köche, ein stämmiger junger Deutscher, mit dem er sich öfters unterhalten hatte, stehen blieb und trotzdem etwas sagen wollte. Einer der Bewaffneten trat mit drei schnellen Schritten zu ihm hin und trat ihm mit einer lässigen Bewegung in die Kniekehle, sodass er mit einem kurzen Schmerzenslaut wie ein nasser Sack auf seinen Stuhl zurückplumpste. Dann hielt er ihm seine Waffe an die Schläfe und sagte etwas, das Stefan nicht verstand. In seinem Kopf schellten sämtliche Alarmglocken. Was waren das für Typen? Kein Polizist würde so etwas mit einem harmlosen Unschuldigen in so einer Situation machen, nicht einmal ein hartgesottener Militärpolizist. Er bemerkte, wie Moreau die Szene mit einem befriedigten Lächeln und Kopfnicken quittierte. Sein Unbehagen steigerte sich rapide.

„Bis auf Weiteres bin ich die Leiterin der Anlage hier. Wie Sie alle wissen, ist dies eine militärische Forschungsanlage, und bis zur Klärung der Todesfälle gilt das militärische Sonderrecht der Europäischen Union. Sie werden Ihre Arbeit weiter verrichten, ein Verlassen der Anlage ist verboten. Bitte halten Sie sich für Befragungen durch unsere Ermittler bereit."

Damit ging sie ohne weitere Erklärungen mit zackigen Schritten aus dem Raum. Zwei der Bewaffneten folgten ihr.

Stefan schüttelte den Kopf. Van den Belk und Dr. Montgomery – ermordet? Was zur Hölle passierte hier gerade? Und was war das für eine seltsame Show, die diese Frau hier abzog? Er hatte in seiner gesamten Laufbahn bei der Bundeswehr noch nie von einem militärischen Sonderrecht der EU gehört. Er nahm Rebeccas Hand und drückte sie sanft. Im ganzen Raum schwoll die Lautstärke der Gespräche langsam an, die Atmosphäre war bedrückt und angsterfüllt. Er konnte einige leise weinen hören. Das Ganze war so plötzlich passiert und so surreal, dass sich den Mitarbeitern der Sinn dessen, was sie da alle gerade gehört hatten, erst langsam eröffnete. Er sah sich zu Henry und Alvaro um. Alvaro wirkte verschlossen und distanziert wie immer, aber Henry war kreidebleich. Stefan sah ihn fragend an und wollte gerade den Mund aufmachen, stoppte aber, als Henry ihm mit einer ungewohnten Intensität direkt in die Augen sah und kaum merklich den Kopf schüttelte. Auf seiner Oberlippe standen feine Schweißperlen. Das Ganze wurde immer surrealer. Die Bewaffneten gingen jetzt durch den Raum, zogen die geschockten Mitarbeiter teils recht unsanft von ihren Stühlen hoch und forderten sie auf, zu ihrer jeweiligen Arbeit oder in ihre Quartiere zu gehen. Wieder fand Stefan ihr Vorgehen unnötig rüde und unprofessionell. Er fragte Rebecca ganz leise, ob sie okay sei.

Sie nickte und strich sich fahrig die Haare aus dem Gesicht.

„Geht schon. Aber ich kann das gar nicht verarbeiten … Dr. Montgomery … ich hätte heute Mittag ein Treffen mit ihr gehabt. Wieso passiert so was hier? Ich …"

Ihre Stimme erstarb. Stefan drückte sanft ihre Hand. Er wusste nicht, was er sagen sollte. Da gab es nichts zu sagen, also beschränkte er sich darauf, bei ihr zu sein. Rebecca ließ langsam ihren Kopf an seine Schulter sinken. Stefan sah, wie Henry und Alvaro aufstanden. Alvaro ging wortlos in Richtung Ausgang, während Henry noch etwas unsicher am Tisch stand und seinen Stuhl umständlich an den Tisch heranschob.

„Ihr da, los, hoch jetzt. Ihr habt die Dame gehört. Zur Arbeit oder ins Quartier!", tönte eine knarzende Stimme mit schwerem französischem Akzent hinter Stefan. Er wollte sich gerade umdrehen, als der Typ bereits Rebecca am Arm fasste und unsanft vom Stuhl hochriss. Sie stieß einen überraschten Schrei aus. Stefan fuhr blitzartig hoch, und sein Stuhl fiel polternd hinter ihm auf den Boden. Instinktiv packte er das Handgelenk des Bewaffneten und drückte zu. Der Typ stöhnte vor Schmerz auf und ließ Rebecca los. Stefan drückte ihn zurück und von Rebecca weg. Er bemühte sich, seine Stimme unter Kontrolle zu halten.

„Was soll das? Das hier sind Zivilisten, und hier gibt es kein Problem. Oder schubst du nur gerne Frauen rum?"

Der Typ hatte seine anfängliche Überraschung verdaut und riss seine Waffe hoch. Gegen Stefan war er jedoch kläglich langsam. Seine andere Hand zuckte vor wie eine Schlange und packte den Lauf der automatischen Waffe, lange bevor die Mündung auf ihn zeigte. Mit einem kurzen Ruck riss er die Waffe nach vorne und unten, sodass der Typ vornüberkippte und auf die Knie fiel. Stefan hielt weiter sein Handgelenk fest und drückte noch einmal etwas fester zu, was seinem Gegenüber ein Stöhnen entlockte. Dann hörte er hinter sich das unverkennbare Klicken einer großen Handfeuerwaffe, die gerade entsichert wurde. Jemand hinter ihm sagte mit eiskalter Ruhe: „Langsam loslassen. Dann ein Schritt zur Seite. Keine schnellen Bewegungen."

Stefan erstarrte. Im Gegensatz zu dem heißblütigen Idioten, den er vor sich hatte, klang die Stimme hinter ihm entnervend kalt und beherrscht. Er gehorchte und ließ langsam sein Gegenüber los. Der Typ riss sich hektisch von ihm los und fiel erst mal auf den Hintern dabei. Dann sprang er auf die Füße und riss die Waffe hoch. Sein Gesicht war zu einer Fratze aus Schmerz und purem Hass verzerrt. Er richtete die Mündung der Waffe genau auf Stefans Kopf und atmete stoßweise. Die Stimme hinter ihm sprach abermals, diesmal deutlich schärfer: „Arrêtez flinguer! Immédiatement!"

Sein Gegenüber erstarrte und senkte langsam die Waffe. Der hasserfüllte Blick allerdings wurde nur noch stärker. Stefan trat langsam und vorsichtig zur Seite und sah zu dem Mann hinter sich. Er trug Tarnkleidung, wie die anderen. Seine Ausstrahlung war jedoch anders, er strahlte eine natürliche Autorität aus – und eine Gefährlichkeit, die Stefan fast physisch spüren konnte. Sein hageres Gesicht war von mehreren Narben durchzogen wie eine Landkarte, und seine wasserhellen Augen waren gänzlich gefühllos. Überrascht stellte Stefan fest, dass die Waffe in der Hand dieses Mannes nicht auf ihn zeigte, sondern auf den Typen, der ihn gerade noch bedroht hatte. Mit einer knappen Kopfbewegung bedeutete ihm der Mann, zur Seite zu gehen. Stefan ließ sich das nicht zweimal sagen, trat zu Rebecca und legte den Arm um ihre Schultern. Er sah weiterhin zu dem Soldaten vor ihm. Dass er Soldat war, daran hatte Stefan keinen Zweifel mehr. Und ebenso zweifellos ein ranghoher, der sehr viel erlebt und gesehen hatte. Seine Augen und seine überlegene Art sprachen Bände. Der Soldat nickte kurz, und Stefan ging vorsichtig mit Rebecca zum Ausgang des Restaurants, ohne die beiden Männer aus den Augen zu lassen. Der Soldat war mittlerweile zu seinem Kollegen getreten – Stefan war sich sicher, dass es sein Untergebener war – und flüsterte diesem etwas zu, wobei er auf Stefan zeigte. Der andere schien sich langsam zu beruhigen, aber seine hasserfüllten Augen verfolgten Stefan bis zur Tür. Da Stefan den Geschehnissen hinter ihm mehr Aufmerksamkeit widmete als dem Weg vor ihm, bemerkte er Henry erst, als er mit ihm im Türrahmen zusammenstieß. Er sah zu Henry und murmelte eine Entschuldigung. Henry erwiderte nichts und ging nur zügig durch die Tür. Als sich die Tür des Restaurants hinter ihnen schloss, drehte er sich zu Stefan und Rebecca um. In seinen Augen stand nackte Angst.

„Komm in die Technik. Raum C6, hinter dem Elektroniklabor. Du weißt, wo das ist?“, sagte er unvermittelt. Seine Stimme war leise und gepresst.

Stefan nickte.

„Klar, bin ja oft genug bei euch gewesen. Aber …“

„Keine Fragen. Sag keinem was. Kommt beide, du und Rebecca. In einer Stunde. Ich muss noch was vorbereiten. Und sieh zu, dass die dich nicht sehen, okay?“

Damit ging er eilig voraus in Richtung der Technikerbüros. Er sah sich nicht mehr um. Stefan ging mit Rebecca zu seinem Zimmer. Er würde sie keinesfalls mehr aus den Augen lassen, bis die Situation hier klarer war, so viel stand für ihn fest.

In seinem Zimmer wartete er, bis sich Rebecca in einen der beiden Sessel aus der kleinen Sitzgruppe am Fenster sinken ließ. Dann nahm er den anderen und positionierte sich ihr gegenüber. Er lehnte sich zu ihr nach vorne und nahm ihre Hände in seine.

„Wie fühlst du dich?“, fragte er ruhig.

„Ganz okay. Ein bisschen zittrig, ehrlich gesagt. Das ist alles wie in einem schlechten Film … Ich bin heute Morgen ins Schwesternzimmer gegangen, und dann kommen plötzlich diese Typen da mit Maschinengewehren rein und brüllen uns alle an … Und dann heißt es, Dr. Montgomery und Van den Belk sind ermordet. Das ist alles total verrückt. Irgendwie so surreal.“

Er sah sie an. Ihre Stimme war fest, aber ihre Hände waren eiskalt. Er konnte verstehen, wie es ihr ging. Er war selber sehr verunsichert, aber als ausgebildeter Soldat zumindest nicht so leicht durch Idioten mit automatischen Waffen einzuschüchtern. Und Idioten waren die mittlerweile für ihn. Bis auf den Älteren, der ihn vorhin gewissermaßen gerettet hatte. Der wirkte um Welten kompetenter als die anderen aus der Truppe, wer auch immer sie waren. Vermutlich Söldner irgendeiner Art, dachte Stefan. Militärisch ausgebildet, aber als Gruppe zusammengewürfelt und nicht sehr diszipliniert. Und die beiden Morde waren für ihn im Lichte dessen, was Van den Belk ihm noch am Tag zuvor gesagt hatte, besonders seltsam. Er hatte ihn zu dieser Moreau befragt – und nicht einmal vierundzwanzig Stunden später war Van den Belk tot, und die unangenehme Frau tauchte hier auf und führte sich auf wie ein Diktator. Oder eher wie ein Eroberer. Sie hatte ihren Auftritt für seinen Geschmack definitiv zu sehr genossen. Stefan fokussierte sich wieder auf Rebecca und rieb liebevoll und sanft ihre Hände, um sie etwas aufzuwärmen.

„Ich schätze, da gibt es noch ein paar mehr Sachen, die seltsam sind. Van den Belk hat mich gestern heimlich treffen wollen. Und er wirkte, na ja, echt seltsam. Hat für mich eigentlich nur in Rätseln gesprochen. Und gerade eben hat Henry genauso angefangen."

„Henry?", fragte sie. „Was war mit ihm?"

„Wenn ich das wüsste. Er will uns bei sich in der Technik treffen. Auch heimlich, soll keiner mitkriegen."

Er sah auf seine Armbanduhr.

„In etwa einer halben Stunde sollten wir losgehen. Wir gehen zusammen. Ich lass dich hier nicht alleine."

Rebecca nickte dankbar. Dann beugte sie sich vor und gab ihm einen zarten Kuss auf die Lippen. Stefan musste lächeln. An diesem Tag war vielleicht doch nicht alles so übel.

Wenig später huschten die beiden zügig durch die menschenleeren Flure der Anlage. Auf ihrem Weg passierten sie den Abzweiger zu den Büros von Van den Belk und Montgomery. Stefan hörte gedämpft die Stimme der Frau aus dem Restaurant und drängte Rebecca sacht weiter. Er wollte auf keinen Fall gesehen werden. Was auch immer Henry wusste, es jagte ihm eine Heidenangst ein. Und er wollte nichts riskieren, bis er wusste, was es war.

Zum Glück erreichten sie das etwas abseits stehende Gebäude der Techniker, ohne einem der Bewaffneten zu begegnen. Stefan hielt die Tür auf, und beide gingen zügig weiter in das nächste Gewirr aus leeren Korridoren. Er suchte auf den diversen Türen nach der Aufschrift C6, die Henry ihm genannt hatte. Wie sich herausstellte, war es der letzte Raum am Ende des Gangs. Vorsichtig klopfte er. Nach wenigen Sekunden der Stille öffnete sich die Tür, und Henry linste vorsichtig heraus. Er sah die beiden und den leeren Flur hinter ihnen, nickte kurz befriedigt und zog sie ohne ein weiteres Wort eilig mit zu sich in den Raum. Dann schloss er leise die Tür und ging zügig einen schmalen, kurzen Gang entlang und durch eine weitere Tür. Er wartete ungeduldig, bis Stefan und Rebecca in dem Raum angekommen waren, dann schloss er die Tür eilig. Stefan sah sich um. Der Raum, in dem sie sich befanden, war komplett anders als alle anderen Räume, die er im Technikgebäude kannte. Er war leer bis auf einen Arbeitstisch, der voll war mit kleinen Teilen und Geräten, die er nicht identifizieren konnte, und einer einfachen Liege, wie er sie aus den diversen Medizinabteilungen der Anlage kannte. Die Besonderheit aber waren die Wände – sie waren allesamt aus

Metall, und in den Ecken waren tatsächlich Schweißnähte zu sehen. Er sah zurück zur Tür, und auch diese war von innen mit Metallplatten belegt. Er sah Henry an und runzelte die Stirn.

„Was ist das denn hier, bitte?“, fragte er misstrauisch.

Henry stand bereits an dem Arbeitstisch und fummelte an einem kleinen, dunklen Kasten herum. Er drückte einige Knöpfe, dann ertönte ein dreimaliges leises Piepen. Mehrere kleine LEDs leuchteten an der Seite des Kastens grün auf. Er nickte und leckte sich nervös die Lippen.

„Moment, Stefan, gleich. Zuerst mal … hast du ein Handy dabei, Rebecca?“ Er sah sie auffordernd an. Sie nickte.

„Bitte sieh drauf. Hast du Empfang?“

Rebecca holte ihr Mobiltelefon hervor und schüttelte dann den Kopf. Sie hielt das Display zu Henry hin.

„Null. Kein Signal.“

„Das ist gut. Dann sind wir für den Moment mal sicher. Gut so.“

Henry leckte sich wieder über die Lippen, dann strich er sich fahrig durch die Haare. Er sah vom einen zum anderen.

„Der Raum hier ist komplett abgeschirmt. Hier machen wir Tests mit den Funksteuerungen. Ich hab zusätzlich noch einen Signalstörer eingeschaltet. Ich will nur sichergehen, dass die nichts mitkriegen. Und dass keiner zugreift.“

Stefan verzog entnervt das Gesicht.

„Könntest du bitte mal aufhören, in Rätseln zu sprechen? Erst fängt Van den Belk so an, jetzt auch noch du! Verdammt noch mal, was ist hier los?“

Henry hob abwehrend die Hände. Stefan konnte sehen, dass seine Finger leicht zitterten. In seinen Augen stand immer noch Furcht.

„Tut mir leid, Mann. Das ist alles etwas viel. Ich ...", er hielt einen Augenblick inne, um sich zu sammeln, „... ich werde euch alles erklären, zumindest so gut ich kann. Und dann müssen wir hier weg. Und zwar schnell. Hört mir also einfach zu, okay? Das klingt jetzt vielleicht alles extrem seltsam für euch, und sicherlich schockierend. Aber ihr müsst mir zuhören."

Stefan nickte ungeduldig.

„Schräger als das Ganze heute Morgen kann es ja kaum noch werden", meinte er. „Oder als das mit Van den Belk."

Henry lächelte müde und schüttelte den Kopf.

„Es wird noch viel schlimmer als das, Stefan. Dein Gespräch mit Van den Belk war noch gar nichts. Er hat dir noch nichts verraten. Aber er wollte es. Deshalb musste er sterben."

Rebecca und Stefan sahen ihn überrascht an. Henry holte seufzend Luft und bedeutete ihnen mit einer Handbewegung, sich auf die Liege zu setzen. Er selbst blieb an den Arbeitstisch gelehnt stehen.

„Ich kenne dein Gespräch mit Van den Belk, weil ich die Aufzeichnungen gesehen habe. Alles, was du siehst und hörst, sehen und hören die auch."

Stefan sah ihn nur ungläubig an. Henry fuhr ungerührt fort.

„Das Ding da in deinem Nacken ist nicht nur dafür da, dass du deine Arme und Beine kontrollieren kannst, Stefan. Es sendet Daten an die Basisstation. Und das

Ding kann dich kontrollieren. Darum ging es hier die ganze Zeit."

Stefan stand auf und trat auf Henry zu. Er hörte die Worte, aber sein Kopf weigerte sich zu verstehen. Henry hielt abwehrend die Hand vor ihn.

„Bitte setz dich und hör mir zu. Du musst alles hören und verstehen, und zwar der Reihe nach, sonst haben wir keine Chance, hier heil rauszukommen."

Er holte noch einmal angestrengt Luft, als würde ihm die Erzählung wie eine Last auf der Brust liegen.

„Das Human Enhancement Project gibt es jetzt schon seit zehn Jahren. Ich bin seit sechs Jahren dabei. Ursprünglich war ich Ingenieur bei Thales in Frankreich. Bin direkt nach dem Studium da hin. Unsere Abteilung hatte den Job, autonome Roboter für den Kampfeinsatz zu entwickeln. Aber das kannst du vergessen, so etwas würde nie funktionieren. Viel zu komplex. Eine Steuerung mit auch nur annähernd so viel Möglichkeiten, wie ein Mensch sie hat, ist faktisch nicht zu konstruieren. Also hat Thales die Strategie geändert. Der damalige Forschungsleiter, Dr. Thierry Spriet, war ein Schüler von Dr. Rolf Pfeifer. Sagt dir das was?"

Stefan verneinte.

„Ein Robotikforscher aus der Schweiz. Hat ein Buch geschrieben, „Intelligence through embodiment". Na ja, kurz gesagt, das war unsere Inspiration. Dr. Spriet hat verfügt, dass wir die Intelligenz des menschlichen Körpers und seiner Steuerung, also das Gehirn, nutzen und mit Robotik kombinieren. Wir haben einige Jahre daran geforscht, und vor vier Jahren ist dann ein

EU-Forschungsprojekt draus geworden. Thales ist da immer noch federführend, aber der Name taucht offiziell nicht mehr auf. Die Idee war, kurz gesagt, menschliche Kampfroboter zu bauen, die das Beste aus beiden Welten haben. Kraft und Präzision wie ein Roboter, menschliche Intelligenz zur Steuerung des Systems und übergeordnet eine Steuerung, wie wir sie bei Lenkdrohnen haben. Und du bist der erste voll funktionale Prototyp. Wir waren, ehrlich gesagt, selbst überrascht, wie gut das alles in der Praxis funktioniert hat."

Stefan stand wieder auf und tigerte im Raum herum. Er versuchte zu verstehen, was Henrys Worte für ihn bedeuteten. Er fühlte, wie sein Herz schneller schlug.

„Was meinst du mit Steuerung wie bei Lenkdrohnen? Die Dinger sind ferngesteuert! Willst du mir sagen, ihr könnt mich fernsteuern?"

Henry nickte.

„Ja, genau. Du hast genauso wie eine Lenkdrohne eine Steuerung mit Direktzugriff von der Basis und zusätzlich eine autonome Programmierung. Deswegen das Gerät in deinem Nacken. Und deswegen der Raum hier und der Störsender. Damit keiner von denen an dich ran kann!"

Stefan spürte, wie Wut in ihm aufstieg.

„Was heißt von denen? Wer sind denn die? Du bist doch auch einer von denen!"

Henry hob abwehrend die Hände. Auf seiner Stirn stand Schweiß, und seine Augen flackerten nervös. Aber er sprach, so ruhig er konnte, weiter.

„Bitte, hör mir bis zum Ende zu! Ich kann nicht auf deine Steuerung zugreifen. Ich wusste nicht mal, dass diese

Funktion bereits aktiviert ist. Ich kann nur deine Daten lesen. Und das habe ich dir ja auch immer gesagt."

Stefan fühlte, wie Wut ihm den Hals zuschnürte.

„Ich habe gedacht, du kannst Bewegungsdaten oder so was aus meinen Prothesen auslesen. Aber du hast nicht gesagt, dass du – wie du gerade selbst gesagt hast – sehen kannst, was ich sehe!"

Henry schluckte trocken. Er schüttelte den Kopf und sah auf den Boden.

„Es … es tut mir leid. Ich hab nie gesagt, dass ich ganz unschuldig bin. Aber ich habe nicht gewusst, wohin das alles führt und was die wirklich vorhaben … oder wozu sie fähig sind. Bitte, lass mich erzählen, okay?"

Er sah Stefan flehentlich an. Rebecca, die die ganze Zeit schweigend auf der Liege gesessen hatte, trat nun dazu und nahm Stefans Hand. Sie zog ihn sanft zur Liege zurück. Er sah sie an. Sie war blass, aber gefasst. Er atmete tief durch und bemühte sich, seine Emotionen unter Kontrolle zu bringen.

„Okay, red' weiter. Ich werde dich nicht unterbrechen."

Henry atmete erleichtert auf. Nach ein paar Gedenksekunden fuhr er fort.

„Das richtig Schlimme kommt ja erst noch. Ich habe das alles mitgemacht, weil ich dachte, wir üben und probieren mit dir die Technik aus. Ich habe nie gewusst, dass die mit dir tatsächlich Einsätze fahren. Ich habe deine Daten auch nie selber angesehen … bis gestern Abend. Ich hätte das auch gar nicht gedurft, das ist oberhalb meiner Geheimhaltungsfreigabe. Die Daten gingen immer direkt verschlüsselt an die Basisstation. Aber Van den Belk hat mich drum gebeten. Und was ich da gesehen hab, das hat alles verändert für mich."

Er fuhr sich abermals durch die Haare, massierte sich kurz die Schläfen: Sein Gesichtsausdruck wirkte noch verstörter als zuvor. Stefan wappnete sich innerlich auf das, was nun wohl noch kommen würde. Er hatte noch keine Ahnung, wie schlimm es wirklich werden würde.

23

Nicole Moreau stand in der Ecke des eher bescheidenen Chefbüros von Van den Belk und sah ihrem Team zufrieden bei der Arbeit zu. Nachdem sie im Restaurant klargestellt hatte, wer jetzt der Herr im Hause war, hatte sie angeordnet, alles Material der beiden Toten einzusammeln und auszuwerten. Sie wollte keine bösen Überraschungen erleben, und diesem aufsässigen Van den Belk traute sie durchaus zu, dass irgendwo Aufzeichnungen versteckt waren, die ihr unangenehm werden konnten. Sie schüttelte den Kopf und lächelte versunken in sich hinein. Van den Belk, dieser Idiot. Hatte wirklich geglaubt, sie würde es durchgehen lassen, dass ein alter weißer Mann sie so behandelte. Nun, er hatte seine Lektion gelernt, und zwar final. Die Zeit von Männern wie ihm war endgültig vorbei.

Ihr Kommando-Offizier trat leise neben sie und hielt einen USB-Stick hoch. Sie wandte sich ihm zu, die Brauen fragend gehoben.

„Ich glaube, wir haben etwas gefunden, Madame Moreau. Der hier war mit Klebeband unter seinem Stuhl befestigt."

Moreau nickte ihm zu. Das sah Van den Belk ähnlich. Wie in einem billigen Spionagefilm aus den Neunzigern. Erbärmlich. Der Typ hätte nie verstanden, wie progressive Menschen wie sie dachten, dafür war er viel zu simpel gewesen.

„Lesen Sie ihn mit dem Laptop da aus, Kommandant Le Brey."

Sie wies mit einem kurzen Kopfnicken auf einen kleinen silbernen Laptop auf einem der Schreibtische.

Der Mann gehorchte und wandte seine kalten, wasserhellen Augen dem Laptop zu. Sein Gesicht war zwar zerfurcht und grob, aber die routinierte Art, wie seine Finger über die Tasten flogen, verriet, dass er weit mehr als nur ein einfacher Soldat war. Trotzdem verzog Nicole Moreau bei dem Gedanken an ihn und seine Leute ihr Gesicht. Sie waren ein notwendiges Übel – aber hoffentlich nicht mehr lange. Wenn das Projekt erfolgreich abgeschlossen war, dann würde die Welt keine testosterongesteuerten Affen wie diese Söldner, die Thales ihr zur Seite gestellt hatte, mehr benötigen. Kommandant Le Brey pfiff leise durch die Zähne.

„Das sollten Sie sich ansehen. Ich glaube, wir haben Gold gefunden!"

Sie ging betont langsam zu ihm hinüber. Keinesfalls sollte dieser simple Mann das Gefühl haben, sie würde losspringen, nur weil er etwas gesagt hatte. Männer nahmen sich viel zu schnell viel zu wichtig, selbst wenn sie Untergebene waren. Das hatte sie in ihren Jahren in der Partei immer wieder gelernt. Als sie auf den Bildschirm sah, vergaß sie jedoch ihren eigenen Vorsatz. Sie riss den Laptop zu sich herum und tippte eilig auf der Tastatur. Kommandant

Le Brey richtete sich auf und musterte sie regungslos. Sein narbiges Gesicht war wie immer eine Maske, die nichts von seinen Gefühlen verriet. Je mehr Ordner sie auf dem Bildschirm öffnete, desto mehr wuchs ihre Erregung – und ihre Wut.

„Van den Belk hat alles kopiert. Er hat sogar Telefonate aufgezeichnet. Das Schwein! Da ist alles drin: Baupläne, Testauswertungen, Missionsberichte. Einfach alles."

Sie fuhr hoch und funkelte den Kommandanten an.

„Damit hat er gedroht. Er wollte das alles publik machen! Das ist Hochverrat! Er hatte es absolut verdient zu sterben!"

Ihre Stimme kippte wieder in ein heiseres Kieksen, was ihre Wut noch steigerte. Sie hasste ihre unkontrollierbare Stimme, die so gar nicht zu der Autorität passen wollte, die sie in sich selbst sah. Sie räusperte sich unauffällig und bemühte sich, ihre Gefühle wieder unter Kontrolle zu bringen. Verärgert spürte sie, wie ihre Wangen heiß wurden, was ihrem ohnehin plumpen Gesicht etwas Kindliches verlieh. Zum Glück konnte sie sich gerade nicht in einem Spiegel sehen. Sie hasste es, wenn sie vor anderen rot wurde, vor allem vor Männern wie dem Kommandanten.

Immer noch verzog dieser keine Miene, sondern musterte sie aufreizend ruhig.

„Wie lauten Ihre weiteren Anweisungen, Madame?"

Sie zählte innerlich bis zehn, bevor sie sich genügend im Griff hatte. Sie straffte sich und wies mit herrischer Geste auf die Schränke in Van den Belks Büro.

„Durchsucht alles andere auch. Ich traue dem zu, dass er noch mehr versteckt hat. Sobald die Büros sauber sind, holen wir uns den Techniker und das Objekt, diesen Roth. Ich will heute noch die zweite Phase anfangen. Wir haben ja gesehen, wohin zu viel Zögern führt."

Der Kommandant nickte und ging ohne ein weiteres Wort wieder an die Arbeit. Er wies zwei weitere Söldner an, die Büros nebenan zu durchsuchen, dann machte er sich methodisch daran, mit einem kleinen Schraubenzieher die verschlossenen Türen von Van den Belks Schränken aufzubrechen.

Henry presste die Hände zusammen, dann walkte er nervös seine Finger, als wolle er die Erzählung aus ihnen herauswringen. Seine Augen zuckten nervös hin und her. Dann sprang er auf, ging zu seiner Tasche und holte wortlos einen Laptop heraus. Stefan und Rebecca sahen ihm gebannt zu und sagten kein Wort. Stefan hatte Henry noch nie so erlebt. Der lebensfrohe, manchmal ungelenke, aber stets enthusiastische Techniker war nun wortkarg, zittrig und bis ins Innerste verängstigt.

Henry tippte auf dem Laptop herum, dann stellte er ihn auf den Tisch und drehte ihn zu Stefan und Rebecca. Stefan beugte sich vor, um genauer zu sehen, was sich da auf dem Bildschirm abspielte. Es sah aus wie eine dieser GoPro-Aufnahmen, dieser Amateurfilme, die man so oft auf YouTube sah – gefilmt aus der subjektiven Perspektive, wackelig. Die Bildqualität war sehr schlecht, und immer wieder flackerte das Bild. Auf dem Bildschirm war ein dunkler Raum zu sehen, und wer immer die Kamera trug, ging sehr schnell in den Raum hinein. Jetzt kam ein Bett in Sicht. Das Bild wurde ruhig, die Kamera wurde jetzt fast bewegungslos gehalten. Im Bett regte sich eine Gestalt. Stefan konzentrierte sich noch mehr, aber das Bild war so schlecht, dass er die Person nicht klar erkennen konnte. Dann hörte er Rebecca neben sich scharf Luft holen.

„Das ist Van den Belk!", stieß sie hervor.

Jetzt fiel es auch Stefan auf. Das rundliche Gesicht, die Haare wirr und auf einer Seite platt gedrückt. Da er seine Brille nicht trug und das Bild so grob gerastert war, hatte Stefan ihn zunächst nicht erkannt. Van den Belk bewegte sich leicht, wälzte sich ein wenig im Schlaf. Die Kamera stand weiterhin still. Urplötzlich fuhr die Kamera zu dem Schlafenden hinunter, und eine Hand schoss blitzartig durch das Bild. Sie war nicht mehr als ein unscharfer Schatten, der hinunter und wieder zurück fuhr. Van den Belk zuckte und riss die Augen auf. Sein Mund öffnete sich, der Rest seines Gesichtes war starr. Die Hand schoss ein zweites Mal hinunter, diesmal konnte Stefan es besser erkennen. Er spürte, wie sich die Haare in seinem Nacken aufstellten. Was sie da gerade sahen, war der Mord an Van den Belk. Die Bewegung war ein unglaublich schneller Handkantenschlag auf den Kehlkopf gewesen, zweimal, um sicherzugehen. Die Kamera ging langsam wieder hoch und hielt unbarmherzig auf Van den Belk, der verzweifelt versuchte Luft zu holen. Stefan spürte, wie sich jede Faser seines Körpers zusammenzog. Er wusste, was er da gerade sah. Der Kehlkopf des armen Mannes war zerschmettert, und er würde binnen kürzester Zeit jämmerlich ersticken. Sein Mund war staubtrocken und seine Kehle rau.

„Wer zur Hölle hat das gefilmt?", stieß er zwischen seinen zusammengebissenen Zähnen hervor.

Henry sah ihn nur an und schüttelte den Kopf, während auf dem Bildschirm Van den Belk gequält eine Hand zum Hals hob, sein Gesicht schmerzvoll verzogen und panisch. Die Kamera stand immer noch still. Eine qualvolle weitere Minute verging in Stille, während sie zusahen, wie Van den Belk erschlaffte und auf sein Kissen zurücksank. Wieder kam die Hand ins Bild, diesmal sehr viel langsamer. Sie tastete an seinem Hals nach einem Puls – und fand offenbar keinen. Dann strich die Hand Van den Belk über die weit aufgerissenen Augen und schloss sie sanft. Diese fast zärtliche Geste wirkte auf Stefan noch verstörender als der Ausbruch von Gewalt einige Sekunden zuvor. Dann ruckte die Kamera herum und bewegte sich zügig zur Ausgangstür. Henry beendete das Video. Für einige Sekunden herrschte beklemmende Stille in dem kleinen Raum. Dann wiederholte Rebecca leise Stefans Frage.

„Henry, wer hat das aufgenommen? Und woher hast du das?"

Henry sah sie nicht an, konnte es nicht. Seine Antwort war wenig mehr als ein Flüstern.

„Das war Stefan. Die Aufnahme ist nicht von einer Kamera. Das sind ausgelesene Daten von seinen eigenen Augen."

Stefan sprang auf. Er wollte aufschreien, sagen, dass das nicht stimmte, das so etwas überhaupt nicht möglich war. Aber sein Atem schien in seiner Kehle festzustecken.

Henry sah ihn immer noch nicht an. Stattdessen tippte er ein paarmal auf der Tastatur, und ein anderes Video begann. Es zeigte Van den Belk, der eindringlich in die Kamera redete. Stefan gefror innerlich zu Eis. Im

Gegensatz zum ersten Video kannte er diese Bilder. Es war seine seltsame Unterhaltung mit Van den Belk während des Spaziergangs. Das Video war ohne Ton, aber er konnte die Worte „Human Enhancement Project, das sind Sie …“ von Van den Belks Lippen ablesen. Stefans Herz pochte in seinen Ohren. Ihm wurde schwindelig. Er taumelte einen Schritt zurück, stieß gegen die Liege. Er spürte, wie Rebecca ihn am Arm berührte, ihn sanft stützte. Sie sagte etwas zu ihm, aber es drang nicht zu ihm durch. In seinen Ohren rauschte das Blut wie Störgeräusche im Radio. Henry sah jetzt endlich zu ihm auf. In seinen Augen stand jetzt nicht mehr nur Angst, sondern auch Mitleid und Scham.

„Es tut mir leid, Mann. Es tut mir so leid“, murmelte er.

Stefan zwang sich, ruhig Luft zu holen. Seine Kopfschmerzen kamen wieder, mit einer Intensität, die ihn zwang, die Augen zusammenzukneifen. Er konnte keinen klaren Gedanken fassen. Mit größter Mühe öffnete er die Augen so weit, dass er Henry ansehen konnte. Henry schüttelte wieder den Kopf und blickte dann zu Boden, bevor er weitererzählte.

„Deswegen musste Van den Belk sterben. Alles, was du siehst, was du hörst, wird an die Basisstation übertragen. Das hat Van den Belk auch nicht gewusst. Ich habe noch versucht, ihn zu warnen, als ich die Aufnahmen aus den Datenspeichern ausgelesen habe, aber da war es schon zu spät. Da hatten die bereits den Assassinen losgeschickt.“

Stefan räusperte sich. Seine Stimme war leise und rau, und trotzdem klang jedes Wort in seinem schmerzgepeinigten Kopf wie ein Donner.

„Und wieso habe ich das gesehen? Diesen Mord? Und wieso weiß ich davon nichts?“

Henry klappte den Laptop zu und richtete sich auf. Er trat einen Schritt von Stefan weg.

„Du hast es immer noch nicht verstanden, oder? Du hast das nicht nur gesehen, du hast es getan. Du bist der Assassine.“

Er sah vorsichtig zu Stefan hin, als wolle er abschätzen, wie viel Gefahr von ihm ausging. Doch Stefan konnte sich kaum aufrechthalten, geschweige denn irgendetwas erwidern oder tun.

„Das Steuergerät in deinem Nacken, der Hub – der setzt nicht nur deine Gehirnimpulse in maschinenlesbare Befehle um. Das Ding ist noch mehr. Es ist eine teilautonome Steuerung. Nennt sich Code CRH-2022. Einfach gesagt, ist es wie eine Minipersönlichkeit, die dein eigenes Bewusstsein ausschaltet und Befehle von der Basis umsetzt. Man nutzt dabei alle Funktionen deines Stammhirns, aber alle Bereiche, die deine Persönlichkeit und dein Bewusstsein ausmachen, sind dabei deaktiviert. Du bist quasi so etwas wie ein technologischer Dr. Jekyll und Mr. Hyde …, wenn dir das Bild hilft, das zu verstehen.“

Es half ihm nicht. Stefan spürte nur, wie zu den Kopfschmerzen noch Übelkeit hinzukam. Er fühlte sich, als würde er in ein Loch ohne Boden fallen. Er spürte, wie Rebecca seinen Kopf streichelte. Alles, was er tun konnte, war Henry mit schmerzerfülltem Blick zuzublinzeln, was dieser offenbar als Aufforderung zum Weitersprechen interpretierte.

„Das Verfahren ist echt gewagt. Die Steuerung ist mit einer Unmenge an hauchfeinen Drähten mit deinen verschiedenen Gehirnregionen verbunden. Deswegen kann man das Ding auch nicht einfach so rausnehmen oder abschalten. Und deswegen hast du auch immer nach einem Einsatz des Assassinenprogramms Kopfschmerzen. Weil dabei in deinem Gehirn gewisse Areale einfach ausgeschaltet und blockiert werden. Und das klappt halt nicht ganz schadenfrei. Und ich glaube, es klappt auch nicht dauerhaft. Deswegen auch dein Ausraster in Antwerpen."

Jetzt fand Stefan die Kraft zu sprechen, wenn auch nur mühsam.

„Du hast das auch gesehen?"

Henry nickte und lächelte gequält.

„Ja, hab ich. Das war sehr interessant. Ich hatte das Gefühl, dass die Bedrohungssituation die Assassinensteuerung quasi von innen aktiviert hat. Ich hab gesehen, wie du da vorgegangen bist. Das waren alles Bewegungsprogramme aus dem CRH-2022-Muster. Das warst nicht du, die Basis hat dich aber auch nicht gesteuert. Das heißt, die Barrieren zwischen der Assassinenperson und dir sind nicht dicht. Du bist halt ein Prototyp, Mann. Da ist vieles noch unberechenbar. Anders kann ich dir das jetzt nicht auf die Schnelle erklären."

Stefan stand mühsam auf und begann, vorsichtig im Raum umherzulaufen. Die Bewegung schien seine Kopfschmerzen etwas zu mildern. Er musste denken, er musste das alles jetzt verstehen. Aber Henry gab ihm keine Zeit.

„Die Basis, das ist Nicole Moreau. Nicht alleine, natürlich. Aber sie kenne ich – und kann sie nicht leiden! Sie ist krank. Und ich bin sicher, sie hat Van den Belk töten lassen, und Dr. Montgomery. Und all die anderen. Und jetzt will sie dich endgültig aktivieren. Deswegen ist sie hier. Und deswegen müssen wir hier weg."

Stefan hörte auf, im Raum herumzuirren. Wie in Zeitlupe drehte er seinen Kopf zu Henry. Er öffnete seinen Mund zu einer Frage, aber Rebecca kam ihm zuvor. Sie hatte den gleichen Gedanken wie er.

„Welche anderen?", fragte sie unsicher.

Henry ließ pfeifend Luft ab und sah Stefan an.

„Du kapierst es jetzt, oder? Immer, wenn du die Kopfschmerzen hattest, hattest du vorher einen Einsatz. Deine Erinnerungen daran sind überschrieben, deswegen hattest du vielleicht auch schon ein paar Aussetzer oder Erinnerungslücken …"

Stefan schwankte und musste sich an der Wand abstützen. Seine Worte kamen fast gegen seinen Willen aus seinem Mund.

„Dann waren es also … wie viele bis jetzt? Sechs?"

Henry nickte knapp.

„Ja, sechs Einsätze, wenn man Van den Belk und Montgomery mitzählt. Und insgesamt etwa vierzehn Tote, bis jetzt. Die haben nicht grade langsam gemacht."

Stefan stöhnte auf. In seinem Kopf drehte sich alles. Henry trat zu ihm hin und packte ihn energisch an der Schulter.

„Tut mir leid, Mann. Aber du kannst jetzt nicht zusammenklappen. Wir müssen hier weg. Wenn Moreau dich voll aktiviert, dann haben wir alle keine Chance mehr."

Stefan sah ihn an, die Augen trübe vor Schmerz und Schock.

„Was heißt ‚voll aktiviert'?"

Henry sah ihm in die Augen und hielt seine Schulter fest im Griff. Er schien ein wenig Selbstvertrauen zurückzugewinnen, da er merkte, dass von Stefan keine Gefahr für ihn ausging.

„‚Voll aktiviert' heißt, dass es dann nur noch den Assassinen gibt. Deine Persönlichkeit wird gelöscht. Endgültig. Sie kann das jederzeit machen. Per Funk, wenn die Sendestation in der Nähe ist. Per Wireless, wenn sie Kontakt zu dem Empfänger bekommen. Ein paar Codes, und du kennst uns nicht mehr, sondern bist ein ferngesteuerter Kampfroboter, und das für immer. Und das kann ich nicht zulassen!"

Rebecca hatte die ganze Zeit geschwiegen und war immer blasser geworden, und in sich zusammengesunken. Jetzt stand sie auf und ging ebenfalls zu Stefan hin, der an der Wand lehnte und flach atmete. Sein glasiger Blick war in die Ferne gerichtet. In seinem Kopf tobte ein Orkan aus Kopfschmerzen und Verwirrung. In seinen Augen brannten Tränen. Er spürte kein einzelnes erkennbares Gefühl mehr, nur noch eine chaotische Mixtur aus Verzweiflung, Scham und Verwirrung, die ihn wie ein Kleid aus Blei in die Tiefe zerrten. Rebecca trat ganz vorsichtig vor ihn. In ihren Augen standen ebenfalls Tränen. Sie schmiegte sich an ihn und legte die Arme um seine Taille. Dann drückte sie sanft immer fester zu und legte den Kopf an seine Brust. So standen sie schweigend eine ganze Minute da. Henry hielt weiterhin Stefans Schulter und sagte nichts. Ihre Berührungen waren wie ein Rettungsring, der Stefan an der Oberfläche hielt. Er ließ seinen Kopf sinken, bis sein Kinn Rebeccas Haare berührte. Er roch den leichten

Duft ihres Shampoos, spürte ihren Herzschlag an seinem. Er hatte das Zeitgefühl verloren, aber irgendwann fand er die Kraft, den Kopf zu heben und Henry anzusehen.

„Was machen wir jetzt?", war seine einzige Frage.

Henry erwiderte seinen Blick fest und drückte noch einmal seine Schulter.

„Zuerst müssen wir hier weg, so schnell und so weit wie möglich. Dann muss das Ding aus deinem Kopf raus, aber so, dass du noch bewegungsfähig bleibst. Mit der Steuerung kann ich umgehen. Aber wir brauchen einen Neurochirurgen, um das Ganze aus deinem Nervensystem rauszuholen, ohne dass du dabei stirbst."

„Und woher sollen wir einen Neurochirurgen herkriegen?"

Henry brauchte ihm keine Antwort zu geben. Rebecca flüsterte an seiner Brust, ohne den Kopf zu heben: „Mein Vater …"

Henry nickte erleichtert. Er trat einen Schritt zurück und sah besorgt auf seine Uhr.

„Und noch was – endlich mal was Gutes: Wir sind nicht allein. Victor wird uns helfen, hier herauszukommen. Er wartet in der Garage auf uns. Ich habe ihm gesagt, wir brauchen hier maximal fünfundvierzig Minuten – und die sind fast um. Wir sollten langsam und vorsichtig los. Schaffst du das, Stefan?"

Stefan spürte etwas Hoffnung. So stark ihm der Schock auch in seinen Knochen saß, die beiden gaben ihm Mut. Und ein Ziel. Denn offenbar wollten sie ihn mit aller Kraft retten, obwohl er zu einem Mörder geworden war – wenn auch, ohne dass er es gewusst hatte. Und er wollte die beiden um jeden Preis beschützen. Der Gedanke gab ihm seine Klarheit zurück. Er löste sich vorsichtig von Rebecca und atmete tief und ruhig, um wieder zu Kräften zu kommen.

„Wer ist Victor?"

„Van den Belks Fahrer. Ihr kennt ihn. Er hat seit fast fünfzehn Jahren für ihn gearbeitet. Damals war Van den Belk noch Geheimdienstchef in Luxemburg. Victor ist Eurocorps-Soldat und kommt wohl aus Russland. Van den Belk hat mir mal gesagt, er wäre sogar ehemaliger Speznaz. Weiß nicht, ob das stimmt. Aber Victor kann auf jeden Fall eine Menge, und er wird uns hier wegfahren. Hoffentlich, ohne dass Moreau und ihre Leute es mitkriegen. Victor kann auf uns aufpassen. Van den Belk hat ihm vertraut."

Henry packte zügig seinen Laptop in seine obligatorische Werkzeugtasche. Dann nahm er den kleinen Kasten hoch, den er zu Beginn aktiviert hatte.

„Und ich habe deine Lebensversicherung. Oder besser gesagt, unsere. Ein Signaljammer. Der Störsender sollte alle Signale von der Basis von dir weghalten, zumindest, solange du nicht weiter als vier Meter von dem Ding weg bist. Dann können die auch nicht in deinen Kopf sehen."

Stefan beäugte das unscheinbare Gerät misstrauisch.

„Und wenn ich weiter weg bin?"

Henry verzog sein Gesicht zu einer säuerlichen Grimasse.

„Dann bist du ein ferngesteuerter Cyborg – und wir kurz darauf tot."

Die Korridore waren geisterhaft verlassen. Auf der ganzen Anlage lastete eine düstere Stimmung, die auf jedem

Meter, den sie zurücklegten, spürbar war. Stefan war dankbar, dass sie tatsächlich keiner Menschenseele begegneten. Offenbar hatten die Bewaffneten um Nicole Moreau bei der Einschüchterung des Personals ganze Arbeit geleistet. Und von der Truppe selbst war zum Glück auch keiner zu sehen. Sie gelangten unbehelligt zu der Garage. Henry öffnete vorsichtig die Tür und trat ein, ohne das Licht anzuschalten. Die Garage lag im Halbdunkeln. Drei Fahrzeuge waren als Silhouetten erkennbar, ein Lieferwagen und zwei Mercedes-Limousinen. Stefan erkannte den Wagen, mit dem Victor sie nach Antwerpen gefahren hatte. In dem Moment hörte er das leise Rascheln von Kleidung. Er erstarrte. Seine Sinne waren gespannt. Hinter dem Wagen richtete sich ein dunkler Schatten auf. Im fahlen Licht der kleinen Lüftungsöffnungen an der Decke der Garage erkannte er den Lauf einer Waffe, die auf sie gerichtet war. Er war bereit loszuspringen, als die Stimme ertönte.

„Henry? Alle komplett?"

Henry zuckte zusammen, er hatte den Schatten nicht wahrgenommen. Er fing sich schnell wieder.

„Wir sind alle da! Schnell!"

Victor trat hinter dem Wagen hervor, öffnete die hintere Tür und bedeutete Rebecca und Stefan einzusteigen. Stefan bugsierte Rebecca ins Innere und drückte ihr einen schnellen Kuss auf die Lippen. Er war dankbar über die Anspannung der Flucht. Zumindest lenkte ihn das jetzt von dem Abgrund und den Fragen, die in seinem Inneren wirbelten, etwas ab. Er richtete sich wieder auf und setzte an, um den Wagen herumzugehen. Henry war bereits zur Beifahrerseite gegangen und saß nun ebenfalls im Wagen.

Victor stand neben der geöffneten Fahrertür und wachte mit ruhiger Konzentration über sie wie ein Hirtenhund. Wie bei ihrer ersten Begegnung spürte Stefan Respekt vor diesem schweigsamen Mann. Im selben Moment flog die Garagentür auf, durch die sie eben noch gekommen waren. Zwei Bewaffnete stürmten herein, Sturmgewehre im Anschlag. Stefan fuhr herum. Einer der beiden schrie etwas, das er nicht verstand, aber das war auch nicht nötig. Einen Bruchteil einer Sekunde später sah er aus dem Augenwinkel Mündungsfeuer aus Victors Pistole aufblitzen. Der Kopf des ersten Söldners wurde in einer Wolke aus blutigem Sprühregen nach hinten gerissen. Sein Körper kippte hintenüber, und seine Waffe fiel klappernd auf den Boden. Den zweiten traf Victor in die Seite, und er drehte fast eine Pirouette, bevor er zu Boden ging. Das Ganze hatte nicht einmal zwei Sekunden gedauert. Stefan sah bewundernd zu dem alten Soldaten hinüber. Victor erwiderte seinen Blick ernsthaft und schien die Anerkennung, die Stefan ihm zollte, zu spüren. Er nickte kaum merklich. Dann flog die Tür wieder auf – und diesmal schossen die Männer dahinter sofort blind los. Stefan ließ sich instinktiv fallen, doch Victor reagierte diesmal nicht so schnell. Sein Körper wurde von Kugeleinschlägen durchgeschüttelt wie eine Stoffpuppe. Er stand noch einen Moment wie von unsichtbaren Fäden gehalten da, dann sackte er zusammen. Stefan erschauerte, als Victors Kopf kaum einen Meter neben ihm auf den Betonboden der Garage aufschlug. Sein Gesicht hatte einen überraschten Ausdruck, und ein Auge starrte Stefan mit leerem Blick an. Das andere war von einer einschlagenden Kugel in ein blutiges Loch verwandelt worden. Stefan sah gerade rechtzeitig nach vorne, um die zwei Männer in die Garage stürmen zu sehen. Sie brüllten durcheinander und richteten ihre Waffen auf ihn und den Mercedes. Er hörte Rebecca hinter sich aufschreien, gedämpft durch die dicken Scheiben des Wagens. Ein Adrenalinstoß durchfuhr ihn wie ein Stromschlag. In seinem Kopf schien etwas einzurasten. Er hatte keine Gedanken mehr, keine Angst. Einen Sekundenbruchteil lag er noch auf dem Boden und erfasste die Lage, dann stieß er sich mit einer Hand ab und rollte zur Seite. In der Bewegung hörte er das scharfe Bellen einer Automatikwaffe, und dort, wo er gerade noch gelegen war, spritzten Splitter aus dem Beton. Mit einer einzigen, flüssigen Bewegung kam er auf die Beine, stieß sich ab und landete in dem Schatten an der Seitenwand der Garage. Er sah die beiden herumfahren, die Waffenmündungen hektisch durch die Luft tanzend. Sie suchten ihr Ziel, aber er war viel zu schnell. Wieder ertönte das Stakkato der Waffen, wieder heulten Querschläger durch den Raum, und kleine Trümmerstücke und Staubwolken wurden aufgewirbelt. Doch sie waren stets einen Deut hinter ihm. Zwei schnelle Sprünge weiter war er an dem ersten gefallenen Söldner und riss mühelos den schlaffen Körper als Schutzschild hoch. Er spürte, wie die Kugeln der beiden wie hämmernde Faustschläge in den Körper ihres ehemaligen Kameraden prasselten. Dann nahm er die Waffe des Toten hoch, warf den Körper lässig mit einer Hand zur Seite wie einen Müllsack und schoss genau zweimal. Die kompakte Maschinenpistole in seiner Hand zuckte kurz, als sie die zwei Dreiersalven mit tödlicher Präzision ausspuckte. Beide Salven trafen seine Angreifer perfekt mittig in die Brust. Die Wucht der einschlagenden Geschosse ließ beide nach hinten fliegen, bevor sie mit dumpfem Klatschen auf den Boden aufschlugen. Stefan war mit zwei schnellen Schritten bei ihnen. Er glaubte, unter ihrer Tarnkleidung die Umrisse von Schutzwesten erkennen zu können. Sicherheitshalber schoss er jedem noch einmal eine Salve aus nächster Nähe in den Kopf. Die Gesichter der beiden zerspritzten vor seinen Augen zu einer blutigen Masse. Dann stand er einen Augenblick bewegungslos da und horchte. Da war nichts, nur Stille. Vorerst. Sie waren allein – zumindest noch für ein paar Sekunden. Es würde nicht lange dauern, bevor die nächsten hier hereinstürmen würden – wahrscheinlich sehr viel besser vorbereitet als ihre Vorgänger. Er warf die Waffe hin und stieg ohne zu zögern auf der Fahrerseite des Mercedes ein. Beiläufig registrierte er die nassen, tiefroten Blutspritzer auf dem schwarzen Ledersitz des Mercedes. Henry saß zusammengekauert auf dem Beifahrersitz, das Gesicht verzerrt. Er hielt sich die Schulter, zwischen seinen Fingern quoll Blut hervor.

Stefan sah kurz hin und dann wieder nach vorne.

„Wie geht das Tor auf?“

Henry war kreidebleich, und auf seiner Stirn stand kalter Schweiß. Er atmete stoßweise.

„Victor hat eine Fernbedienung. W-w-wahrscheinlich in der Mittelkonsole …“

Stefan öffnete systematisch alle Fächer und fand einen kleinen Funksender. Er drückte den breiten silbernen

Auslöser und das Tor vor ihnen begann sich zu heben. Er startete den Wagen. Als das Tor gerade weit genug offen war, gab er Vollgas. Das schwere Fahrzeug beschleunigte machtvoll, und mit quietschenden Reifen schossen sie auf die Straße hinaus. Stefan handelte instinktiv, er wusste genau, was er tun musste. Ein Teil von ihm war wie abgespaltet und beobachtete, was er tat. Der andere handelte, hocheffizient und präzise. Er beschleunigte den Wagen, erst auf hundert, dann auf hundertvierzig Stundenkilometer. Die Landstraße flog unter ihnen vorbei. Er führte das Lenkrad mit konzentrierter Ruhe, spürte, wie die Räder an ihre Grenzen kamen, wenn sie auf der regenfeuchten Fahrbahn in die Kurven gingen. Eine zu hektische Bewegung – und die Fahrt würde sehr plötzlich im Graben enden. Erst nach einer Viertelstunde rasanter Fahrt durch die immer noch wintertrübe Landschaft erlaubte er es sich, etwas vom Gas zu gehen. Hinter sich hörte er Rebecca leise schluchzen. Henrys Atem ging immer noch stoßweise und zittrig. Er hatte offensichtlich starke Schmerzen. In Stefans Kopf begannen jetzt wieder die Gedanken zu wirbeln, und der altbekannte Kopfschmerz setzte ein. Er versuchte, ihn mit bloßer Willenskraft in Schach zu halten. Er durfte jetzt nicht nachlassen, jetzt nicht!

Mit eisernem Willen zwang er sich, seine Konzentration im Hier und Jetzt zu behalten. Wenn sie hier heil durchkommen wollten, dann durfte er jetzt keine Schwäche zeigen. Die Frage, was er mit den grässlichen Dingen, die heute so plötzlich in sein Bewusstsein getreten waren, anfangen sollte, konnte er sich später stellen. Er sprach leise und betont neutral zu Rebecca, ohne die Augen von der Straße vor sich zu nehmen.

„Becca, wo genau ist die Klinik deines Vaters? Sag mir die Adresse."

Rebecca schniefte kurz und holte etwas zittrig Luft. Dann riss sie sich zusammen.

„Reutlingen. Steinenbergstraße."

Sie kramte in ihrer Jacke herum und holte ihr Mobiltelefon hervor.

„Ich rufe ihn an und sag ihm, dass wir kommen."

Henry schüttelte energisch den Kopf und stöhnte gleich darauf laut auf, weil die Bewegung in seiner Wunde noch größere Schmerzen verursachte. Er schnappte ein paarmal nach Luft und drehte sich, so weit er konnte, zu ihr um.

„Nein. Keine Anrufe. Es würde sowieso nicht funktionieren. Ich blockiere ja alle Signale um Stefan herum. Dein Telefon hat keinen Empfang."

Stefan bog endlich von der Landstraße auf die Autobahn und drückte das Gaspedal nach unten. Zum Glück kannte er sich ab hier recht gut aus und benötigte nicht einmal das Navigationssystem des Wagens. Die Tachonadel kletterte binnen Sekunden auf über zweihundert Stundenkilometer. Nur ein leises Rauschen drang in die große Limousine. Keiner der drei wusste mehr etwas zu sagen, jetzt, wo der Adrenalinschub nachließ, senkte sich eine deprimierte Erschöpfung über sie. Henrys sporadisches Stöhnen erinnerte Stefan daran, dass sie gleich mehrere Gründe hatten, so schnell wie möglich in die Klinik zu kommen. Der Schuss war nicht tödlich, nur ein Querschläger in den Muskel. Aber Henry war totenbleich und hatte einen Schock. Und die Wunde blutete immer noch, nicht stark, aber stetig. Zu lange durfte das nicht unbehandelt bleiben. In seinem Kopf überschlug Stefan die Fahrtzeit. Wenn er seine Geschwindigkeit so beibehalten konnte, dann würden sie in knapp vier Stunden dort sein. Zu ihrem Glück waren die Autobahnen fast leer, und trotz des leichten Winterregens war es hier nicht besonders glatt. Er presste das Gaspedal noch etwas mehr nach unten und lenkte all seine Konzentration aufs Fahren. Das war jetzt seine Mission, und er würde seine Kameraden nicht im Stich lassen.

Sie waren fast drei Stunden schweigend gefahren, als Rebecca ihn wieder von der Rückbank aus ansprach. Sie hatte sich beruhigt, und im Rückspiegel sah Stefan, dass ihr Gesichtsausdruck wieder gefasst war. Neben ihm schnarchte Henry seit einer Weile leise. Sein Kopf war nach vorne gesunken, und Speichel lief ihm aus dem Mund. Stefan war beruhigt. Der Schock hatte ihn so ausgelaugt, dass er vor Erschöpfung eingeschlafen war. Immerhin besser, als die ganze Zeit die Schmerzen ertragen zu müssen. Und so schonte er zumindest seine Reserven.

„Stefan, wir müssen meinen Vater anrufen. Bis wir ankommen, ist er vielleicht gar nicht mehr in der Klinik. Und ich …“ Sie druckste einen Moment herum … „Ich müsste mal pinkeln …“

Stefan lächelte ihr im Rückspiegel zu. Die Normalität ihres Bedürfnisses war für ihn erheiternd und beruhigend zugleich. Und er konnte auch eine kurze Pause gebrauchen. Er überlegte kurz.

„Wir sind schon kurz vor Pforzheim. Wenn ich mich richtig erinnere, kommt da ein großer Rasthof. Ich halte dort, du gehst rein. Wenn du weit genug vom Auto weg bist, sollte dein Telefon ja wieder gehen. Und sag deinem Vater, dass Henry angeschossen worden ist. Sie sollen sich vorbereiten. Er muss zügig versorgt werden."

24

Sie saßen zu dritt an Professor Kepplers kleinem Besprechungstisch in seinem Büro. Stefan und Rebecca hielten Kaffeetassen in der Hand. Stefan blickte abwesend in seine. Der Kaffee war bereits kalt geworden, während sie Rebeccas Vater atemlos von den Ereignissen der letzten achtundvierzig Stunden erzählt hatten. Stefan war dem Professor unendlich dankbar, denn er hatte sofort und ohne weitere Fragen Henry begutachtet und umgehend eine Operation veranlasst, um die Kugel zu entfernen und die Wunde zu versorgen. Eine junge Chirurgin führte den Eingriff in diesem Moment durch. Nachdem er zügig alles arrangiert hatte, hatte der Professor sie in sein Büro geführt und ihnen nun fast eine Stunde still zugehört, ohne sie ein einziges Mal zu unterbrechen. Nun saß er mit nachdenklicher Miene Stefan gegenüber und fixierte ihn mit einem Ausdruck, den Stefan nicht deuten konnte. Nach längerem Schweigen erhob sich der Professor und ging zu seinem Schreibtisch. Er drehte seinen Bildschirm so, dass Stefan und Rebecca ihn sehen konnten.

„Was ihr beiden da erzählt, klingt absolut verrückt. Aber … es deckt sich mit ein paar Sachen, die mir aufgefallen sind …"

Er durchforstete einige Ordner auf seinem Desktop und klickte verschiedene Links an. Auf dem Bildschirm erschienen einige News-Webseiten mit Artikeln zu verschiedenen Mord- und Gewalttaten. Stefan kannte die Namen leider nur zu gut.

„Ich habe mir gedacht, dass es da ein Muster geben muss", meinte Keppler, „und alle diese Dinge sind im Umkreis von maximal 200 Kilometern um das Forschungsgelände passiert. Ich hatte allerdings eher diesen Van den Belk im Verdacht … aber da lag ich wohl nicht ganz richtig …"

Stefan und Rebecca sahen ihn einen Moment ungläubig an.

„Du hast davon gewusst?", fragte Rebecca entsetzt.

Ihr Vater lächelte bitter und schüttelte den Kopf. Er nahm seine Brille ab und rieb sich müde die Augen, bevor er antwortete.

„Nein, gewusst habe ich rein gar nichts. Aber ich hatte bei der ganzen Sache ein sehr unangenehmes Gefühl. Und ich habe einige Recherchen über Van den Belk und das Forschungsinstitut angestellt – oder besser, ich habe es versucht, aber da wurde jede Anfrage abgeblockt. Ich habe nur herausbekommen, dass Van den Belk vorher Geheimdienstchef in Luxemburg war. Und solchen Menschen traue ich aus Prinzip erst mal nicht …"

Er schüttelte den Kopf und sah einige Zeit konzentriert auf den Bildschirm, als würde er die Presseartikel gerade zum ersten Mal richtig verstehen.

„Aber ich lag mit den meisten Vermutungen daneben. Was ihr beide erzählt habt, ist viel schlimmer, als ich mir das in meinem alten Schädel ausgemalt habe."

Er sah Stefan traurig an.

„Und es tut mir sehr leid, Herr Roth, was Sie da durchmachen mussten und müssen. Ich hätte Ihnen das gerne erspart."

Stefan lächelte den alten Professor ebenfalls traurig an.

„Wie hätten Sie das denn tun können? Ich wollte es ja selbst unbedingt ... und, wenn ich ehrlich bin, ich bin trotz allem immer noch froh, wieder Arme und Beine zu haben. Trotz allem. Auch wenn ich mich dafür schuldig fühle ..."

Rebecca lehnte sich herüber zu ihm und ergriff seine Hand. Sie schüttelte wortlos den Kopf, um ihm zu signalisieren, dass er sich nicht schuldig fühlen musste. Er tat es dennoch. Trotz allem war er ein Mörder, oder besser eine Mordmaschine, gesteuert von einer Gruppe Menschen, die er nicht einmal kannte, geschweige denn verstand.

Rebecca sah zu ihrem Vater hinüber, der wieder in grüblerisches Schweigen verfallen war.

„Kannst du Stefan helfen, Papa? Könnt ihr diese Steuerung aus seinem Gehirn entfernen?"

Ihr Vater sah fast ein wenig erschrocken zu ihr. Sie hatte ihn aus seinen Gedanken gerissen. Er war wirklich müde. Dann lächelte er ihr beruhigend zu.

„Wenn Ärzte sie eingesetzt haben, dann haben wir sicherlich auch die Möglichkeit, sie wieder zu entfernen. Wir haben zwei der besten Neurochirurgen hier, die man sich nur wünschen kann. Aber wir brauchen euren Freund

Henry dazu. Keiner von uns weiß, wie diese Steuerung genau funktioniert. Aber wir bekommen das schon hin, Kleines."

Er sah zu seiner Tochter, die müde, blass und gestresst wirkte. Immerhin war sie unverletzt und wohlauf, das war das Wichtigste. Und sie war hier bei ihm und in Sicherheit. Dann wanderte sein Blick zu ihrer Hand. Sie hatte die Finger verschränkt mit jenen des jungen Mannes, dessen Leben auf einmal – wieder einmal – in seiner Hand lag.

„Und, Herr Roth, bei allem hier – danke, dass Sie auf meine Tochter aufgepasst haben."

Stefan straffte sich. Er sah dem Professor tief in die Augen, wollte etwas antworten, merkte jedoch, dass es keine Worte brauchte. Er nickte nur und hielt den Augenkontakt für eine Weile stumm aufrecht.

Kepplers Telefon klingelte und riss alle aus dem schweigsamen Moment. Der Professor zuckte vor Schreck zusammen, fasste sich aber schnell und hob ab. Er hörte eine Weile aufmerksam zu, gab ein paar kurze Antworten und legte wieder auf. Auf seinem Gesicht stand ein erleichtertes Lächeln. Er erhob sich und griff seinen Kittel von der Stuhllehne.

„Euer Freund ist nicht nur wohlauf, sondern bereits wieder ansprechbar. Und er will euch unbedingt sehen. Lasst ihn nicht warten!"

Auf dem kurzen Weg von Professor Kepplers Büro zum Aufwachraum, in dem Henry noch zur Beobachtung lag, konnte Stefan seine Schritte kaum zügeln. Henry hatte viel für ihn riskiert und sich sogar eine Kugel für ihn eingefangen. Und er hatte wahrlich tapfer durchgehalten, immerhin war er ein Zivilist und kein Soldat wie Stefan.

Ein junger Krankenpfleger hielt ihnen die Tür auf, und mit zwei schnellen Schritten war Stefan als Erster an Henrys Bett. Der Techniker war blass, ein dicker Verband bedeckte seine Schulter. Orange Streifen von Jod zogen sich über seinen Hals. Stefan wollte gerade etwas sagen, als Henry ihn bereits mit krächzender Stimme ansprach. In seinem Gesicht stand ein sorgenvoller Ausdruck.

„St … Störsenner dabei?", nuschelte er mühsam.

Stefan hob grinsend sein Sweatshirt an, sodass Henry das kleine Gerät sehen konnte, das er mit dickem Klebeband an seinem Gürtel befestigt hatte. Henry reckte den Kopf hoch und ließ sich dann mit einem erleichterten Seufzer zurück in das Kissen fallen.

„Muss die Badderie … Badderie wesseln … bald …"

Stefan nickte. Der Gedanke war ihm noch gar nicht gekommen, aber das war eine weitere Sache, um die er sich jetzt ganz dringend kümmern musste. Er legte Henry beruhigend die Hand auf die Brust.

„Alles klar, Henry. Wir kümmern uns drum. Komm du erst mal in Ruhe wieder zu dir. Es ist alles gut. Wir haben das hier vorerst im Griff."

Henry verzog sein Gesicht. Er drehte den Kopf langsam von links nach rechts, was wohl ein Kopfschütteln werden sollte. Aber seine Bewegungen waren noch verlangsamt von den Nachwirkungen der Narkose.

„Keine Zeit … die wern kommen …"

Stefan richtete sich auf und nickte.

„Ich weiß. Aber das Erste haben wir mal geschafft. Sobald du wieder fit bist, sprechen wir ab, wie wir weitermachen, okay? Wir lassen die nicht gewinnen."

Henry sank tiefer ins Kissen. Er schloss die Augen.

„Nur noch n paar Minun …“

Dann war er eingeschlafen. Der Professor, der sich diskret im Hintergrund gehalten und die Überwachungsmonitore studiert hatte, trat leise zu ihnen. Er lächelte Stefan aufmunternd zu.

„Geben Sie ihm eine oder zwei Stunden, dann ist er wieder ganz bei Bewusstsein. Dass er jetzt noch mal ein wenig schläft, ist gut. Umso besser erholt sich der Körper von dem Wundtrauma. Und ihr beide tut am besten dasselbe.“

Er legte den Arm um seine Tochter, die andere Hand auf Stefans Schulter, und schob sie sanft von dem Bett weg und aus dem Aufwachraum hinaus. Auf dem Flur sah er demonstrativ auf seine Armbanduhr.

„Es ist jetzt fast sieben Uhr abends. Heute können wir nichts mehr tun. Und wir sind alle ausgelaugt, ihr beiden ganz besonders. Ich gebe euch ein Zimmer, dann könnt ihr ein bisschen schlafen. Morgen früh besprechen wir dann, wie wir vorgehen?“

Die beiden nickten. Der Professor sah Stefan ernst an.

„Ich nehme an, Sie sind sich im Klaren, dass Sie nur sicher sein werden, wenn das Ganze öffentlich wird, nicht wahr? Das ist in meinen Augen die einzige Möglichkeit, die wir haben – was auch immer dann die Konsequenzen sein werden.“

Stefan seufzte. Diese Gedanken hatte er sich auf der Autofahrt auch schon gemacht. Und er war zu demselben Schluss gekommen. Der einzige Schutz für ihn war es, wenn er seine Geschichte publik machte. Denn egal wo er sich versteckte, irgendwann würden sie ihn finden und aller Wahrscheinlichkeit nach einfach zum Schweigen bringen. Und Rebecca und Henry gleich mit. Er nickte zustimmend. Dann hob er sein Hemd hoch und zeigte dem Professor das Gerät an seinem Gürtel. Vorsichtig öffnete er eine kleine Klappe an der Seite mit dem Fingernagel. Darunter waren zwei kleine Mignon-Zellenbatterien – zum Glück handelsübliche Modelle – zu sehen.

„Vorher müssen wir noch was Dringendes erledigen. Haben Sie solche Batterien hier?“

25

Die Dämmerung war bereits zur Dunkelheit geworden, als er mit Rebecca Hand in Hand durch die verlassenen Straßen der kleinen Ortschaft ging. Sie hatten das Angebot des Professors, sich erst einmal auszuruhen, abgeschlagen. Zu groß waren noch die Anspannung und die unverarbeiteten Gedanken, so dass sie sich entschlossen hatten, in der Nähe der Klinik noch ein wenig spazieren zu gehen. Aus „ein wenig" waren nun fast eineinhalb Stunden geworden. Die meiste Zeit waren sie schweigend miteinander gelaufen, und nun kam das moderne Klinikgebäude an der Hauptstraße wieder in Sicht. Rebecca verlangsamte ihre Schritte immer mehr.

„Du willst noch nicht zurück?", fragte Stefan sanft.

Sie schüttelte den Kopf und sah ihn an. Ihre Augen waren müde, sie war blass – und trotzdem konnte sich Stefan gerade keinen schöneren Anblick vorstellen. Wenn er sich nur auf sie konzentrierte, konnte er für ein paar Sekunden fast vergessen, warum sie hier waren und was passiert war. Oder was ihnen vielleicht noch passieren würde. Instinktiv berührte er das kleine Gerät an seinem

Gürtel. Zum Glück hatte Professor Keppler genau die Batterien in seinem Büro gehabt, die er benötigt hatte, um den Störsender weiterhin aktiv zu halten.

„Ich will nur, dass das alles einfach aufhört …“, flüsterte Rebecca leise.

Er nahm ihr Gesicht so sanft er konnte in seine Hände und zog sie an sich. In seinem müden Kopf suchte er verzweifelt nach den richtigen Worten, um sie zu beruhigen, aber ihm fielen keine ein. Wahrscheinlich gab es in dieser Situation keine richtigen Worte. Also hielt er sie einfach nur fest. Sie standen stumm für einige Minuten nur da, genossen die Wärme des anderen. Etwas schreckte Stefan jedoch aus seiner Stimmung auf. Er konnte es erst nicht genau zuordnen, hob den Kopf und lauschte. Dann wurde ihm klar, was er bemerkt hatte: Das Geräusch von mehreren Fahrzeugen, die sich schnell näherten. Er zog Rebecca behutsam zur Seite und kauerte sich mit ihr in einen Hauseingang. Sie blickte ihn erschrocken an, sagte aber nichts. Die Fahrzeuge kamen sehr schnell näher. Vorsichtig lugte er um die Mauer herum. Sein Magen krampfte sich bei dem Anblick, der sich ihm bot, zusammen.

Drei schwarze Transporter hielten vor dem Eingang der Klinik. Als die Tür des ersten Wagens aufging, bestätigten sich seine schlimmsten Befürchtungen. Aus den Transportern stiegen je sechs schwer bewaffnete Personen in dunklen Uniformen aus. Die letzte Person war deutlich kleiner als die anderen. Auch wenn Stefan sie aus der Entfernung nicht erkennen konnte, wusste er, wer das war – Nicole Moreau. Sie stand inmitten einer kleinen Armee, die nun in Formation den Eingang sicherte. Er zog rasch seinen Kopf zurück und hielt Rebecca fest. In seinem Kopf rasten die Gedanken.

„Sie sind hier!“, stieß er gepresst hervor. Der Klumpen in seinem Magen wurde noch härter, als er spürte, wie sie in seinen Armen zusammenzuckte. Als sie sich instinktiv aufrichtete, hielt er sie fest.

„Nicht. Sie könnten uns sehen …“

„Mein Papa ist da drin!“

Rebeccas Augen waren vor Schreck geweitet, und ihr Atem ging stoßweise. Es brach ihm das Herz, aber er durfte sie jetzt nicht loslassen. Er zwang sie, ihn anzusehen.

„Ich weiß, und Henry auch. Aber das sind zu viele. Und die wollen mich, nicht deinen Vater. Wir können auf keinen Fall da hin!“

Vorsichtig versuchte er, einen weiteren Blick auf das zu erhaschen, was sich nur wenige Hundert Meter entfernt von ihnen abspielte. Ein Teil der Bewaffneten war bereits in der Klinik, fünf von ihnen waren am Eingang postiert, alle mit kurzläufigen Waffen im Anschlag. Keine Chance, da irgendetwas zu versuchen.

„Was machen wir jetzt?“, fragte Rebecca zitternd, ihre Stimme kaum mehr als ein atemloses Flüstern.

Er überlegte fieberhaft. Egal, was für Fähigkeiten er hatte, gegen so viele bewaffnete Männer hatte nicht einmal er auch nur den Hauch einer Chance. Er schüttelte verzweifelt den Kopf.

„Wir können hier nicht bleiben. Wenn die uns in der Klinik nicht finden, dann suchen sie die Umgebung ab. Ich … ich weiß auch nicht …“

Er brach ab, als er spürte, wie Rebecca in seinen Armen zitternd zu weinen anfing. Verdammt, er musste doch etwas tun! Abermals linste er um die Ecke des Hauses. Zum Glück waren sie in diesem Dorf sparsam mit Straßenlaternen, sodass sie beide in der Dunkelheit standen. Selbst wenn einer der Männer an der Klinik zu ihnen herüberblickte, würde er sie wahrscheinlich nicht sehen können. Was er dann sah, verwandelte seine Innereien endgültig zu Stein. Zwei Uniformierte führten Professor Keppler zwischen sich aus dem Gebäude. Seine Hände waren hinter seinem Rücken. Als sie ihn in einen der Wagen bugsierten, konnte Stefan die Handschellen an seinen Handgelenken erkennen. Sie stießen ihn grob in den Transporter. Wenig später kamen zwei weitere Männer aus dem Krankenhaus. Zwischen ihnen taumelte Henry. Selbst aus der Entfernung konnte Stefan erkennen, dass Henrys Gesicht blutüberströmt und bereits angeschwollen war. Dicht dahinter ging Nicole Moreau. Sie sagte etwas zu Henry. Als dieser nicht reagierte, schlug einer der Männer ihm brutal ins Genick, und Henry sackte leblos zusammen. Die Männer packten ihn, hievten den hilflosen Techniker grob in den Transporter und warfen die Tür zu. Das Geräusch der zuschlagenden Seitentür hallte durch den ansonsten gespenstisch stillen Ort wie eine kleine Explosion. Stefan spürte, wie eiskalte Wut in ihm aufstieg. Dennoch konnte er rein gar nichts tun. Wenn er jetzt eingreifen würde, hätte Moreau ihn genau da, wo sie ihn haben wollte. Wahrscheinlich hoffte sie genau das. Er musste jetzt einen kühlen Kopf bewahren, koste es, was es wolle. Versteinert sah er zu, wie die Männer zügig und geordnet ihre Posten verließen und in die Transporter einstiegen. Er hörte, wie sie die Motoren anließen, und binnen weniger Sekunden fuhren die Fahrzeuge eines nach dem anderen ab. Das Geräusch der kräftigen Dieselmotoren verklang so schnell wie es gekommen war. Die Stille, die folgte, war geisterhaft. Stefan konzentrierte sich auf seinen Herzschlag, in der Hoffnung, nicht die Kontrolle über seine Gefühle zu verlieren. Rebeccas leises Schluchzen war für eine Weile das einzige Geräusch.

Sie blieben noch eine gute Viertelstunde dort stehen, bis Rebecca vor Kälte mit den Zähnen klapperte. Stefan löste sich langsam von ihr und nahm ihre Hand.

„Sie sind weg …"

Er sah sie an. Sie zitterte, und wirkte furchtbar zerbrechlich mit ihrer blassen Haut und den rot verweinten Augen.

„Wir müssen in die Klinik zurück. Zumindest, um uns aufzuwärmen. Dann sehen wir weiter. Okay?"

Er wartete nicht auf ihre Antwort, sondern zog sie sanft mit sich. Vorsichtig legten sie die kurze Strecke zur Klinik zurück. Der Eingangsbereich war wie ausgestorben.

Als sie vor dem verlassenen Empfangspult standen, flog die Tür dahinter auf. Eine etwas korpulente Schwester mit ebenfalls rot verweinten Augen rannte ihnen geradezu entgegen. Stefan erkannte sie auf Anhieb – es war Schwester Marion, die ihn in seiner Zeit hier liebevoll umsorgt hatte. Sie sah kurz zu ihm und ging dann ohne zu zögern zu Rebecca und schloss sie in die Arme. Stefan trat einen Schritt zur Seite und ließ den beiden Frauen ihren Raum. Er wusste von Rebeccas Erzählungen, dass Schwester Marion Hild die dienstälteste Mitarbeiterin von Professor

Keppler war – und dass sie für Rebecca in der langen Zeit fast wie eine Tante geworden war. Die beiden Frauen lösten sich langsam voneinander. Schwester Marion hielt Rebecca weiterhin an den Händen und rieb diese sanft, um sie wieder aufzuwärmen. Stefan räusperte sich verlegen, um ihre Aufmerksamkeit zu bekommen. Sie sah ihn erschrocken an. In ihrem Gesicht standen immer noch Angst und Verwirrung.

„Die haben den Professor mitgenommen …" Ihre Stimme erstarb. Sie schluckte ein paarmal. Stefan konnte sehen, wie sie sich bemühte, nicht in Tränen auszubrechen.

„Die … die haben uns nichts gesagt, nur, dass der Professor verhaftet wird … aber warum nur, er hat doch nichts getan … Was ist denn hier los?"

Stefan bemühte sich, ruhig zu sprechen, um die arme Frau nicht noch mehr zu verunsichern.

„Haben sie sonst noch etwas gesagt? Speziell diese Frau, die dabei war?"

Schwester Marion runzelte die Stirn. Es fiel ihr sichtlich schwer, sich zu konzentrieren. Dann nickte sie kurz.

„Gesagt hat sie nichts. Also nicht zu uns. Aber sie hat etwas ins Büro von Herrn Professor Keppler gelegt, das habe ich gesehen."

Stefan nickte knapp und ging in Richtung der Büroräume. Eine Ahnung beschlich ihn, und er wollte keine Zeit vergeuden. Die beiden Frauen blieben in der Eingangshalle zurück.

Die Tür zu Kepplers Büro stand einen Spaltbreit offen. Vorsichtig trat er ein. Er musste nicht lange suchen. Auf dem Schreibtisch lag ein brauner DIN A4 Umschlag mit der Aufschrift „Stefan Roth“. Er stockte einen Moment. Er konnte den Blick nicht von dem Umschlag abwenden, er hatte Angst, was er darin finden würde.

Nachdem er den Umschlag fast eine Minute lang angestarrt hatte, gab er sich einen Ruck und nahm ihn vom Schreibtisch. Er war leicht, und er war nicht verschlossen. Im Inneren war nur ein einzelnes Blatt Papier. Mit fast schulmädchenhafter Handschrift waren darauf nur wenige Zeilen geschrieben. Stefan überflog den Text. Er war nicht überrascht, denn genau das hatte er nach der Aktion, die er beobachtet hatte, erwartet.

„Sie haben achtundvierzig Stunden Zeit. Kommen Sie zu der unten angegebenen Adresse. Sorgen Sie dafür, dass nicht noch mehr unschuldige Menschen Ihretwegen leiden.“

Darunter war eine Adresse in Belgien angegeben, die ihm nichts sagte. Wohl irgendein Industriekomplex, wie er vermutete. Er schloss die Augen. Das Manöver war klar. Sie wussten, wozu er imstande war, und hatten nie vorgehabt, ihn direkt zu konfrontieren, sondern sie benutzten Professor Keppler und Henry, um ihn zu erpressen. Genau das hatte er erwartet, als er den Umschlag gesehen hatte. Es war ein logisches Manöver, eiskalt und sehr effektiv. Und auch, wenn in dem Brief keine weitere Drohung geschrieben war, wusste er, dass damit die Idee, an die Öffentlichkeit zu gehen, unmöglich wurde, wenn er nicht zwei weitere Menschen opfern wollte.

Stefan erkannte, wie naiv seine Hoffnung gewesen war, vor dieser Gruppe flüchten zu können – und wie seine Dummheit nun den Professor unschuldig in Lebensgefahr gebracht hatte.

Die Tür zum Büro öffnete sich leise. Rebecca trat zu ihm und fasste ihn vorsichtig am Arm. Er drehte sich zu ihr, wollte etwas Beruhigendes sagen, wollte sagen, dass sie das schon irgendwie schaffen würden. Aber er konnte sie nur traurig anstarren. Wortlos gab er ihr den Brief. Ihre Augen füllten sich binnen Sekunden wieder mit Tränen.

„Was sollen wir denn jetzt machen …? Du kannst doch nicht …"

Er nahm ihr den Brief wieder aus den Händen und schob das Papier mit bewusst langsamen Bewegungen zurück in den Umschlag. Sein Nacken und sein Kopf begannen wieder mit fast unerträglicher Intensität zu pochen. Er atmete tief und versuchte den Schmerz zu ignorieren.

„Ich werde da hingehen. Aber nicht so, wie die sich das denken. Ich hole deinen Vater da raus. Und auch Henry."

Rebecca schüttelte nur den Kopf.

„Und wie? Stefan, du bist alleine. Wie soll denn das gehen? Das kann doch gar nicht …"

Ihre Stimme versagte. Er überlegte fieberhaft eine Antwort.

„Ich muss! Das hier ist meine Schuld. Ich lasse nicht zu, dass deinem Vater was passiert. Und ich werde da eine Lösung finden. Ich brauche nur …"

Eine Idee blitzte in seinem Kopf auf. Er brauchte Hilfe. Und um diesen Schweinen ihren Plan zu versauen, brauchte er auf jeden Fall Waffen. Damit konnte er umgehen, jetzt besser als je zuvor. Und sie hatten vielleicht noch eine Chance.

Der Gedanke elektrisierte ihn. Warum war er darauf nicht schon vorher gekommen? Er sah Rebecca eindringlich an.

„Kennst du das Passwort vom Computer deines Vaters hier im Büro?"

Rebecca nickte.

„651992", sagte sie knapp, „mein Geburtsdatum."

Stefan nickte. Sofort setzte er sich hinter den Schreibtisch des Professors und bewegte die Maus ein paarmal hin und her. Der Bildschirm erwachte zum Leben, und er gab das Passwort ein. Es funktionierte. Ohne weitere Erklärungen gab er einen Namen in Google ein. Als er die Suchergebnisse sah, nickte er zufrieden. Die aufkeimende Hoffnung verlieh ihm spürbare Energie.

„Major Hendricks. Der war auch dabei mit Van den Belk und den anderen. Und er ist mit Sicherheit nicht bei dieser Scheiße dabei. So was macht er nicht. Ich kenne ihn aus meiner Ausbildungszeit. Damals war er in Calw, das ist hier ganz in der Nähe …"

Er öffnete einige Suchergebnisse und gestattete sich dann ein schmales Lächeln.

„Und da ist er immer noch. Wenn uns einer helfen kann, dann er."

Er blickte zu Rebecca hoch, die ihn zweifelnd ansah. Er lächelte sie beruhigend an und bemühte sich, überzeugter zu wirken, als er es selbst gerade war.

„Und hier ist die Telefonnummer vom Stützpunkt. Wenn wir Glück haben, komme ich zu ihm durch!"

Er griff zum Telefon auf dem Schreibtisch und wählte die Nummer des Stützpunktes. Er konnte sein Glück kaum fassen, als der Diensthabende am Telefon ihn tatsächlich zum Major durchstellte, nachdem Stefan ihm seine Dienstnummer heruntergebetet hatte. Nach wenigen Augenblicken Warteschleifenmusik kam eine altbekannte Stimme aus dem Hörer.

„Hendricks."

Eine warme Welle der Hoffnung durchflutete Stefan. Er war sich sicher, jetzt würden sie Hilfe bekommen.

Das Telefonat dauerte keine zehn Minuten – aber danach fühlte er sich fast wie ausgewechselt. Er hatte Bernd Hendricks richtig eingeschätzt. Ohne Fragen zu stellen, hatte der zugesagt, sich mit den beiden an einem unauffälligen Ort außerhalb des Bundeswehrgeländes zu treffen. Alles, was Stefan ihm bis jetzt erzählt hatte, war, dass es kriminelle Machenschaften beim Human Enhancement Projekt gab und dass sie dringend die Hilfe des Majors brauchten. Er legte vorsichtig den Hörer auf und sah auf den Computerbildschirm.

„Gleich ist es Viertel nach neun. Hendricks hat gesagt, wir sollen ihn um 22 Uhr im Hotrod Café in Calw treffen. Anscheinend ein unauffälliger Laden, wo er manchmal noch was trinken geht. Bis dahin fahren wir etwa eine halbe Stunde. Wir brauchen nur noch ein Auto. Ich will nicht noch mal den Wagen von Van den Belk nehmen, nur zur Sicherheit …"

„Wir können den von meinem Vater nehmen", sagte Rebecca, „ich weiß, wo der Ersatzschlüssel ist."

Zu Stefans Freude nahm ihr Gesicht wieder eine bessere Farbe an. Sie wirkte immer noch müde und niedergeschlagen, aber die Hoffnung auf Hilfe gab auch ihr wieder ein wenig Energie und Zuversicht. Als Stefan ihr lächelnd zunickte, griff sie neben ihm an eine Schreibtischschublade, öffnete sie und zog ein kleines Kästchen heraus. Darin lag eine Handvoll einzelner Schlüssel, unter anderem der für den BMW 750i des Professors, der eher an eine edle Fernbedienung als an einen Autoschlüssel erinnerte. Sie nahm ihn heraus und lächelte Stefan mit entschlossen blitzenden Augen an.

„Dann lass uns aufbrechen. Ich fahre. Schließlich will ich nicht meinem Papa beichten müssen, dass wir zu allem noch sein Auto ruiniert haben …"

Das Hotrod Café entsprach genau Major Hendricks' Beschreibung. Von außen unauffällig, war es innen immerhin warm und gemütlich, eher schummrig beleuchtet, und trotz des Wochentags immerhin so voll, dass Stefan und Rebecca nicht weiter auffielen. Sie kamen noch vor der verabredeten Zeit an, und Stefan bestellte für sie beide ein kleines Bier – genug, um die immer noch vibrierenden Nerven etwas zu beruhigen, aber nicht ganz müde zu werden. Sie zogen sich in eine kleine Sitznische zurück, deren Sitzbänke aus alten Paletten mit Kissen darauf bestanden. Die ganze Bar wirkte eher wie der Partykeller einer Studenten-WG, hatte aber durchaus Charme. Die Gäste nahmen allesamt keine Notiz von ihnen, was Stefan sehr recht war. Kurz vor 22 Uhr öffnete sich die gläserne Eingangstür erneut, und Major Bernd Hendricks trat, begleitet von einem Schwall kalter Luft, ein. Er ließ aufmerksam seinen Blick schweifen und bemerkte Stefan und Rebecca. Zügig ging er zu ihnen. Stefan war überrascht, dass Hendricks bereits Freizeitkleidung trug – eine verwaschene Jeans, einen dicken Strickpullover und eine etwas abgewetzt wirkende Daunenjacke. Er hätte ihn fast nicht erkannt, da er den Major nur in Dienstuniform kannte. Offensichtlich wollte er hier nicht auffallen. Wortlos setzte sich Hendricks an ihren Tisch. Ein kurzer Blick von ihm zu dem Mädchen an der Bar reichte aus, dass ihm ebenfalls in rekordverdächtiger Zeit ein Bier gebracht wurde. Offenbar war er hier kein ganz Unbekannter. Mit wachen, kühlen Augen fixierte er die beiden.

„Also, dann lassen Sie mal hören, Roth. Was ist passiert?"

Stefan nickte. So kannte er Hendricks, der verschwendete keine Zeit. Und er hatte verstanden, dass es hier um etwas Ernstes ging. Zum zweiten Mal binnen weniger Stunden erzählte Stefan ihre Geschichte. Der Major unterbrach ihn kein einziges Mal. Als er fertig war, spürte Stefan, wie rau und trocken seine Kehle war. Dankbar nahm er den Rest von Rebeccas Getränk an, das sie ihm mit fragendem Gesichtsausdruck vor die Nase hielt. Hendricks schwieg einige Sekunden, dann lehnte er sich schnaufend zurück.

„Das tut mir alles wirklich leid, Roth. Damit hätte ich niemals gerechnet. Ich hatte mit der ganzen Sache nicht viel zu tun, die haben mich nur für den einen Termin dazu geholt und mich über Sie ausgefragt, über Ihre Eignung. Ich konnte nur Gutes über Sie berichten. Und diesen Van den Belk kannte ich von früher, aus meiner Zeit beim EU-Battlecorps. Der war damals noch beim Geheimdienst, aber eigentlich ein guter Mann … Verdammte Scheiße, das alles …"

Seine Stimme verlor sich, und er trommelte gedankenverloren mit den Fingern auf der Tischplatte. Stefan wartete ab. Hendricks dachte noch einen Moment nach und sah ihm dann direkt in die Augen.

„Was genau erwarten Sie sich jetzt in dieser Sache von mir?"

Stefan lehnte sich vor und sprach leise.

„Ich weiß es nicht. Also, nicht genau … Aber ich muss die beiden da rausholen. Und ich hatte gehofft, Sie könnten uns irgendwie helfen … Ich … ich weiß nicht …"

Er ärgerte sich, dass er unter Hendricks' kühlem, prüfendem Blick zu stammeln anfing. Hendricks beugte sich ebenfalls zu ihm vor und sprach leise und eindringlich.

„Sie wollen da allen Ernstes hinfahren? Am besten noch bis an die Zähne bewaffnet, und dann Rambo spielen und Ihre Freunde retten? Roth, Mann, ich hätte mehr von Ihnen erwartet! Haben Sie die Einheiten zum Thema taktisches Vorgehen verschlafen?"

Stefan fühlte, wie er rot wurde. Der Mann war einer seiner strengsten Ausbilder beim KSK gewesen, und Stefan kam sich wieder wie ein junger Kadett vor, der gerade bei einer Dummheit erwischt worden war. Hendricks ließ zischend Luft ab und beugte sich dann ganz nahe an Stefans Gesicht heran.

„Sie wollen genau das machen, was die von Ihnen erwarten. Das ist idiotisch, und alles, was Sie damit erreichen, ist, dass Sie sich denen ausliefern – ganz egal, was Sie jetzt vielleicht mit Ihren tollen Roboterarmen alles machen können. Das ist Selbstmord, und das wissen Sie. Und dabei werde ich Ihnen garantiert nicht helfen."

Er lehnte sich wieder zurück und sah die beiden eine Weile ruhig an. Stefan war so erschüttert von der klaren Ansage, dass er keinerlei Erwiderung wusste. Er spürte, wie Rebecca unter dem Tisch seine Hand drückte. Schweiß brach in seinem Nacken aus. Dann beugte sich Hendricks wieder zu ihnen vor, diesmal mit weicherem Ausdruck in seinem kantigen Gesicht.

„Hören Sie, wir finden da einen Weg. Aber zuerst einmal müssen Sie runterkommen. Sie beide. Sie sind komplett fertig, können nicht mehr klar denken. Egal, was Sie jetzt machen, das wird nichts."

Stefan hob die Hand, um ihn zu stoppen.

„Die haben eine Frist von achtundvierzig Stunden gesetzt. Wenn ich bis dahin nichts unternommen habe, dann ..."

Hendricks brachte ihn mit einem kurzen Blick aus seinen eisblauen Augen zum Schweigen.

„Und Sie haben immer noch mehr als vierundvierzig davon übrig. Nutzen Sie die vernünftig. Hektisches Drauflosagieren bringt Ihnen jetzt nur Nachteile. Verdammt, Roth, was habe ich Ihnen denn beigebracht?"

Stefan schluckte. Natürlich hatte Hendricks recht. Er nickte und schwieg. Hendricks trommelte einige Sekunden mit den Fingern auf den Tisch. Dann griff er in die Tasche seiner Jacke hinter sich und holte einen Schlüsselbund heraus. Er löste vorsichtig einen Schlüssel ab, legte ihn auf den Tisch und schob ihn zu den beiden herüber.

„Meine Tochter studiert. Das ist ihre Studentenbude in Pforzheim, keine halbe Stunde weg von hier. Sie ist im

Moment für ein Auslandssemester in London. Ich habe mich entschlossen, ihre Wohnung für die Zeit weiterzuzahlen. Ist günstig und zentral, und so was findet sie so schnell nicht wieder. Da könnt ihr erst mal hin, ihr habt die Wohnung ganz für euch. Da findet euch niemand. Da könnt ihr heute Nacht schlafen und auftanken."

Stefan legte zögernd seine Hand auf den Schlüssel.

„Und das andere …?"

Hendricks trommelte wieder mit den Fingern auf dem Tisch und überlegte. Dann nickte er kurz.

„Ich werde da mal ein paar Sachen überprüfen. Ein paar Dinge, die Sie da erzählt haben, sagen mir was. Ich mache morgen früh ein paar Anrufe und melde mich dann bei Ihnen. Und bis dahin – tun Sie sich selbst den Gefallen und ruhen Sie sich aus. Sie beide!"

Stefan wusste, dass Hendricks recht hatte. Er lief selber nur noch auf Adrenalin und konnte kaum noch klar denken. Er nickte langsam.

„Danke. Ich … ich weiß das zu schätzen, wirklich …"

Hendricks schnitt ihm mit einer knappen Handbewegung das Wort ab. Dann nahm er sein Glas, trank in einem Zug den Rest aus und stand auf.

„Gymnasiumstraße 6, Pforzheim, direkt im Zentrum. Das Appartement, meine ich. Ist im zweiten Stock, ‚Tina Hendricks' steht an der Klingel. Der Schlüssel passt für alle Türen. Im Appartement ist ein Telefon, Festnetz. Ich melde mich. Und die Getränke hier gehen auf mich."

Damit stand er auf, ging mit zügigen Schritten zur Theke und winkte das Mädchen hinter dem Tresen zu sich heran. Nach einem kurzen Wortwechsel legte er ihr zwei

Geldscheine auf den Tresen, drehte sich um und verließ die Bar, ohne sich noch einmal umzusehen.

Das Appartement erwies sich als ein wahres Geschenk des Himmels. Es war klein, lediglich ein Zimmer mit einer Kochnische und einem kleinen, angrenzenden Bad. Aber es war sauber, gemütlich, und vor allem vermittelte es ihnen ein Gefühl von Sicherheit. Stefan durchmaß den kleinen Raum mit drei großen Schritten und schob vorsichtig die Gardinen zu, um den etwas aufdringlichen Schein der Straßenlaternen auszusperren. Dann trat er zu Rebecca und schloss sie fest in die Arme. Sie standen eine Weile eng umschlungen da und gaben einander die Beruhigung, füreinander da zu sein. Schließlich löste sich Rebecca zögernd von ihm.

„Ich werde mal die Dusche hier ausprobieren. Fühlt sich an, als würde ich schon ewig in den Klamotten hier rumlaufen …“

Sie lächelte ihn zögerlich, fast etwas scheu an und entschwand in Richtung des kleinen Badezimmers. Stefan ließ sich auf das Bett fallen, legte sich auf den Rücken und schloss die Augen. Hinter seinen geschlossenen Lidern kreisten Lichter, und in seinen Ohren hörte er sein eigenes Blut rauschen. Er war fix und fertig. Hendricks hatte recht gehabt. In diesem Zustand würde er sich eher ein Loch in die eigenen Füße schießen, als irgendetwas Sinnvolles auszurichten. Morgen, nach ein paar Stunden Schlaf, würde er die Situation deutlich besser beurteilen können und dann vielleicht einen Ausweg finden. Aber jetzt war er froh, einfach nur dazuliegen. Er hörte, wie die Dusche im Nebenraum rauschend ansprang. Der Klang war so beruhigend normal, dass er dabei langsam wegdämmerte.

Als er aus dem Dämmerschlaf, in den er gefallen war, aufwachte, saß Rebecca neben ihm auf dem Bett und streichelte sanft seinen Kopf. Ihr langes Haar hing nass an ihrem Kopf herunter, sie trug einen Bademantel, den sie aus Tina Hendricks' Bad genommen hatte. Offensichtlich waren die beiden ungefähr gleich groß. Als sie merkte, dass er sie ansah, lächelte sie. Ihre Wangen hatten wieder etwas mehr Farbe, auch wenn ihr vor Müdigkeit die Augen fast zufielen. Stefan kannte diesen Effekt – wenn das Adrenalin einmal nachließ, dann fiel man in ein fast bodenloses Loch. Er stützte sich mühsam hoch, selber noch schlaftrunken und ausgelaugt.

„Ich werde dann auch noch mal …"

Er machte sich nicht die Mühe weiterzusprechen, sondern taumelte an ihr vorbei ins Bad. Die Aussicht, die Ereignisse der letzten vierundzwanzig Stunden zumindest ein wenig von seinem Körper abzuwaschen, gab ihm noch ein letztes bisschen Energie. Im Bad zog er sich umständlich aus und warf seine Sachen achtlos auf die Seite. Er trat in die kleine Dusche, zog den dünnen Plastikvorhang zu und stellte das Wasser an. Das Gefühl des heißen Wassers auf seiner Haut war herrlich und entspannte seine verkrampften Nackenmuskeln. Eine Zeit lang stand er einfach nur so mit geschlossenen Augen da und ließ den Wasserstrahl auf seinen Nacken prasseln. Dann öffnete er die Augen und sah sich nach Seife um, die in sorgfältig arrangierten Döschen und Spendern in verschiedensten Formen und Farben in der Dusche bereitstand. Er schüttelte den Kopf ob der kuriosen Situation. Vor wenigen Stunden war sein Leben zum zweiten Mal innerhalb weniger Monate komplett zerlegt worden, und jetzt hatte er dafür die freie Auswahl zwischen „Frühlingsblumen", „pflegendem Seidenöl" und „Kokos-Mandel-Palmen"-Duft. Er drückte blind einen der Seifenspender und seifte sich ein. Als seine Hände über die Ansatzstellen zwischen seinen Schultern und den künstlichen Armen fuhren, überfiel ihn eine tiefe Traurigkeit. Er tastete weiter, spürte die Schlauchleitungen, die gebündelt in weitere Platten an seinen Schulterblättern und an seinem Nacken mündeten. Er konnte den Schweiß und Schmutz des Tages wegspülen, so viel er wollte, am Ende war er immer noch ein verdammter Cyborg. Und deswegen wollten diese Moreau und wer immer noch dabei war ihn haben. Statt ihm sein Leben zurückzugeben, hatten sie ihm seine Menschlichkeit genommen. Er ballte seine Fäuste und biss die Zähne zusammen, bis seine Kiefer schmerzten. Er konnte jetzt kein Selbstmitleid brauchen. Dafür war noch genug Zeit, wenn sie das hier überstanden hatten. Falls sie es überstehen würden.

Nachdem er sich abgetrocknet hatte, zog er sich T-Shirt und Hose wieder über und ging in das kleine Zimmer. Rebecca hatte das Licht bereits ausgeschaltet. Das Zimmer wurde nur von dem diffusen Schein, der noch durch die geschlossenen Vorhänge fiel, sanft erhellt. Er brauchte eine Sekunde, um nach dem grellen Licht im Badezimmer wieder richtig sehen zu können. Unter der Bettdecke konnte er Rebeccas Silhouette erkennen. Sie drehte das Gesicht zu ihm und sah ihn auffordernd an.

„Gibt nur ein Bett hier … Wenn du also nichts dagegen hast, mit mir hier zu sein, dann …“

Sie schlug die Decke etwas zurück. Der Bademantel, den sie eben noch getragen hatte, hing ordentlich über einen Stuhl drapiert. Stefan schluckte. Dann ging er zum Bett und setzte sich neben sie. Sie richtete sich auf und drückte sich von hinten an ihn, legte sanft die Arme um seinen Oberkörper. Er konnte ihre nackten Brüste an seinem Rücken spüren. Ihre immer noch feuchten Haare fielen kühl gegen sein T-Shirt. Er spürte, wie sich seine Kehle zusammenzog. Sein Herz klopfte fast schmerzhaft in seiner Brust – und auch in seiner Unterhose. Er spürte, wie ihre schlanken, kühlen Finger sich langsam unter sein Shirt schoben. Ein paar Atemzüge lang ließ er es geschehen, genoss einfach das Gefühl auf seiner Haut, dann hielt er ihre Hände zärtlich fest. Er löste sich von ihr und sah sie an, schüttelte den Kopf, sah ihren nackten Oberkörper so nah vor sich, sanft beschienen von dem gelblichen Laternenlicht. Er konnte nichts sagen, aber der Blick in seinen Augen sagte ihr offenbar genug. Sie streichelte zart seine Wange.

„Was ist? Ist es dir unangenehm?“

Er wollte Nein sagen, sagen, dass er genau das wollte, seit er sie zum ersten Mal gesehen hatte. Aber aus seinem trockenen Mund kam kein Geräusch. Sein Kopf war ein einziges Chaos, seine Wangen und Ohren wurden rot, was die Sache nur noch schlimmer machte. Er schüttelte abermals den Kopf und räusperte sich, um irgendwie seine Stimme wiederzufinden.

„Es ist … mir nicht unangenehm, ganz und gar nicht … du … du bist wunderschön …“

Irgendwie klang das so furchtbar banal in seinen Ohren, jetzt, wo er es ausgesprochen hatte. Aber es schien sie nicht zu stören. Sie streichelte sanft seine Schultern, sah ihm direkt in die Augen und legte fragend den Kopf schief.

„Es ist nur … ich … dieser Körper … das ist für mich so komisch … und diese Prothesen, diese …"

Erneut schnürte sich seine Kehle zu, und seine Stimme versagte. Er spürte, wie sich seine Augen mit Tränen füllen wollten. Verdammt noch mal, er konnte doch jetzt nicht vor ihr heulen! Er war Soldat und kein fünfjähriger Junge. Aber seine Gedanken machten alles nur noch schlimmer, und alles, was er tun konnte, war, seinen Blick zu senken. Er spürte, wie Rebecca näher zu ihm kam und ihn unendlich sanft an sich drückte. Ihre Lippen waren ganz nahe an seinem Ohr.

„Es ist okay, Stefan. Das muss wahnsinnig schwer sein für dich. Ich versteh das, aber …"

Sie nahm sein Gesicht in die Hände und zwang ihn, ihr direkt in die Augen zu sehen. Dann küsste sie ihn zärtlich auf den Mund, bevor sie wieder ihre Wange an seine legte und leise in sein Ohr sprach.

„Aber für mich ist das alles dein Körper, das bist du. Und ich will dich. Wenn nicht jetzt, dann wenn du bereit bist, okay?"

Alles, was Stefan tun konnte, war, sie fest an sich zu drücken. Wenn er sich ganz stark auf ihren Herzschlag an seiner Brust konzentrierte, dann schaffte er es vielleicht, nicht loszuheulen. Bestimmt.

26

Das Telefonklingeln weckte ihn aus seinem bleischweren Schlaf. Er blinzelte ein paar Sekunden orientierungslos. Rebecca lag eng an ihn gekuschelt, ihr Arm über seiner Brust und ihr Gesicht in seiner Armbeuge vergraben. Eine Welle von wohliger Wärme durchfuhr ihn. Und anschließend ein Stich, als er an den gestrigen Abend dachte. Das weiterhin penetrant klingelnde Telefon bewahrte ihn vor weiteren Erinnerungen. Er rappelte sich auf und sah sich um. Auf einem kleinen Sideboard neben der Küchenzeile stand ein altmodisches, klobiges Telefon. Stefan nahm den Hörer ab und sah sich zu Rebecca um. Sie lag weiterhin eingekuschelt im Bett, obwohl sie von dem aufdringlichen Läuten sicherlich wach geworden war. Stefan nahm den Hörer ans Ohr, sagte jedoch nichts. Hendricks' Stimme bellte ihm entgegen.

„Roth, sind Sie da?"

„Guten Morgen, Major Hendricks. Ja, ich bin ..."

Mehr brachte er nicht heraus, bevor Hendricks ihm das Wort abschnitt.

„Hören Sie mir gut zu, Roth. Ich habe heute Morgen ein paar meiner Kontakte gesprochen. Vertraulich. Und was ich da gehört habe, gefällt mir ganz und gar nicht. Da geht mehr vor, als Sie jetzt vielleicht wissen. Und ich weiß nicht, wer da alles mit drinhängt."

Er machte eine kurze Pause, und Stefan hörte, wie er im Hintergrund herumkramte und auf einer Tastatur etwas eintippte.

„Aber ich habe etwas für Sie. Damit können Sie arbeiten. Das Spielfeld etwas ebnen."

„Und das wäre?"

„Diese Frau, die Ihre Freunde einkassiert hat und Sie haben will …"

„Nicole Moreau?"

Hendricks grunzte bestätigend als Antwort. Weiteres Klappern der Tastatur.

„Holen Sie sich einen Zettel und einen Stift, Roth. Machen Sie die Kommode auf, wo das Telefon draufsteht, da hat meine Tochter normalerweise immer Papier und Stifte drin. Sie werden sich das notieren müssen."

Stefan tat, was der Major ihm gesagt hatte, und fand einige Kugelschreiber und kleine Post-it-Zettel in der Schublade.

„Okay, hab's gefunden."

„Papenweg 1, Sint Pieters-Leuw. Das ist ein Vorort von Brüssel. Haben Sie das?"

Stefan bejahte und las die Adresse zur Sicherheit noch einmal laut vor.

„Okay. Das, was Sie da haben, ist die Privat-Adresse von Nicole Moreau. Ein Appartement, das ihr die EU zugeteilt hat. Eigentlich ist es ein Safe House, alles etwas inoffiziell. Und die wissen nicht, dass Sie das jetzt wissen.

Damit haben Sie einen Vorteil. Wie gesagt, ausgeglichenes Spielfeld. Verstehen Sie, was ich meine?"

Stefan grinste grimmig.

„Ich verstehe, Major Hendricks. Danke!"

„Greifen Sie niemals da an, wo Ihr Gegner seine Stärken hat. Greifen Sie da an, wo er Sie nicht vermutet. Bleiben Sie taktisch, Roth. Das haben Sie bei mir gelernt. Nur so haben Sie eine Chance. Und mehr als das kann ich Ihnen nicht geben. Aber wenn Sie wirklich können, was Sie mir erzählt haben, dann dürfte das vielleicht reichen, um Ihnen einen Vorteil zu verschaffen. Sauber planen, dann exekutieren. Denken Sie daran!"

Stefan spürte, wie er unwillkürlich seinen Brustkorb straffte.

„Das werde ich, Major Hendricks. Eine Frage noch: Hat sie Bewachung?"

Hendricks überlegte kurz.

„Kann ich Ihnen nicht sagen. Aber gehen Sie davon aus, dass sie auf jeden Fall ein bis zwei Mann dort hat. Aber sie erwarten dort keinen Angriff. Die Adresse, die ich Ihnen gegeben habe, ist nur wenigen bekannt. Sie wird sich dort sicher fühlen."

„Danke, Major Hendricks. Danke für alles. Auch für die Wohnung. Das war …"

„Vergessen Sie's, Roth. Bleiben Sie einfach am Leben. Ich werde hier sehen, was ich noch tun kann."

Damit legte er ohne ein weiteres Wort auf. Stefan stand eine Weile einfach nur da, den Hörer in der Hand. Er war dem Major unendlich dankbar. Mit dieser Information hatte er vielleicht wirklich eine Chance. In seinem Kopf ging er bereits die nächsten Schritte durch. Er hatte nicht mehr allzu viel Zeit. Heute Abend noch musste er in Brüssel sein. Er hatte jetzt eine Mission. Er ballte die Fäuste. In seinem Kopf verschoben sich gerade einige Dinge. Bisher war er der Gejagte gewesen. Das würde sich jetzt ändern. Er spürte, wie sein Herz schneller schlug, doch diesmal war es ein gutes Gefühl. Er war lebendig, und er hatte eine Richtung.

Ein Rascheln vom Bett riss ihn aus seinen Gedanken. Rebecca hatte sich aufgesetzt und sah ihn durchdringend an. Sie hatte das Gespräch mitgehört, zumindest seinen Teil davon. Und sie war intelligent genug, um sich den Sinn zusammenzureimen.

„Du willst da hin, oder? Zu der Adresse, die du dir notiert hast …“, fragte sie zaghaft.

Stefans kurzfristige Hochstimmung bekam unmittelbar eine Delle, als er ihre unsichere Stimme hörte. Ja, er wollte dorthin, und er würde hinfahren. Aber er musste es allein machen. Denn das, was jetzt kam, war ein Kampfeinsatz. Und es war allein sein Einsatz, er musste sie da raushalten. Sie studierte sein Gesicht und wusste es, ohne dass er etwas sagen musste. Ihre Augen füllten sich mit Tränen. Stefan stand auf und ging zu ihr, er fühlte, wie sein Herz auseinanderzubrechen schien. Aber die Entscheidung war gefallen, es ging nicht anders. Er setzte sich zu ihr auf das Bett und schloss sie sanft in die Arme.

„Ich muss das machen. So kriegen wir deinen Vater zurück, und Henry. Das ist im Moment unsere einzige Chance.“

Sie nickte in seinen Armen und hielt ihn umso fester. Nach einer Weile löste sie sich von ihm und wischte sich vorsichtig die Tränen aus den Augen. Sie sah ihn an und zeichnete mit ihren Fingerspitzen sanft sein Gesicht nach.

„Du willst zu dieser Frau, nicht wahr? Diese Adresse …"

„… ist ihre Privatwohnung. Hendricks hat Beziehungen spielen lassen, die Adresse kennt kaum einer. Da wird sie sich sicher fühlen. Und dort krieg ich sie. Damit bekommen wir deinen Vater und Henry frei. Dann haben wir ein Druckmittel."

Rebecca dachte einen Moment nach.

„Und was, wenn das nicht reicht? Oder wenn es nicht funktioniert?"

Stefan antwortete nicht. Das waren Gedanken, die er sich nicht machen wollte. Er streichelte wortlos ihren Kopf, ihre Schultern, und nahm dann ihre Hände in seine.

„Ich muss da allein hin. Ich kann das schaffen, aber …"

Sie legte ihm den Finger auf die Lippen.

„Ich weiß. Ich bin nicht blöd, und ich werde jetzt garantiert nicht so einen Blödsinn anfangen wie ‚ich komme aber mit'. Das ist Unsinn. Aber komm bitte wieder, okay?"

Er schluckte schwer. Dann bemühte er sich, für sie ein zuversichtliches Gesicht zu machen.

„Klar werde ich das. Bleib du hier, in der Nähe des Telefons. Hier finden sie dich nicht, und wenn es Probleme gibt, kannst du dich an Hendricks wenden. Und es wird nicht lange dauern … heute Abend bin ich bei Moreau, und dann werden wir sehen …"

Sie hielten einander noch eine lange Zeit eng umschlungen, ohne etwas zu sagen. Es gab nichts mehr, was sie noch sagen konnten. Dann stand Stefan auf und zog sich an. Er nahm den BMW-Schlüssel und gab ihr noch einen langen, letzten Kuss. Einen *vorläufig* letzten, ermahnte er sich. Er hatte schließlich versprochen, heil zurückzukommen.

27

Es war kurz vor 17 Uhr, als er mit dem BMW in das Viertel einbog, in dem die Wohnung von Nicole Moreau lag. Trotz der langen und eintönigen Autofahrt waren seine Sinne wach und gespannt. Er hatte die letzten Stunden, die Fahrt durch eine sich langsam verändernde, jedoch stetig graue Landschaft, dazu genutzt, sich innerlich leer zu machen. Emotionslos, zumindest so weit es ging. Jetzt zählte nur noch die Mission. In dem großen BMW fühlte er sich wie durch eine Mauer von der Außenwelt getrennt. Nur ganz leise drangen die Fahrgeräusche und das gedämpfte Rauschen des nieselnden Winterregens in das Innere. Jetzt bog er langsam in die Straße ein, die Hendricks ihm genannt hatte. Laut GPS war er nur noch wenige Meter von seinem Ziel entfernt. Der Papenweg war, wie der Name bereits vermuten ließ, eine schmale Straße in einer eher landwirtschaftlich geprägten Gegend, die Stefan an die Umgebung der Forschungsklinik erinnerte. Offenbar hatten diese Leute eine Vorliebe für kleine belgische Dörfer. Immerhin war man hier ungestört. Er bemühte sich, den Kopf nicht auffällig zur Seite zu drehen, als er an dem Haus mit der

Nummer 1 vorbeifuhr. Es war ein gemütlich aussehender Klinkerbau, typisch für die älteren Häuser dieser Gegend. Es bestand aus einem flacheren Gebäudeteil und einem schmalen, zweistöckigen Gebäude, das deutlich älter wirkte als der eingeschossige Anbau. Er schätzte, dass das gesamte Gebäude vielleicht zwei oder maximal drei Wohneinheiten hatte. Ideal für ein Safe House. So konnte jeweils eine zu schützende Person dort leben, zusammen mit einer kleinen Bewachungseinheit, ohne dass man sich dauernd in die Quere kam. In der kleinen Hofeinfahrt vor dem Haus parkte kein Auto, hinter den Fenstern war kein Licht zu sehen. Offensichtlich war das Haus verlassen, und es gab auch keinerlei Wachtposten. Die hätte er in jedem Falle bemerkt – in der flachen und eintönigen Landschaft gab es so gut wie kein Versteck, und das nächste Gebäude, ein etwas größerer Bauernhof mit Lagerhalle, war einige hundert Meter entfernt. Langsam fuhr er die Straße entlang und suchte fieberhaft nach einem guten Aussichtspunkt. Die Tatsache, dass es hier unmöglich war, Wachtposten zu verstecken, war zwar gut, aber das hieß im Umkehrschluss auch, dass er selber kein Versteck hatte. Die Uhr auf dem Display des BMW zeigte, dass es kurz nach 17 Uhr war. Nicole Moreau würde sich wohl kaum an normale Bürozeiten halten, aber er vermutete, dass auch sie gerne nachts schlief – und damit wohl irgendwann zwischen 18 und 22 Uhr hier eintreffen würde.

Er fuhr eine Weile ziellos herum, dann wendete er und fasste einen Plan. Die einzige Möglichkeit, sich hier in der Gegend zu verstecken, war die Lagerhalle in der Nähe ihres Hauses. Wenn er Glück hatte, war sie verlassen und diente nur als Gerätelager für den Bauernhof nebenan. Wenn nicht … nun, das Problem würde er lösen, wenn es auftrat. Er fuhr einen großen Bogen, um nicht wieder an Moreaus Haus vorbeifahren zu müssen, und näherte sich langsam der großen Lagerhalle. Bereits von Weitem konnte er sehen, dass auch hier keine Autos geparkt waren und aus keinem der Fenster Licht drang, obwohl es mittlerweile bereits relativ dunkel war. Auf einer Freifläche standen diverse Anhänger und zwei Traktoren, aber es regte sich nichts. Vielleicht hatte er ja Glück. Wenig später bog er in die breite Einfahrt des Grundstücks ein. Er navigierte den Wagen hinter das Gebäude, sodass er von der Straße nicht mehr zu sehen war. Dann wartete er erst einmal einige Minuten ab und beobachtete die Umgebung. Bis auf das stetige Geräusch des Regens, der auf das Autodach trommelte, war nichts zu hören. Alles um ihn war ruhig und wurde in immer dichtere Dunkelheit gehüllt. Als er eine Viertelstunde so abgewartet hatte, fühlte er sich sicher genug und stieg aus. Er lief zügig an der Wand der Lagerhalle entlang und fand eine schmale Blechtür an der Rückseite. Er drückte vorsichtig die Klinke herunter, aber natürlich war die Tür verschlossen. Noch einmal sah er sich um. Keine Menschenseele weit und breit. Ein schneller, kräftiger Tritt gegen das Schloss ließ die Tür mit einem lauten Krachen nach innen schlagen, der dünne Blechrahmen war nun verbogen und unbrauchbar. Erneut drückte sich Stefan eng an die Wand der Halle und wartete. Es regte sich nichts. Er huschte hinein. Das Innere der Halle bestätigte seine Hoffnung – es war offenbar eine Lagerhalle und Wartungswerkstatt für Fahrzeuge und Landmaschinen. Wie Saurierskelette standen große Pflüge, Mähdrescher und andere Maschinen ordentlich aufgereiht, ihre Silhouetten waren geisterhaft im Dämmerlicht. Stefan durchquerte die Halle, so zügig er konnte. An der zur Straße gewandten Seite hatte er mehrere kleine Fenster entdeckt, und genau diese waren sein Ziel.

Er konnte sein Glück kaum fassen, als er unter einem der Fenster nicht nur einen kleinen Tisch und drei etwas wackelige Stühle fand, sondern auch noch einen kleinen Heizlüfter. Offensichtlich diente diese Ecke den Mechanikern für ihre Pausen. Auf dem Tisch standen noch zwei benutzte Kaffeebecher mit eingetrockneten Resten und ein halb voller Aschenbecher. Stefan schaltete das kleine Heizgebläse ein, das mit leichtem Schnarren zum Leben erwachte. Die Luft, die es ausblies, roch muffig, aber war zumindest warm und trocken. Er seufzte erleichtert. Zumindest dieser Teil lief schon einmal besser, als er es zu hoffen gewagt hatte. Er richtete den kleinen Heizlüfter aus, stellte sich ans Fenster und machte sich bereit für eine lange Wartezeit.

Es dauerte nicht lange, bis ihn ein Motorengeräusch aufblicken ließ. Vorsichtig lugte er aus dem mit Staub beschlagenen Fenster und konnte auf der Straße zwei rasch näherkommende Scheinwerfer sehen. Sie lagen recht hoch. Wohl ein Van oder ein Geländewagen. Kurz darauf war er sich sicher. Auf der Straße vor ihm fuhr langsam einer der schwarzen Transporter vorbei, die er auch vor Professor Kepplers Klinik gesehen hatte. Er stand auf und huschte durch die dunkle Halle zurück zu der Tür, die er notdürftig an den verbeulten Rahmen angelehnt hatte. Draußen stellte er dankbar fest, dass der Regen aufgehört hatte. Der Abend war nun vollkommen still und klar. Er konnte hören, wie der Van vor dem Haus von Moreau anhielt. Das Motorengeräusch endete in einem erwürgten Rasseln, und zwei Türen wurden nacheinander geöffnet und wieder zugeschlagen. Danach hörte er nichts mehr. Zwei Türen – auch das waren gute Nachrichten. Denn dann konnten es nicht mehr als zwei Bewacher und Nicole Moreau sein. Oder es waren nur zwei Bewacher, vielleicht eine Art Vorhut. In jedem Falle hätte er bei mehr als drei Personen auch die hinteren Türen des Vans zuschlagen hören müssen. Kurzentschlossen ging er über die dunklen Felder in Richtung des Hauses. Wenn die beiden Passagiere des Vans noch im Hof standen oder gerade ins Haus gingen, dann würden sie ihn jetzt nicht sehen können, obwohl er völlig ohne Deckung lief. Er beschleunigte seine Schritte und legte die Strecke bis zum Haus mühelos in einer Geschwindigkeit zurück, die für andere bereits ein Sprint gewesen wäre. In solchen Momenten hatte es doch etwas für sich, ein halber Roboter zu sein.

Vorsichtig presste er sich an die Wand von Nicole Moreaus Haus. Er konnte leise Stimmen hören. Langsam schob er sich, einen Fuß nach dem anderen, an der Hauswand entlang in Richtung Innenhof. Die Stimmen wurden lauter. Nach einer Minute war er am Ende der Hauswand angelangt und linste vorsichtig um die Ecke. Im Hof sah er zwei Schatten neben dem Van stehen. Fetzen einer Unterhaltung waren hörbar, jedoch ohne dass er Worte ausmachen konnte. Dafür konnte er zwei glühende orange Punkte erkennen. Es waren tatsächlich zwei Bewacher, und sie vertrieben sich noch die Zeit bei einer Zigarette. Wahrscheinlich würde Nicole Moreau bald nach ihnen eintreffen. Stefan überlegte kurz, wägte das Risiko ab. Bis zu den beiden waren es ungefähr zwölf Meter. Beide waren entspannt und mit sich selbst beschäftigt. Der Moment war perfekt. Er atmete ein paarmal bewusst tief und ruhig ein und aus. Dann stieß er sich mit der geballten Kraft seiner beiden Beine ab. Er brauchte nicht einmal drei Sekunden, bis er den ersten Mann erreichte. Im Laufen schlug er mit der Handkante unterhalb des gerade rot aufglühenden Punktes zu. Er traf genau den Kehlkopf. Der Mann taumelte würgend nach hinten und fiel rückwärts um. Der Zweite erstarrte eine halbe Sekunde im Schreck und griff dann instinktiv unter seine Lederjacke. Zu spät. Stefan war mit einem Sprung neben ihm und trieb ihm mit berserkerhafter Kraft eine Faust in die Leber. Der Mann grunzte und sackte vornüber.

Sofort packte Stefan seinen Kopf und riss ihn wieder hoch, zog ihn nach hinten, packte seinen Hals in einen Würgegriff und drückte zu. Zunächst nur mit wenig Kraft, er wollte dem Typen nicht den Kopf abreißen. Noch nicht. Er brachte seinen Mund ganz nahe an das Ohr des Mannes heran. Seine Stimme war leise und kalt.

„Du weißt, wer ich bin, oder?"

Der Kopf des Mannes zuckte ganz leicht auf und ab. Mehr konnte er nicht tun, denn Stefans eiserner Griff ließ ihm keinen Bewegungsspielraum.

„Dann weißt du auch, dass ich dir den Hals breche, wenn du irgendwas versuchst. Ich stell dir jetzt ein paar

Fragen. Und du antwortest ganz brav und ruhig. Wenn du irgendeinen Scheiß machst, bist du sofort tot. Klar?"

Wieder ein angedeutetes Nicken.

„Hol ganz langsam deine Waffe aus dem Holster. Fass sie nur mit den Fingerspitzen an. Halt sie vor dich, nur mit zwei Fingern. Keine schnellen Bewegungen."

Der Mann tat, was er ihm befohlen hatte. Wie in Zeitlupe griff er in seine Jacke und förderte mit zitternder Hand eine H&K 45 Compact Automatik Pistole zutage. Mit einer Hand griff Stefan die Waffe und steckte sie hinten in seinen Hosenbund. Jetzt hatte er immerhin eine Feuerwaffe.

„Wie viele von euch sind hier?"

Er ließ seinen Würgegriff vorsichtig noch ein wenig lockerer, bereit, jederzeit seinen Arm wie eine Guillotine zuschnappen zu lassen, falls der Typ ihm Ärger machte. Doch der sog nur röchelnd Luft ein und dachte nicht einmal daran.

„Nur Ben und ich. Die anderen kommen … später."

Seine Stimme klang gepresst, und er sprach Deutsch mit einem starken Akzent, ähnlich dem, den Stefan bereits bei den Bewaffneten in der Forschungsklinik gehört hatte.

„Wie viele, und wann kommen die?"

„Zwei-Mann-Team, wie wir. Alois und Setran. Und Mrs. Moreau, die Chefin."

„Was seid ihr für eine Truppe? Söldner? Geheimdienst? Woher kommt ihr?"

„Fremdenlegion. Ben und ich. Andere … unterschiedlich. Ich frage nicht …"

Stefan drückte verärgert etwas mehr zu und hob den Mann mühelos ein paar Zentimeter an. Nur um ihn spüren zu lassen, wozu er imstande war, wenn er wollte. Nach wenigen Sekunden, in denen der andere hilflos in der Luft zappelte, setzte er ihn wieder ab und lockerte seinen Griff wieder ein wenig. Der Mann röchelte verzweifelt.

„Lass dir nicht alles so aus der Nase ziehen. Für wen arbeitet ihr? Wer bezahlt euch?“

„Thal … Thales …“

Der Rest der Antwort ging in einem röchelnden Husten unter.

„Wann kommen Moreau und ihr Team? Kommunizieren sie mit euch?“

„Nein. Wir sind … halbe Stunde früher. Vorbereiten für Chefin. Dann kommt sie und zweites Team.“

„*Ein* Fahrzeug?“

„Ja, nur eine …“

Stefan wartete nicht auf den Rest der Antwort. Er hatte genug gehört. Blitzartig drückte er mit voller Kraft zu. Er spürte, wie der Kehlkopf des Mannes unter dem unbarmherzigen Druck seines Armes zerquetscht wurde. Trotzdem hielt er den Druck eine Weile aufrecht, um sicherzugehen. Als er den Mann losließ, fiel der wie eine Gliederpuppe zu Boden. Sein Gesicht schlug klatschend auf den nassen Asphalt. Er atmete nicht mehr. Ungerührt sah Stefan zu dem zweiten Mann hinüber. Der hatte sich seit dem ersten Schlag ebenfalls nicht mehr gerührt. Er trat einen Schritt näher. Auch in der Dunkelheit war das verzerrte und dunkel angelaufene Gesicht gut genug erkennbar, um zu wissen, dass diese zwei für immer aus dem Rennen waren.

„Ziele eins und zwei ausgeschaltet“, murmelte er abwesend.

Er dachte ein paar Sekunden nach, dann durchwühlte er die Taschen der beiden. Bei dem Ersten stieß er auf die Autoschlüssel und einen Bund mit Hausschlüsseln, die offensichtlich zu dem Haus hier gehörten. Er nahm sie an sich, ebenso wie den Schulterholster und die Waffe des Mannes. Damit hatte er jetzt zwei Schusswaffen. Ruhig zog er seine Jacke aus und legte den Schulterholster an. Er passte fast perfekt. Dann zog er seine Jacke wieder darüber. So weit, so gut. Er öffnete die Schiebetür des Vans und warf die beiden Leichen hinein, als würde er Gartenmüll entsorgen. Er verschloss den Wagen und ging zügig zum Haus. Der zweite Schlüssel passte, und Stefan öffnete vorsichtig die Tür. Einige Sekunden lauschte er auf Geräusche. Verdammt, er hätte den Typen noch fragen sollen, ob es hier eine Alarmanlage gab. Solche Fehler durften ihm hier und jetzt nicht passieren!

Zum Glück blieb es still. Er huschte in den Flur und sah sich kurz um. Dann fand er einen Lichtschalter. Das Licht würde jetzt nicht verdächtig wirken, schließlich waren die zwei Wachleute ja hier. Oder sollten es zumindest sein. Er grinste freudlos. Eine kurze Erkundung des Untergeschosses zeigte ihm ein unscheinbares, aber recht gemütliches Wohnzimmer mit einem kleinen Kamin, eine kleine Küche und mehrere verschlossene Zimmer – vermutlich die Schlafzimmer des Wachpersonals. Er probierte die Schlüssel an seinem Bund aus. Nach ein paar Versuchen fand er einen, der passte. Seine Vermutung wurde bestätigt. Hinter der Tür lag ein Schlafzimmer mit angrenzendem, kleinem Bad. Zufrieden und überzeugt, dass er hier unten nichts mehr von Belang finden würde, ging er die schmale Treppe zum ersten

Obergeschoss hoch. Die Holzstufen knarzten leise unter seinem Gewicht. Oben angekommen stand er vor einer weiteren verschlossenen Tür, diesmal passte aber keiner der Schlüssel an seinem Bund. Das war dann vermutlich Nicole Moreaus Wohnung, zu der ihre Entourage keinen Zutritt hatte. Er ging zurück in die untere Etage. Zügig untersuchte er das Wohnzimmer und die Küche, zog Schubladen auf und öffnete die Schränke. In der Küche fand er einen großen, gut bestückten Messerblock, und in einer Schublade eine kleine Rolle Paketschnur. Er legte beides auf den Küchentisch, das konnte noch sehr nützlich sein. Während er noch die restlichen Schränke in der Küche nach brauchbaren Utensilien durchforstete, hörte er ein weiteres Motorgeräusch näherkommen. Instinktiv legte er die Hand auf den Lauf der Pistole im Holster, das er sich umgeschnallt hatte. Nur wenige Augenblicke später konnte er die Scheinwerfer sehen, die sich der Einfahrt näherten. Er blickte sich nach einem taktischen Versteck um und entschied sich für die Küche, von der aus er einen guten Blick auf die Eingangstür hatte.

Draußen hörte er zuschlagende Türen und Stimmen, unverkennbar auch eine Frauenstimme. Es war so weit.

Die Haustür öffnete sich und ein weiterer Bewaffneter trat ein. Er hatte seine Waffe gezogen, hielt sie jedoch entspannt mit dem Lauf nach unten. Er wirkte nicht misstrauisch oder so, als hätte er eine Warnung bekommen. Nach ihm kamen Nicole Moreau und der zweite Mann, der die Tür hinter ihr schloss.

„Luc, Ben! L'équipe deux est là – l'équipe deux est là!"

Der erste Mann trat jetzt in das Licht der Flurlampe. Deutlich erkannte Stefan einen der Bewaffneten aus der

Forschungsklinik wieder. Ein dunkler, arabisch wirkender Typ mit akkurat gestutztem, kantigem Vollbart. Stefans Französischkenntnisse reichten aus, um zu verstehen, dass sich die beiden angekündigt hatten und nun auf Antwort warteten. Ihm blieben also nur wenige Sekunden. In einer flüssigen Bewegung sprang er aus seiner Deckung hinter dem Türrahmen der Küche hervor, ging tief in die Hocke und legte auf den Dunkelhäutigen an. Er zog zweimal den Abzug durch, direkt nacheinander, und sah, wie der erste Wachmann vom Einschlag der Kugeln nach hinten geschleudert wurde, direkt gegen Nicole Moreau. Sofort schwenkte er die Waffe zu dem zweiten Mann. Der war noch zu überrascht, um nach seiner Waffe zu greifen. Er starrte Stefan einfach nur für eine Sekunde mit offenem Mund an. Danach zerbarst seine Stirn von zwei Kugeleinschlägen aus Stefans Pistole. Der Tote fiel hintenüber. Nicole Moreau war ebenfalls zu Boden gegangen, als der deutlich größere Bewacher gegen sie gefallen war. Mit drei großen Schritten war Stefan bei ihr und richtete die Waffe stumm auf sie. Ihre Augen waren vor Schreck geweitet, ihr Atem ging stoßweise. Sie sah Stefan ungläubig an. Alles war so schnell gegangen, dass ihr Gehirn sichtlich Mühe hatte, es zu verarbeiten. Dann dämmerte die Erkenntnis in ihrem Gesicht.

„Guten Abend, Frau Moreau. Überrascht?"

Stefan lächelte kalt. Die Frau, die hier vor ihm auf dem Boden lag, das rundliche Gesicht und die Haare mit dem Blut ihres Leibwächters bespritzt, wirkte überhaupt nicht mehr bedrohlich oder gar mächtig. Sie war eher wie ein verängstigtes, korpulentes Kind, und für einen Moment wirkte es so, als würde sie gleich in Tränen ausbrechen. Dann fing sie sich wieder. Sie stützte sich mühsam auf ihre Arme hoch und schob trotzig das Kinn vor.

„Sie haben keine Chance, Roth. Der Rest meines Teams ist gleich hier."

Ihre Stimme war zittrig und dünn und entlockte Stefan ein kurzes, humorloses Lachen.

„Meinen Sie die beiden, die tot in dem Van draußen liegen? Aufstehen. Langsam."

Sie gehorchte wortlos. Mühsam schob sie sich hoch, sackte dabei jedoch fast wieder in sich zusammen. Stefan konnte sehen, wie ihre Knie zitterten, zwischen ihren Beinen zeichnete sich ein dunkler, nasser Fleck ab.

„Langsam in die Küche rüber! Setzen! Auf den Stuhl!"

Mit der Pistole im Anschlag dirigierte er die zitternde Frau zu einem Stuhl, den er bereits in die Mitte der kleinen Küche gestellt hatte. Sie ging auf unsicheren Beinen hin und ließ sich darauf plumpsen. Er trat hinter sie und riss grob ihre Arme nach hinten. Sie schrie kurz erschrocken auf. Stefan nahm die Paketschnur und wickelte sie ein paarmal um ihre Handgelenke. Dann zog er die Schnur ruckartig fest, was einen weiteren Schmerzensschrei auslöste. Befriedigt sah er, wie sich die Handgelenke bereits röteten. Dann nahm er ein kleines Messer aus dem Messerblock, trat vor sie und hielt es vor ihr Gesicht.

„Ich will, dass Sie das hier sehen. Nur damit Sie wissen, dass es wehtun wird …"

Er wartete einen Augenblick ab, studierte ihren Gesichtsausdruck und sah, wie sie mühevoll schluckte und ihre Augen zuckten.

„Wo sind Professor Keppler und Henry Cols?"

Ihre Augen verengten sich, als sie seine Frage hörte. Dann verzog sie ihren Mund zu einem höhnischen Lächeln.

„Das willst du also? Das ist doch gar nicht dein Programm, A-100. Ich dachte, du bist ein Killer und kein Lebensretter …?"

Eine blitzartige Ohrfeige mit seiner Linken reichte aus, um ihren selbstsicheren Ausdruck wieder wegzuwischen. Ihr Kopf flog zur Seite, und ihre Gesichtshälfte leuchtete rot und begann sofort anzuschwellen. Aus ihrem Mund lief Speichel und Blut aus einem Riss in ihrer Oberlippe. Ihre Augen bekamen einen benommenen Ausdruck. Trotzdem hatte sie es geschafft, Stefan zu verunsichern.

„Was soll dieser Name? A-100, was ist das?", blaffte er sie an.

Ihre Augen wurden wieder klar. Sie versuchte wieder ihn anzugrinsen, doch dieses Mal war eine dünne Blutspur auf ihren Zähnen. Sie leckte sich die Lippen, wartete eine Weile, um wieder klar zu werden.

„A-100, das ist dein Name. So heißt nun mal der Prototyp …"

Sie versuchte auszuspucken, und ein blutiger Speichelfaden blieb an ihrer Unterlippe hängen. Dennoch schien sie mit jeder Sekunde selbstbewusster zu werden.

„Und wenn du es genau wissen willst … A-100 heißen eigentlich die Puppen in Disneyland bei den Technikern. Und du bist nichts weiter als eine ferngesteuerte Puppe!"

Stefan holte wieder aus, bremste sich dann aber ein. Er musste sich zusammenreißen. Er musste seine Mission erfüllen, durfte sich nicht provozieren lassen. Er biss die Zähne zusammen und zwang sich zur Ruhe.

„Dann hat eure Fernsteuerung wohl ein Problem, oder? Also noch mal: Wo sind die beiden?"

Sie musterte ihn ein paar Sekunden. Ihr Schock von vorhin war definitiv verflogen und der Persönlichkeit gewichen, die er bereits kannte: kalt und berechnend.

„Sie sind genau da, wo ich es gesagt habe – die Adresse in dem Kuvert."

„Wer ist bei ihnen? Bewachung? Wie viele?"

Moreau schüttelte den Kopf und lachte tonlos. Dann sah sie ihm in die Augen.

„Vergiss es. Egal, was du glaubst zu sein, du hast keine Chance. Du hast keine Ahnung."

Er nickte kurz. Dann griff er in die Seitentasche ihrer Jacke und zog ihr Mobiltelefon hervor.

„Rufen Sie da an. Die beiden sollen verlegt werden."

Nicole Moreau sah ihn für einen Moment entgeistert an, dann brach sie in hysterisches Kichern aus. Kleine blutige Speicheltröpfchen flogen von ihren Lippen. Stefan hielt ihr das Messer vor das Gesicht, was ihr Kichern zügig zum Verebben brachte. Sie schüttelte den Kopf.

„Du meinst das wirklich ernst, oder? Gott, du bist ja noch dümmer, als ich dachte … Glaubst du wirklich, die lassen die beiden einfach so laufen, nur weil ich da anrufe?"

Stefan schüttelte den Kopf.

„Nein. Sie sollen sie auch gar nicht laufen lassen. Sie sollen sie nur verlegen. Aus Sicherheitsgründen. In ein Safe House. In dieses hier."

„Und warum sollten sie das tun?"

„Weil die Unterbringung kompromittiert ist. Weil Gefahr im Verzug ist. Denken Sie sich was aus. Es sind Ihre Leute."

Moreau lachte wieder.

„Gott, ich halt das nicht aus. Unser A-100 ist ein Genie. Du hast es echt verdient …"

Weiter kam sie nicht. Mit einer schnellen Bewegung zog Stefan ihr das Messer einmal quer über die Stirn. Nicht sehr fest, doch es reichte, um auf ihrer Stirn eine klaffende Wunde zu öffnen. Blut strömte über ihr Gesicht, lief ihr in die Augen und in den Mund. Moreau stöhnte erschrocken auf, kniff die Augen zusammen und hustete feine Tröpfchen ihres eigenen Blutes aus. Obwohl die Wunde nur wenige Zentimeter lang war, blutete sie sehr stark.

„Das war meine letzte Warnung. Und hören Sie damit auf, mich zu duzen. Es bringt nichts, mich zu provozieren. Je schneller Sie tun, was ich verlange, desto schneller ist das hier vorbei."

Stefans Stimme klang monoton und ruhig. Sie blinzelte ihn durch blutverklebte Augen an. Er erwiderte ihren Blick, ruhig und eiskalt. Er konnte sehen, wie sie erschauerte. Ihre Stimme wurde bedeutend leiser und vorsichtiger.

„Das … das kann ich nicht. Die würden …"

Mit einer weiteren beiläufigen Bewegung packte er ihren Kopf, setzte das Messer von oben hinter ihr linkes Ohr und zog es dann kräftig nach unten und außen. Sie schrie auf, als der obere Teil ihres Ohres erst auf ihre Schulter und dann auf den Boden fiel. Blut quoll aus der Wunde, nicht ganz so viel wie auf ihrer Stirn, aber genug, um an ihrem Hals hinunter in ihre Bluse zu rinnen. Sie atmete stoßweise. Jetzt setzten auch die Schmerzen ein. Moreau wimmerte.

„Ich wiederhole mich nicht. Sie werden anrufen. Sie werden Befehl geben, die Zielpersonen unverzüglich in das Safe House zu verlegen. Sie geben eine plausible Begründung. Wenn Sie Ihr Team warnen, werde ich Sie Stück für Stück auseinanderschneiden."

Er klang so ruhig, als würde er eine Einkaufsliste vorlesen. Trotz ihrer Schmerzen erstarrte Moreau. Sie nahm ihre Kraft zusammen und sah ihn an. Sein Gesicht war eine gleichgültige Maske. Feine Spritzer ihres Blutes waren auf seiner Wange gelandet – wie winzige rote Sommersprossen. Seine Augen waren abwesend und kalt.

„Sie … Ich … geben Sie mir das Telefon …"

Stefan schüttelte den Kopf.

„Der Pin-Code. Dann nennen Sie mir die Nummer Ihres Teams. Ich wähle. Sie reden."

„Vier-vier-sechs-zwei. Und in der Kurzwahlliste ist ein Name. Le Brey. Er ist der Kommandant. Aber … ich muss mit ihm Französisch reden …"

Stefan nickte. Er entsperrte das Handy. Dann tippte er auf die Kurzwahl und hielt ihr das Telefon an ihr heiles Ohr. Er brachte sein Gesicht ganz nahe an ihres heran und flüsterte.

„Je parle français …"

Er lächelte kalt. Moreau schluckte hart und nickte. Dann wurde am anderen Ende abgenommen.

Sie sprach so ruhig sie konnte mit Kommandant Le Brey, erklärte ihm, dass der Aufenthaltsort kompromittiert sei und die Gefangenen in das Safe House verlegt werden sollten. Sie hörte eine Weile noch Le Breys Erwiderung zu, dann verabschiedete sie sich und nickte Stefan zu.

„Ich habe gesagt, was Sie wollten. Sie werden sie herbringen. Aber sie werden mit mindestens vier Wachen kommen, das ist Vorschrift."

Ihr selbstsicherer Trotz von vorhin war komplett weg. Sie zitterte, vor Schmerzen und auch vor Angst. Stefan sah sie unverwandt an.

„Ich weiß, was Sie gesagt haben."

Er hob das Messer und legte es an ihre Kehle.

„Warten Sie!", keuchte sie atemlos.

„So muss es nicht enden! Bitte, ich kann Ihnen helfen. Ohne mich kommen Sie da nicht lebend raus. Sie haben keine Chance."

Er nahm das Messer langsam zurück und richtete sich auf. Sein Blick ruhte weiter ausdruckslos auf ihr. Sie bemühte sich, ihn durch ihre blutverklebten Lider anzusehen, und schnappte nach Luft. Ihre Stimme war kurz davor, sich zu überschlagen.

„Sie sind kein Killer. Sie wollen mich doch gar nicht töten. Sie wollen nur Ihre Freunde zurück. Bitte, das haben Sie jetzt. Ich habe getan, was Sie wollten."

Er bedeutete ihr mit einer kurzen Handbewegung zu schweigen. In seinem Gesicht arbeitete es. Er ballte die Fäuste und öffnete sie wieder. Sein Mund verzog sich zu einem gequälten Ausdruck. Die Muskeln in seinem Gesicht schienen für einen Moment unkontrolliert zu zucken. Er sah auf einen Punkt über ihrem Kopf und schien mehr zu sich selbst als zu ihr zu sprechen. Seine Stimme war nur mehr ein raues Flüstern.

„Ich will weit mehr als nur meine Freunde zurück. Ich will mein Leben zurück. Das Leben, das Sie mir gestohlen haben."

Nicole Moreau konnte die Veränderung, die in ihm vorging, spüren. Sie verzog ihr Gesicht, bemühte sich, ihn durch ihre blutverkrusteten Augenlider hindurch zu beobachten.

„Ich habe Ihnen gar nichts gestohlen. Ich habe Ihnen doch erst ein Leben gegeben. Ohne mich wären Sie jetzt ein Krüppel ohne Arme und Beine. Zu nichts nütze. Ich habe dafür gesorgt, dass Sie wieder laufen können. Und ich habe Ihnen einen Sinn gegeben!"

Ihre Stimme wurde wieder lauter und fester. Stefan hingegen schien immer mehr in sich zusammenzusinken. Er senkte kaum merklich den Kopf, und das entging ihr nicht.

„Einen Sinn? Welchen denn? Ein Roboter zu sein, der Leute umbringt, die Ihnen im Weg sind? Sie sind krank!"

„Diese Leute waren nicht mir im Weg. Diese Leute waren gefährlich. Das waren Rechte, Nazis, gewalttätiges Pack. Feinde der Demokratie! Die hatten es allesamt verdient. Sie haben geholfen, die zu entsorgen. Ich habe Ihnen die Fähigkeiten gegeben, und Ihre erste Mission! Wofür waren Sie denn vorher da? Was hatte Ihr Leben denn für einen Sinn? Ein Soldat ohne Ziele, ohne Mission?"

Moreau redete sich in Rage. Kleine, blutige Speicheltröpfchen flogen mit den immer lauter werdenden Worten von ihren Lippen. Ihre Stirnwunde begann wieder heftiger zu bluten. Sie riss die Augen auf und starrte Stefan an wie eine wahnsinnig gewordene, apokalyptische Kreatur.

Er drehte seinen Kopf langsam zu ihr. Sie reckte den Kopf hoch, sah ihn herausfordernd an. Er trat noch einen Schritt von ihr zurück, seine zuckenden Gesichtsmuskeln schienen kleine Wellen über sein Gesicht laufen zu lassen.

„Sie sind komplett wahnsinnig“, flüsterte er, „Sie haben mich als Mordmaschine für Ihre kranken Ideologien missbraucht. Ich wollte das nicht, nichts von dem! Sie haben den Verstand verloren.“

Sie reckte das Kinn vor und fixierte ihn.

„Ich habe zumindest ein Ziel! Ich habe eine Vision für diese Welt. Und ich stehe auf der richtigen Seite. Was haben Sie denn? Und erzählen Sie mir nicht, Sie hätten das alles nicht gewollt! Sie sind doch Soldat. Also ein Mörder. Ihnen ist doch völlig egal, wen Sie umbringen. Wenn man es Ihnen befiehlt, dann tun Sie es! Sie fragen doch auch nicht, ob der Befehl richtig ist. Was ist denn da der Unterschied zu einer Fernsteuerung? Jetzt tun Sie es immerhin für die gute Sache!“

Stefan antwortete nicht, sondern starrte sie nur an. Das schien sie noch mehr anzuspornen. Ihre blutigen Lippen verzogen sich zu einem breiten Grinsen.

„Sie sind, was Sie sind. Und das waren Sie schon immer. Ich bin nicht an dem schuld, was Sie getan haben. Sie wollten diese Prothesen. Und was wäre denn sonst jetzt, ha? Dann hätten Sie Ihre Ruhe, würden in Ihrem Bettchen an Schläuchen liegen. Ist es das, was Sie wollen?“

Er presste die Hände an die Schläfen und kniff die Augen zusammen. Er krümmte sich, sein Oberkörper rollte sich krampfhaft ein, als hätte er Magenkrämpfe. Ihre Worte kreisten in seinem Kopf in einer Endlosschleife. Er musste sich konzentrieren, durfte sich von ihr nicht ablenken lassen. Die Mission. Er hatte eine Mission.

Moreau redete weiter, spie ihre Worte förmlich in seine Richtung. Doch er verstand jetzt nicht mehr, was sie sagte. In seinem Kopf breitete sich eine angenehme Stille aus, er hörte sie wie durch eine Wand gedämpft. Als er sich aufrichtete, war sein Gesicht wieder ausdruckslos, sein Körper entspannt. Er trat einen schnellen Schritt auf die gefesselte Frau zu. Mit einer beiläufigen Bewegung zog er das Messer, das er immer noch in der Hand hielt, kraftvoll und tief durch ihre Kehle. Dann trat er behände zur Seite und beobachtete, wie einen Wimpernschlag darauf das Blut aus der klaffenden Halswunde herausschoss. Moreau hatte die Augen aufgerissen und starrte für einige Sekunden geradeaus. Ihre Stimme war einem schmatzenden Röcheln gewichen. Aber auch das erstarb nach wenigen Sekunden. Ihr Kopf klappte nach hinten, was die tiefe Halswunde noch weiter aufgehen ließ. Er konnte die durchtrennte Luftröhre in ihrem Hals sehen. Das Blut floss jetzt langsamer, nach einer Weile versiegte es gänzlich. Stefan stand bewegungslos neben ihr. Dann legte er das Küchenmesser auf den Tisch. Er ging zur Spüle und wusch sich das klebrige Blut von den Händen.

„Ziele drei, vier und fünf ausgeschaltet“, murmelte er wie in Trance.

Er nahm das Telefon, das er Moreau abgenommen hatte, und schaute auf das Display. Seit ihrem Anruf bei Le Brey waren zehn Minuten vergangen. Es gab noch genug zu tun, bevor sie auftauchen würden. Die Mission duldete keinen Verzug.

28

Die tanzenden Scheinwerfer der schwarzen Mercedes-Limousine waren im Rückspiegel gut zu sehen. Le Brey lehnte sich wieder zurück und sah den Fahrer mürrisch an.

„Wie lange noch?“, knurrte er.

„Von hier sind es etwa zwei Kilometer. Weniger als fünfzehn Minuten.“

Le Brey runzelte die Stirn und seufzte. Bestimmt zum zehnten Mal auf der Fahrt legte er die Hand auf seine Pistole. Die ganze Sache gefiel ihm ganz und gar nicht. Der seltsame Anruf von Nicole Moreau, ihre gepresste Stimme, die ganze Hektik. Die Gefangenen verlegen? Jetzt, so plötzlich? Merde, ohne mich. Wieder blickte er in den Rückspiegel. Das Begleitfahrzeug war noch da. Was auch immer da für eine Scheiße lief, er würde sicher nicht die zwei Gefangenen in einem Privathaus am Stadtrand abliefern. Stattdessen hatte er sich zwei Teams geschnappt, sie mit ordentlichen Waffen ausgestattet und sich auf eine Konfrontation vorbereitet. Wenn ihn sein Instinkt nicht trog, dann würden sie bei dem Safe House auf ein Schlachtfeld fahren. Und da würde er garantiert nicht nackt auftauchen. Und wenn er sich doch getäuscht hatte – nun, dann würde er eben eine weitere Tirade dieser dämlichen Kuh über sich ergehen lassen müssen. Lange war es sowieso nicht mehr. Seine Vorgesetzten bei Thales hatten ihm auf seine letzte Beschwerde hin bereits angedeutet, dass diese überdrehte Witzfigur bald nicht mehr seine Chefin sein würde. Der Gedanke brachte ihn zu einem grimmigen Lächeln.

Ein Blitzen von der linken Seite fiel ihm ins Auge. Instinktiv ruckte sein Kopf herum und der Schrei blieb ihm im Hals stecken, als ein schwarzer Mannschafts-Van – genauso so einer wie der, in dem er selbst saß – vor ihnen aus einer schmalen Einfahrt schoss. Der Fahrer hatte keine Chance mehr zu reagieren. Mit voller Wucht rammten sie das Fahrzeug und Le Breys Welt zerplatzte in einer Kakofonie von verformtem Metall und fliegenden Glasscherben. Ihm blieb die Luft weg, als der Gurt erbarmungslos in seine Brust schnitt und der Airbag ihm heiß und hart ins Gesicht schlug. Er wurde herumgeschleudert, spürte, wie der Wagen sich erst um die eigene Achse drehte und dann umkippte.

Stefan sprang zur Seite, nachdem er den Van mitsamt der fünf Leichen mit aller Kraft aus der Einfahrt geschoben hatte. Er konnte den Zusammenprall nicht sehen, aber er hörte das Krachen, als sich der schnell ankommende Van ungebremst in seinen Zwilling hineinbohrte und diesen gut zwanzig Meter über die Fahrbahn schob. Das Fahrzeug dahinter bremste mit kreischenden Reifen, drehte sich zur Seite und kam ein paar Zentimeter vor den beiden Vans zum Stehen. Aus dem Augenwinkel sah Stefan gerade noch, wie der eine Van sich um die eigene Achse drehte und dann zur Seite kippte. Er nickte befriedigt. Seine Priorität war jetzt der Mercedes dahinter. Er sprintete mit vorgehaltener Pistole in einem Halbkreis zu dem Wagen, so dass er sich von hinten näherte. Als die erste Tür von innen aufgestoßen wurde, schoss er viermal in schneller Folge durch die Heckscheibe in den Innenraum. Die Scheibe zerbarst zu einem Scherbenregen. Einen Wimpernschlag später rannte er geduckt an der Seite des Mercedes vorbei, die Waffe immer auf den Innenraum gerichtet. Er nahm eine Bewegung auf der Fahrerseite wahr. Offenbar hatte er den Fahrer noch nicht perfekt erwischt. Er schoss noch zweimal durch die Seitenscheibe, und der Kopf des Fahrers wurde zur Seite gerissen. Blut und Gehirnmasse verteilten sich über den zusammengesackten Beifahrer und die Seitenscheibe auf der Passagierseite.

Ohne zu stoppen, ging er zügig weiter zu dem auf der Seite liegenden Transporter. Aus der halb zerdrückten, halb weggerissenen Motorhaube quoll weißer Kühlmitteldampf, diverse Flüssigkeiten tropften aus dem Motorblock und verliefen auf der Straße zu einer ölig schillernden Pfütze. Eines der Vorderräder drehte sich immer noch wie von Geisterhand. In der Stille war das Zischen aus dem Motorraum das einzige Geräusch. Stefan versuchte, vorsichtig durch die Windschutzscheibe zu sehen, aber sie war von einem Spinnennetz aus Rissen so durchzogen, dass es unmöglich war, im Innenraum etwas zu erkennen. Er überlegte eine Sekunde, dann katapultierte er sich mit einem übermenschlich kräftigen Absprung hoch in die Luft und landete auf der oben liegenden Seite des Transporters. Er landete in der Hocke und machte sich so klein er konnte. Auf dieser Seite waren die Scheiben besser durchsichtig. Im Innenraum konnte er vage sechs Personen ausmachen. Allesamt breit gebaut und mit schwarzer Kleidung und Schutzwesten bekleidet. Keiner davon war Henry oder der Professor. Hatte er auch nicht erwartet. Er zählte in Gedanken bis drei, dann holte er tief Luft und riss mit der linken Hand die Schiebetür auf. Sie flog krachend in den Scharnieranschlag und rastete ein. Gleichzeitig feuerte er das gesamte Magazin seiner Pistole durch die Öffnung in den Innenraum ab. Die ohnehin schon bewegungslos daliegenden Söldner wurden von den Kugeleinschlägen durchgeschüttelt, Blut und Fleischfetzen spritzten auf. Dann warf Stefan die leer geschossene Pistole achtlos in den Wagen und zog eine zweite aus dem Holster. Wieder hielt er inne, völlig bewegungslos. Nach den schnellen und lauten Schüssen, die hier auf dem offenen Land kein Echo verursachten, war die Stille noch gespenstischer. Er legte den Kopf schief. Hörte er da noch ein Atemgeräusch?

Vorsichtig schob er sich zur Fahrertür vor und lugte durch das Fenster, stets die Pistole vor sich. Zwei Personen lagen übereinander in der Fahrerkabine. Er erkannte einen von ihnen. Es war der ältere Soldat, dem er in der Klinik begegnet war. Kommandant Le Brey. Sein Gesicht war von kleinen Glassplittern bedeckt, die im spärlichen Licht der Straßenbeleuchtung bläulich-kalt glitzerten. Er blutete aus diversen Schnitt- und Quetschwunden. Auf ihm lag der Fahrer, der offensichtlich nicht angeschnallt gewesen war. Sein Kopf war in einem so unnatürlichen Winkel seitlich abgeknickt, dass er nicht mehr leben konnte. Also mussten die schnarrenden Atemgeräusche von Le Brey kommen. Stefan ließ sich auf den Bauch nieder und griff, so weit er konnte, in die Fahrerkabine hinein. Er bekam den Gürtel des Fahrers zu fassen, zog ihn zu sich hoch und warf ihn dann auf die Straße wie einen Müllsack. Abermals lehnte er sich in den Van hinein. Er brachte seinen Kopf so nahe wie möglich zu Le Brey und studierte dessen zerschlagenes Gesicht. Er konnte ein Zucken im Gesicht des Söldners sehen. Stefan lehnte sich noch weiter vor, bis seine Finger das Gurtschloss erreichten. Dann löste er den Gurt, und Le Brey sackte zur Seite. Stefan griff seinen Arm und zog ihn zu sich hoch. Der Mann war verdammt schwer. Mit einiger Anstrengung gelang es ihm, den Bewusstlosen aus dem Auto zu zerren. Dann packte er ihn an beiden Armen und ließ ihn vorsichtig auf die Straße gleiten. Er sprang von dem Wagen herunter und ging vor Le Brey in die Hocke. Der Verletzte stöhnte leise. Stefan ohrfeigte ihn ein paarmal, nicht zu fest. Und tatsächlich, nach einigen Sekunden hob Le Brey schwerfällig die Augenlider. Es dauerte fast eine Minute, bis seine Augen klar genug waren und Stefan wirklich ansahen.

Stefan wartete geduldig, bewegungslos wie eine Sphinx. Noch hörte er keine Sirenen. Wenn er Glück hatte, dann hatte noch niemand in dieser ländlichen Gegend sich an den Geräuschen genügend gestört, um die Polizei zu rufen. Aber seine Zeit wurde trotz allem knapp, konnte doch jederzeit ein weiteres Auto hier vorbeikommen. Er vergewisserte sich, dass der Kommandant ihn ansah. Dann brachte er seine Lippen ganz nahe an dessen Ohr und flüsterte: „Sie wissen, wer ich bin?“

Der Kommandant nickte kaum merklich.

„Dann wissen Sie auch, wozu ich fähig bin."

Es war eine Feststellung, keine Frage. Wieder nickte Le Brey nur kurz.

„Die Gefangenen … die sind immer noch in Brüssel, richtig?"

Wieder das Nicken. Stefan nahm seine Pistole und hielt sie Le Brey zuerst an den Kopf. Dann, als hätte er es sich anders überlegt, zielte er zunächst auf das Knie des Söldners.

„Ich hätte die Gefangenen auch nicht hier herausgebracht. Ich an Ihrer Stelle hätte eine Falle vermutet, und meine besten Männer mitgenommen, um zu sehen, was hier Sache ist … Das haben Sie auch, nicht wahr …?"

Le Brey schluckte trocken. Stefan konnte sehen, wie es hinter der Stirn des Mannes arbeitete.

„Also, Sie können mir jetzt ganz genau erklären, wie viel Mann noch bei den beiden sind und wo genau ich sie finde. Oder wir sehen mal, wie viel Schmerzen Sie aushalten können, bevor Sie daran krepieren …"

Wie sich herausstellte, war die Schmerzgrenze von Kommandant Le Brey relativ hoch. Dennoch hatte er ihm nach mehreren gebrochenen Fingern, einer durchschossenen Kniescheibe und einem abgeschossenen Ohr doch jede Menge nützlicher Informationen gegeben. Auch das Arsenal, das Stefan bei einer zügigen Durchsuchung des zweiten Autowracks noch gefunden hatte, war durchaus genehm. So konnte er seine Reise nach Brüssel mit einigen Blendgranaten, zwei gut gepflegten H&K Sturmgewehren und vier Reservemagazinen für seine Handfeuerwaffe im Gepäck antreten. Was will man mehr, dachte er, während der große BMW von Professor Keppler geschmeidig die einsame Landstraße entlang schnurrte. Laut GPS waren es nur noch etwa zwanzig Minuten bis zur Ankunft an der umgebauten Fabrikhalle, dem „Laboratoir", wie es der sterbende Soldat genannt hatte. Stefan überschlug zufrieden den bisherigen Verlauf der Mission. Er hatte alle Aufgaben bis jetzt sehr effizient gelöst, elf Ziele ausgeschaltet. Und hätte er nicht in der Ferne einige Scheinwerfer gesehen, die sich der einsamen Stelle an der Landstraße genähert hatten, hätte er gerne noch ein wenig mehr mit Le Brey geplaudert. So musste er ihn ein wenig frühzeitig mit einem Kopfschuss erlösen. Aber gut, man konnte ja nicht alles …

Ein gleißend heller Lichtblitz beendete jäh seine zufriedene Rückschau. Er kniff die Augen zusammen und trat mit voller Wucht auf die Bremse. Ein lähmender Schmerz fuhr von seiner Stirn bis hinunter in seinen Nacken. Schlingernd kam der große Wagen zum Stehen. Stefan riss die Tür auf und taumelte hinaus, fiel am Straßenrand auf die Knie. Ein starker Schwindel erfasste ihn, und er übergab sich hustend in das Gras am Straßenrand. Sterne tanzten vor seinen Augen, er konnte vor Schmerzen kaum etwas sehen. Er würgte noch ein paarmal unwillkürlich und hustete bittere Galle aus. Langsam wurde aus dem alles auffressenden, glühenden Schmerz in seinem Kopf ein ekelhaftes Pulsieren, schlimm genug, aber nicht mehr ganz so intensiv wie vorher. Dafür kamen jetzt die Bilder und die Stimmen. Er sah Nicole

Moreau vor sich, sah seine Hand mit dem Messer, sah, wie das Messer durch ihre Kehle fuhr. Er spürte die Spritzer ihres Blutes. Doch in seiner Vision starb sie nicht sofort. Ihr nach hinten gekippter Kopf starrte ihn mit aufgerissenen Augen an, und mit blutigem Schaum vor dem Mund brüllte sie ihn an: *„Ihnen ist doch völlig egal, wen Sie umbringen. Ferngesteuerte Puppe!“*

Dann hörte er wieder die Schüsse und die Schreie, spürte, wie Kommandant Le Breys Finger in seiner Hand brachen. Das trockene Knacken der Knochen war fast noch lauter als die Schüsse. Er sah die zuckenden Körper der Söldner in dem Mannschaftswagen, als die Kugeln in sie einschlugen. Alles drehte sich und wiederholte sich in einer unkontrollierbaren, wilden Kakofonie in seinem Kopf.

Abermals fiel er vornüber, hustete und würgte. Gelblicher Schaum tropfte von seinen Lippen, Tränen liefen aus seinen Augen. In die kreisenden Bilder kam jetzt eine andere Stimme. Es war Henry, der ihn mitleidig ansah.

„Du bist halt ein Prototyp, Mann. Du bist halt ein Prototyp, Mann. Ein Prototyp. Ein A-100. Eine ferngesteuerte Puppe.“

Dann lachte der Henry in seinem Kopf völlig irre, und die blutigen Bilder begannen wieder von vorne. Unwillkürlich krampfte sich Stefan zusammen, bis er wie ein Fötus eingerollt im Straßengraben lag. Er spürte nicht mehr, dass er weinte. Dazu waren die Schmerzen zu stark. Er spürte nicht, wie der eisige Regen wieder einsetzte, ihm in den Kragen lief, seine Kleidung durchnässte und ihn auskühlte. Er wollte nur noch, dass es aufhörte, dass die

Bilder weggingen und die Stimmen ihn in Ruhe ließen.

Noch gut zehn Minuten lag er so da, dann verebbte der Anfall langsam. Er setzte sich zögernd auf, die Tränen in seinem Gesicht vermischten sich mit dem Regen, der mit immer dickeren Tropfen auf ihn niederprasselte. In seinem Kopf blieb nur dröhnende Stille zurück. In seinen Ohren piepte es leise. Er nahm jetzt seine Umgebung wieder wahr, spürte den Regen und die Kälte. Mühsam stand er auf und taumelte zu seinem Wagen zurück, der immer noch mit laufendem Motor und weit aufgerissener Fahrertür dastand. Zitternd setzte er sich hinter das Lenkrad und zog die Tür zu. Als sein Blick auf das Waffenarsenal auf dem Beifahrersitz fiel, zuckte er zusammen. Was um Himmels willen hatte er da getan? Und was zum Teufel hatte er vor? Er fühlte sich verwirrt und ausgelaugt. Rebeccas Gesicht kam ihm ins Bewusstsein. Er musste sie unbedingt anrufen. Sie wiedersehen. Das hatte er versprochen. Dieser Wahnsinn musste ein Ende haben. Er musste sich konzentrieren. Durfte jetzt nicht aufgeben. Er hatte – eine Mission. Seine Atemzüge wurden tiefer, ruhiger. Seine Hände hörten auf zu zittern. Trotzdem schaltete er die Sitzheizung im BMW ein und drehte den Temperaturregler der Klimaautomatik hoch. Kälte war schwächend. Er musste leistungsfähig sein für die Mission. Es waren noch acht Ziele übrig.

29

Das Fabrikgebäude, das Le Brey beschrieben hatte, lag abseits der anderen Industriehallen hinter mehreren Baumreihen und war gut abgeschirmt von der Hauptstraße. In einiger Entfernung konnte Stefan die blinkenden Lichter des Brüsseler Flughafens Zaventem sehen. Über seinem Kopf flog gerade ein Flugzeug bedrohlich tief im Landeanflug ein. Es war überraschend laut, und mit einiger Faszination sah er zu, wie die gigantische Maschine sich sanft weiter absenkte, bis sie hinter den anderen Gebäuden verschwunden war.

Stefan stand bereits seit einiger Zeit neben dem BMW, den er unauffällig auf einer kleinen Fläche neben dem Pfeiler einer der vielen Autobahnbrücken geparkt hatte. Von diesem Punkt aus hatte er eine gute Sicht auf die Einfahrt zu der Halle.

In der letzten halben Stunde waren zweimal Wachleute in der Einfahrt erschienen. Es waren jeweils dieselben, die dort eine Zigarette rauchten, sich kurz unterhielten und dann wieder in unterschiedliche Richtungen liefen. Offensichtlich gab es außerhalb der Halle nur diese beiden

Typen, die jeweils etwa fünfzehn Minuten alleine ihre Runden auf dem Grundstück drehten und sich dann hier trafen. Stefan schüttelte den Kopf. Das war ziemlich wenig und ziemlich unprofessionell, wenn man bedachte, was sich in dem Gebäude befand.

Auch wenn er mit dem Kommandanten gerne mehr Zeit gehabt hätte, so hatte der ihm doch einige nützliche Dinge erzählt.

In der unscheinbaren Lagerhalle vor ihm war offenbar eines der ausgelagerten Entwicklungszentren für das Human Enhancement Project untergebracht. Mehr als das, es diente als Steuerzentrale, als die sogenannte Basisstation. Von hier aus hatte Nicole Moreau ihn dazu gebracht, Feinde ihrer kruden Ideologie zu töten. Als Experiment, um seine Fähigkeiten als Mörder auszuloten. Seine Zähne knirschten hörbar aufeinander. Seine Hände ballten sich unwillkürlich zu Fäusten. Er atmete ein paarmal tief durch und entspannte sich wieder. In seinem Kopf liefen die Fakten, die ihm Le Brey genannt hatte, wie auf einem Computerbildschirm durch. Vierzehn Mann Sicherheitsteam, ständig anwesend. Minus die sechs, die er auf der Landstraße erledigt hatte, blieben noch acht übrig. Zweiundzwanzig Techniker tagsüber, jedoch nur ein bis zwei in der Nacht. Vier verschiedene Laborräume mit Steuerungseinrichtungen, sechs abschließbare Sicherheitszellen. In zweien davon waren Professor Keppler und Henry untergebracht. Ein Gemeinschaftsraum im oberen Stock, wo vermutlich ein Teil der Wachleute saß und Kaffee trank. Und auf demselben Stockwerk ein Kommandobüro, in dem auch die

Sendeeinheit untergebracht war, mit der sie ihn kontrolliert hatten. In seinem Kopf existierte ein rudimentärer Grundriss des Gebäudes, basierend auf den Beschreibungen, die Le Brey ihm mit brechender Stimme gegeben hatte. Mit ruhigen Schritten ging er zum Kofferraum des BMWs, öffnete ihn, nahm die Waffen eine nach der anderen heraus und prüfte sie vorsichtig und leise. Ruhig und methodisch verstaute er die zwei Blendgranaten in den Innentaschen seiner Jacke. Die Reservemagazine für die Pistole steckte er in die Rücktaschen seiner Hose. Ein Sturmgewehr hängte er sich um, das andere ließ er im Auto. Wer wusste, wofür es später noch gut sein konnte? Sanft schloss er den Kofferraum wieder. Geduldig wartete er im Schatten des Betonpfeilers ab. Einige Zeit später kamen die beiden Wachtposten wieder in der Grundstückseinfahrt zusammen. Er sah die rotglühenden Spitzen ihrer Zigaretten. Kurz darauf fielen die immer noch glühenden Stummel auf die Straße. *Jetzt!*

Katzengleich schlich er mit schnellen Schritten zu der Einfahrt hinüber. Als er vorsichtig das Grundstück betrat, konnte er sehen, wie der linke Wachtposten bereits um das Gebäude herum und außer Sicht ging. Der andere hatte einen etwas weiteren Weg bis zur nächsten Ecke und schlurfte entspannt einen Kiesweg entlang, wobei er ab und an eine kleine Stablampe nach links und rechts bewegte. Er sah jedoch nicht nach hinten. Stefan schlich sehr vorsichtig hinter ihm her, ständig sprungbereit. Der Mann fühlte sich so sicher in seiner Routine, dass er ohne sich einmal umzudrehen weiterging. Als Stefan selbst auch um die Halle herumgegangen war, beschleunigte er seine Schritte, und lugte wenige Sekunden später um die Ecke. Zehn Meter trennten ihn noch von seinem Gegner. Da sprintete er los. Mit voller Wucht rammte er dem ahnungslosen Wachmann das Sturmgewehr in den Nacken. Der fiel mit einem erschrockenen Grunzen vornüber. Sofort trat Stefan nach, traf den Mann am Boden zweimal mit einem Stampftritt, erst auf den Kopf, dann noch mal in den Nacken. Dann ging er in die Hocke, nahm den Kopf des Mannes in die Hände, riss kräftig nach oben und drehte ihn ruckartig zur Seite. Mit trockenem Knacken brach sein Genick. Stefan ließ den Kopf fallen und wandte sich dem Gürtel des Toten zu. Wie Le Brey gesagt hatte, trug er am Gürtel eine Chipkarte. Er löste sie vorsichtig und nahm sie an sich. Laut Le Brey war das der Schlüssel für die Türen der Anlage. Er richtete sich auf, ließ den Toten liegen und schlich weiter bis zur nächsten Gebäudekante. Dort wartete er geduldig ab. Es gab nur einen Weg um das Gebäude herum, und die beiden taten während ihrer Schicht anscheinend nichts weiter, als diesen Weg immer wieder abzugehen. Somit würde ihm der Zweite wahrscheinlich in einigen Minuten direkt in die Arme laufen. Immer wieder streckte er vorsichtig den Kopf vor und hielt Ausschau. Und tatsächlich, nach sieben Minuten kam der zweite Typ ihm von der anderen Seite des Gebäudes entgegen. Nur hatte der jetzt eine Stablampe und eine Waffe in der Hand. Vermutlich, weil sein Kollege nicht zur üblichen Zeit seinen Weg gekreuzt hatte. Stefan zog sich ein paar Meter hinter die Wand zurück, bis er den dunkelsten Punkt erreicht hatte, und wartete. Sein Sturmgewehr war auf die Ecke des Gebäudes gerichtet. Vorsichtig schob sich der Wachmann um die Ecke, die Pistole nun im Anschlag. Er war bedeutend wachsamer als sein toter Kollege, den er jetzt auf dem Kiesweg liegen sah. Es nützte ihm jedoch nichts. Mit einer kurzen Salve schoss Stefan ihm den Hals in Stücke. Der Mann war tot, bevor sein Körper auf dem Kies aufschlug. Sein Kopf war von der Salve fast abgetrennt worden. Jetzt musste es zügig gehen. Die Schüsse mussten die restlichen Söldner im Inneren alarmiert haben, also war sein Überraschungsvorteil vorbei. Stefan sprintete los, weiter um das Gebäude herum. Auf der Hinterseite gab es eine kleine grüne Tür, die den Wachleuten als Eingang diente, wenn das vordere Tor verschlossen war. Daneben hing ein kleiner Kasten – ein Kartenleser. Mit ruhiger Hand zog er die Karte des ersten Wachmannes durch den Schlitz an der Seite des Gerätes. Eine Sekunde lang passierte nichts. Stefan hielt den Atem an. Dann leuchtete träge eine kleine Kontrollleuchte an dem Kästchen grün auf. Leise surrend schob ein Motor einen Sperrriegel auf, und das Schloss entriegelte sich mit einem metallischen Schnapplaut. Er drückte langsam die Klinke hinunter, dann zog er die Tür ruckartig auf und richtete sein Sturmgewehr auf den Innenraum. Nichts rührte sich. Mit zwei Schritten war er drinnen und presste sich an die Wand. Vor ihm lag ein schmaler Gang, spärlich beleuchtet. In der Ecke standen einige Stiefel, ein dreckiger, nasser Teppich bedeckte den Boden. Der Gang mündete in eine weitere Tür. Stefan fühlte, wie sich sein Puls beschleunigte. Wenn Le Brey die Wahrheit gesagt hatte, lag hinter dieser Tür ein Materiallager, und von dort aus würde er direkt zu den Labors gelangen. Die Sicherheitszellen waren auf der linken Seite, dennoch konnte hier hinter jeder Tür ein weiterer Söldner lauern, bewaffnet und alarmiert durch die Schüsse. Und er hatte keinerlei Deckung oder Schutz. Jetzt war er auf seine Schnelligkeit und Entschlossenheit angewiesen – und auf eine gute Portion Glück. Aus der Innentasche seiner Jacke nahm er eine Blendgranate, zog den Sicherungsstift und hielt den Auslöser gedrückt. Sobald er den losließ, hatte er noch drei Sekunden, bevor das Ding mit einer ohrenbetäubenden Detonation und einem grellen Blitz losgehen würde. Er senkte den Kopf. Holte zwei-, dreimal tief Luft, nahm das Sturmgewehr vor sich und vergewisserte sich, dass es schussbereit war. Dann rannte er zur Tür, trat wuchtig dagegen, sodass sie krachend in den Raum dahinter flog, und warf die Granate wie eine Bowlingkugel flach über den Boden hinein. Dann sprang er zurück und ließ sich gegen die Wand des Ganges fallen, machte sich so klein er konnte. Eine Stimme brüllte aus dem Raum, dann zwei schnelle Schüsse. Die Wand hinter ihm vibrierte von den Einschüssen und kleine Stücke Putz und Staub fielen auf ihn herunter. Dann übertönte die Explosion alles. Er konnte die Druckwelle bis in seinen Kiefer spüren. Seine Augen waren fest zugekniffen, jeder Muskel gespannt. Binnen Sekundenbruchteilen war er wieder auf den Beinen und feuerte blind in den dichten Qualm, der in den Gang heraus quoll. Sein eigener Herzschlag pulsierte laut in seinen Ohren. Eine weitere blinde Salve, dann sprang er in den sich lichtenden Rauch hinein. Von links kam eine Stimme, diesmal panisch und schmerzerfüllt. Ein schneller Schwenk mit dem Sturmgewehr und ein kurzes Tak-tak-tak, dann war die Stimme verstummt. Er verlor keine Zeit, rannte vorwärts, nahm links und rechts große Fenster wahr. Ein Teil der Labors lag im Dunkeln. Wenige Meter vor ihm schwang eine Tür auf. Er hob das Gewehr und zog den Abzug durch. Das Sturmgewehr spuckte ratternd Kugeln aus und zuckte in seinen Händen wie eine wütende Schlange. Die Tür vor ihm zerstob in eine Wolke aus Holzsplittern und Blut, und ein weiterer Söldner wurde nach hinten geschleudert, tanzend wie ein Derwisch, während die Kugeln ihn in Stücke rissen. Seine Pistole rutschte klappernd über den Boden.

Stefan hielt wieder inne und presste sich an die Wand. Der Flur vor ihm war leer. Um ihn herum war Stille – bis auf das Surren der Leuchtstoffröhren über seinem Kopf. Die Luft roch nach Rauch, Kordit und Blut. Er wartete einige Herzschläge ab und konzentrierte sich auf seine Umgebung. Langsam tastete er sich weiter vor und lugte in den Laborraum hinein. In der Mitte stand ein großer Tisch aus seidig glänzendem Edelstahl, umgeben von Geräten, deren Funktion er nicht ausmachen konnte. Einige sahen aus wie kleine Roboterarme, dazwischen lagen Messgeräte und diverse Metallboxen, aus denen dicke Kabel in die Wände führten. Ansonsten war der Raum leer.

Er lief geduckt zur nächsten Tür, fand diese jedoch verschlossen. Langsam schob er sich zu dem großen Fenster daneben vor und riskierte einen Blick hinein. Der Raum glich dem ersten, nur dass der Tisch nicht leer war. Auf dem Tisch lagen zwei Arme. Arme, die er kannte. Es war die gleiche Art Prothesen, mit denen er gerade seine Waffe festhielt. Nur dass die filigranen, matt schimmernden Metallteile dieser Hände nicht mit menschlichem Gewebe bedeckt waren. Er schluckte und sah auf seine eigenen Hände hinunter. Sie zitterten leicht. *Wieso verdammt können Cyborg-Hände zittern?*, fragte er sich. Dann schüttelte er den Gedanken ab und schob sich weiter den Flur entlang. Vom Ende des Ganges konnte er leise Geräusche hören. Dumpfe Schritte, ein Kratzen. Kurz darauf Stimmen, gedämpft. Und, ganz leise, das unverkennbare Geräusch von Waffen, die entsichert wurden. Sie warteten auf ihn. Solange er nicht wusste, was die verbleibenden Typen an Ausrüstung hatten, konnte er sich keine Atempause leisten. Noch vier Ziele.

Er drückte sich flach an die Wand, um ein möglichst kleines Ziel abzugeben. Dann legte er an und feuerte eine Dauersalve auf die Tür vor ihm, in kleinen Kreisen um das Schloss herum. Nach wenigen Sekunden zerbarst auch diese Tür in einem Regen aus Staub und Splittern. Schüsse kamen von der anderen Seite, hektisch gebrüllte Befehle, noch mehr polternde Schritte. Er ging in die Hocke, Gewehr voran, und feuerte unablässig durch das Loch, wo vorher die Tür gewesen war. Die letzten Reste fielen vor ihm auseinander. Kugeln schlugen vor seinen Füßen ein. Er sprang hoch, rannte vorwärts und schwenkte das zuckende Sturmgewehr von Seite zu Seite. Schreie vor ihm, Splitter und Kugeln flogen um ihn herum. Ein dumpfer Laut neben ihm, als ein weiterer Körper getroffen auf dem Boden aufschlug. Beißender Rauch brachte seine Augen zum Tränen. Er ließ sich fallen, klatschte wie ein nasser Sack auf den Linoleumboden, während vereinzelte Kugeln gefährlich nahe über ihn hinwegzogen. In seinen Händen hörte das Gewehr auf zu zucken, die Munition war verbraucht. Es war glühend heiß. Er ließ es hastig fallen, griff in sein Schulterholster. Seine Augen brannten so stark, dass er sie kaum noch offenhalten konnte. Neben seinem Kopf spritzten Mörtelsplitter auf, als eine Kugel neben ihm in den Boden einschlug. Kleine Splitter bohrten sich brennend in seine Wange. Er rollte sich zur Seite, riss die Pistole hoch. Vor sich konnte er vage einen Schatten erkennen. Sofort schoss er dreimal darauf und wurde mit einem grunzenden Schmerzenslaut belohnt. Der Schatten kippte nach hinten weg. Dann war es plötzlich wieder still. Seine Ohren piepten, und das sich entfernende Geräusch von Schritten hörte er nur noch wie durch Watte. So schnell er konnte, stieß er sich vom Boden ab und drückte sich wieder flach an die nächste Wand. Ein schneller Blick durch den Raum zeigte ein Bild der Verwüstung. Zwei Söldner lagen tot auf dem Boden, ein weiterer saß in einiger Entfernung, ebenfalls an eine Wand gelehnt. Der Mann atmete stoßweise, und aus einer Wunde an seinem Oberschenkel floss Blut. Er fixierte Stefan mit weit aufgerissenen Augen. Seine Waffe lag unerreichbar für ihn in einiger Entfernung. Stefan hob kurz seine Pistole und schoss dem Verletzten zwei Kugeln in den Hals. Der leblose Körper ruckte zur Seite und klatschte mit einem nassen Geräusch auf den Boden. Stefan sah die Leiche unverwandt an. *Drei weitere Ziele erledigt, ein Ziel noch übrig.* Er gestattete sich eine Minute, in der er nur an der Wand lehnte und auf seinen eigenen Herzschlag hörte.

Dann stieß er sich von der Wand ab und richtete sich auf. Kurz nahm er sich noch Zeit, um den Staub von seiner Hose abzuklopfen. Er sah sich die drei Toten an. Alle hatten nur Handfeuerwaffen, baugleich wie die, die er selbst hielt. Er zuckte mit den Schultern. Schade, er hätte gerne noch ein weiteres Sturmgewehr gehabt. Aber mit dem letzten Mann würde er auch so fertig werden. An der linken Seite des Raumes war eine Stahltür. Wenn der Grundriss, den er sich im Kopf zurechtgelegt hatte, stimmte, waren dahinter die Sicherheitszellen. Er hatte schwere Schritte gehört, jedoch nicht das Geräusch einer zufallenden Stahltür. Er drehte sich zur anderen Seite. Eine schmale Wendeltreppe führte nach oben zu einem aufgesetzten Stockwerk. Das sah schon eher nach der Quelle der Geräusche aus.

Eine Weile stand Stefan unentschlossen vor der Treppe. Die Treppe bot dem nach oben Geflüchteten ein ideales Schussfeld. Ihm zu folgen, war extrem gefährlich. Aber er wollte keines der Ziele am Leben lassen. Nach einigen Momenten der Unentschlossenheit war seine Entscheidung gefallen. Er wandte sich von der Treppe ab und ging zu der Stahltür. Die Ausweiskarte des Wachmannes gewährte ihm ein weiteres Mal Zutritt, als er sie durch das kleine Lesegerät neben der Tür zog. Vorsichtig schwang er die Tür auf, dahinter war gespenstische Stille. Sein Gehör war immer noch beeinträchtigt von der vorangegangenen Explosion und den Schüssen, aber zur groben Orientierung reichte es.

Langsam und immer an eine Wand gedrückt rückte er vor. Nach wenigen Metern gelangte er an die erste Tür einer Sicherungszelle. Der Zweck war unverkennbar – eine dickwandige, graue Stahltür mit einer Klappe über dem Boden zum Durchreichen von Essen und einem kleinen Sichtfenster auf Kopfhöhe. Er kniff die Augen zusammen und lugte durch das kleine Fenster ins Innere. Es war dunkel, doch er konnte schemenhaft einige Gegenstände erkennen. Ein einfaches Bett, eine Toilette aus Edelstahl. Es erinnerte ihn an die Arrestzelle seines Ausbildungsstützpunktes, in der er eine unangenehme Nacht verbringen durfte, nachdem er sich mit seiner Clique von Jung-Soldaten besinnungslos gesoffen und johlend an die Fahrzeuge des Offiziersstabes gepinkelt hatte. Wände und Boden waren grau, glatt und sauber. Das Bett schien leer.

Er schob sich vorsichtig weiter zur nächsten Tür. Der Raum dahinter war identisch, jedoch lag jemand auf dem Bett. Wieder konnte Stefan keine Einzelheiten erkennen, bis auf die wirren, grau-weißen Haare des Professors, die geradezu im Dunkeln zu leuchten schienen. Stefans Puls beschleunigte sich abermals. Sein Blick suchte nach einem weiteren Kartenleser neben der Tür, doch diesmal hing da ein kleines Kästchen mit einem Tastenfeld. Die Verriegelung war mit einem Code gesteuert! Er fluchte leise. Damit war klar, er musste den letzten der Söldner aus seinem Versteck holen – und zwar lebend. Und dann konnte er nur hoffen, dass er die Codes wusste, denn diese Türen würden sich mit nichts außer einer Sprengladung öffnen lassen – die er nicht hatte und bei der wohl auch die Insassen keine große Überlebenschance hätten. Er fluchte und spuckte eine Ladung Speichel voll mit

Staub und Ruß auf den Boden. Er entschied, sich zuerst noch einen Überblick über die restlichen Zellen zu verschaffen. Der nächste Raum war ebenso dunkel, hier saß der Insasse auf seinem Bett. Trotz aller Strapazen und seiner Frustration über das neue Hindernis so knapp vor dem Ziel musste Stefan kurz lächeln. Es war unverkennbar Henry. Sein Kopf war gesenkt, und er wirkte niedergeschlagen. Sein Gesicht war gespenstisch blass im Dämmerlicht. Aber er war am Leben, und Stefan hatte ihn gefunden. Den Rest würde er auch noch schaffen. Er wandte sich ab und überlegte kurz, die letzten drei Zellen auch noch zu kontrollieren. Dann entschied er sich dagegen. Priorität hatte jetzt, diese Codes zu bekommen. Er überlegte fieberhaft. Die Wendeltreppe einfach hochzulaufen kam nicht infrage. Da konnte er sich gleich selber erschießen. Ein paar Sekunden rasten die Gedanken durch seinen Kopf. Da war doch noch etwas, was Le Brey ihm gesagt hatte. Wenn er sich nur besser erinnern könnte. Trotz der Eile, die er verspürte, schloss er die Augen und beruhigte seine Atemzüge. Wie einen Film ließ er die Erzählung des Kommandanten in sich ablaufen. Er hörte den Schmerzensschrei, als er ihm die Kniescheibe durchschossen hatte. Dann hatte er geduldig gewartet, bis sich der Söldner so weit im Griff gehabt hatte, dass er nicht mehr nur vor Schmerzen stöhnen, sondern wieder reden konnte. Stefan spürte regelrecht, wie er den immer noch heißen Lauf der Pistole auf die frische Schusswunde gedrückt hatte. Da hörte er in seiner Erinnerung die panisch ausgestoßenen Worte: „Es gibt nur diesen einen Zugang. Oben ist die

Kommandostation, mit den Sendeeinheiten. Und unser Mannschaftsraum. Die alte Feuertreppe außen ist halb weggerostet, da kommt man nicht mehr hoch …"

Er riss die Augen auf. Da war es, dieses vage Stückchen Information, das in seinem Kopf herumgeschwirrt war. Le Brey war von sich selbst ausgegangen, von einem großen und schweren Mann, der sicherlich sehr gut trainiert war, aber dessen Fähigkeiten nichts waren im Vergleich zu den Armen, die Stefan hatte. Er nickte kurz. Dann raffte er sich auf und ging zügig zurück. Der Raum mit der Wendeltreppe war immer noch verlassen und ruhig. So leise er konnte, durchquerte er den Raum und lief denselben Weg durch das Gebäude zurück, den er gekommen war. Als er durch die Tür an der Gebäuderückseite ins Freie trat, umfing ihn diesige, kalte Luft. Es war mittlerweile neblig geworden, und die feuchte Luft legte sich wie ein Film auf sein Gesicht. Sofort rannte er los, links um das Gebäude herum. Und tatsächlich, auf der anderen Seite sah er, worauf er gehofft hatte. An der Außenseite ging eine Feuertreppe hoch. Ihr Zustand war bestenfalls desolat, einige Stufen fehlten komplett, einige andere waren so durchgerostet, dass sie vermutlich unter einem kräftigen Tritt einfach durchbrechen würden. Die Treppe war mit einer Kette und einem Warnschild gesperrt. Stefan trat näher an die Treppe heran. Die Stufen waren zwar nicht mehr betretbar, aber die Träger, auf denen sie montiert waren, waren aus voll verzinktem Metall. Kein Rost, nur ein glitschiger Bewuchs von Moos und Dreck bedeckte die kräftigen Stahlträger. Für ihn war das gut genug. Seine

Hände packten zu wie Schraubstöcke. Für die vier Meter bis nach oben brauchte er keine Minute und kam dabei nicht einmal außer Atem. Dann schwang er die Beine hoch und zog sich auf die Plattform vor der Feuertür. Vorsichtig setzte er die Füße auf die ebenfalls löchrige Plattform. Sie hielt, aber er konnte spüren, wie kleine Stückchen Rost unter seinen Schuhsohlen knirschten. Er tastete im Dunkeln den Türrahmen ab. Was er spürte, ließ ihn breit grinsen. Neben der Tür war ein weiterer Kartenleser angebracht – wohl noch aus einer Zeit, bevor die Treppe so baufällig war. Er zog die Ausweiskarte durch und hielt den Atem an. Und tatsächlich, mit einem sanften Schnappen entriegelte sich die Tür und sprang einen Zentimeter weit auf. In derselben Sekunde riss Stefan die Tür auf, zog seine Pistole aus dem Holster und stürmte in den Raum. Ein erschrockener Laut und ein Rascheln ließen ihn nach links herumfahren. Keine fünf Meter von ihm entfernt fuhr der letzte Söldner herum und versuchte seine Waffe, die er auf die Wendeltreppe gerichtet hatte, zu ihm herumzureißen. Stefan schoss zweimal. Die Kugeln verfehlten ihr Ziel, der Mann sprang gerade rechtzeitig zur Seite. Stefan sah die Mündung aufblitzen und spürte, wie sein linker Arm nach hinten gerissen wurde. Er spürte keinen Schmerz, nur ein seltsames Kribbeln in seinem Kopf. Er taumelte leicht seitlich, fing sich aber sofort wieder. Blitzartig schwenkte er mit seiner Pistole nach und fand sein Ziel. Er drückte einmal ab, und der Mann gegenüber stieß einen unterdrückten Schrei aus. Sein Bein wurde nach hinten gerissen, und er fiel zur Seite. Mit drei schnellen

Schritten war Stefan bei ihm, kickte die Waffe, die dem Söldner aus der Hand gefallen war, von ihm weg und richtete seine Pistole auf dessen Kopf.

„Liegen bleiben", knurrte er.

Der Mann vor ihm stieß als Antwort nur ein Ächzen aus und hielt seinen rechten Oberschenkel umklammert. Aus einem Einschussloch quoll Blut und lief zäh über seine Finger. Stefan drückte ihm den heißen Lauf seiner Waffe gegen die Schläfe.

„Die Codes. Für die Zellen. Unten. Sag sie mir."

Der Söldner unter ihm zitterte unkontrolliert, machte jedoch keine Anstalten, ihm zu antworten. Nochmals verstärkte Stefan den Druck mit seiner Pistole, bis der am Boden Liegende vor Schmerzen wimmerte.

„Die Codes. Jetzt."

„Hab … nicht … weiß nicht …", presste der Verwundete zwischen den Zähnen hervor. Stefan schüttelte den Kopf.

„Falsche Antwort."

Er richtete die Pistole auf das noch unverletzte Bein des Mannes. Der Schuss klang ohrenbetäubend laut und durchschlug den Knöchel. Der Mann schrie wie am Spieß.

Stefan wartete ab, bis sein Schreien in ein gepeinigtes Stöhnen und Wimmern überging. Dann ging er neben dem Mann in die Hocke, der panisch zurückwich, so gut er es mit zwei zerschossenen Beinen noch konnte. Seine Augen waren geweitet, seine Haut kreidebleich. Schweiß stand auf seinem wächsernen Gesicht.

„Ich schwöre … kenne keine Codes … nur der Techniker … kennt …"

Zitternd hob er eine Hand und deutete auf die verschlossene Tür neben ihnen. Es war der Kommandoraum, von dem Le Brey erzählt hatte.

„Ist da noch einer drin?“, fragte Stefan leise.

Der Mann nickte und ließ die Hand wieder fallen. Er atmete stoßweise, seine Lider flatterten. Stefan erhob sich und ging leise zur Tür. Dann drehte er sich noch einmal um und schoss dem Söldner beiläufig eine Kugel in den Kopf. *Letztes Ziel eliminiert,* dachte er, als der Kopf des letzten Söldners nach hinten gerissen wurde und in einem blutigen Regen auf den Boden aufschlug. Dann drückte er langsam die Klinke hinunter. Sanft klickte das Schloss, und die Tür sprang einen Zentimeter weit auf. Er hielt sie einen Moment so fest und lauschte konzentriert. Dann riss er sie gewaltsam auf und stürmte mit vorgehaltener Waffe in den Raum.

„O Gott, bitte nicht, bitte nicht schießen!“, schrie ein schmal gebauter, sehr junger Mann ihm entgegen, der sich in die Ecke des Raumes gedrängt hatte. Seine Brille war verrutscht, und seine blonden, dünnen Haare standen in alle Richtungen ab. Über sein blasses Gesicht liefen Tränen, und er zitterte unkontrolliert. Stefan hielt seine Waffe ruhig auf ihn gerichtet, trat in den Raum und sah sich um. In der Mitte stand ein einzelner, rechteckiger Tisch mit allerlei technischen Geräten darauf. Zwei Wände waren komplett von Regalen bedeckt, in denen blinkende Computer und Server leise vor sich hin surrten. An der Rückwand, gegen die der junge Mann vor ihm sich atemlos lehnte, stand eine einzelne große Steuerkonsole. Die Leuchtstoffröhren an der Decke flackerten leicht und tauchten den Raum in kaltes, hartes Licht, was den armen

Kerl vor ihm noch kläglicher und bleicher wirken ließ. Ansonsten war der Raum leer. Mit langsamen Schritten ging Stefan auf ihn zu.

„Du bist Techniker?", fragte er.

Der Mann nickte nur unsicher, er hatte mittlerweile die Hände über den Kopf gehoben. Seine Augen waren auf die Waffe in Stefans Hand fixiert.

„Du kennst die Codes für die Zellen unten?"

Der Techniker schüttelte den Kopf. Stefan war mit einem Satz bei ihm, riss ihn an einem Arm von der Wand weg und schleuderte ihn auf den Boden. Seine Stimme war kalt, leise und schneidend, als er sprach.

„Ich habe keine Zeit für dumme Spielchen. Die Zellen. Ich brauche die Codes."

Der Techniker schluckte mehrmals, sein Adamsapfel hüpfte sichtbar auf und ab. Dann stammelte er mit belegter Stimme: „Ich kenne die Codes nicht. Aber ich … ich kann die Türen öffnen …"

„Wie?"

Als Antwort kam zunächst nur abermals heftiges Schlucken. Der junge Mann versuchte seine Brille zurechtzurücken, aber er zitterte so stark, dass es ihm nicht gelang.

„Durchatmen. Ich will nur die Zellen offen haben. Wenn du das schaffst, lasse ich dich leben. Du bist kein Ziel."

Der Techniker nickte so eifrig, dass die Brille von seiner Nase auf den Boden fiel. Zitternd griff er danach, setzte sie aber nicht wieder auf.

„Ich kann von hier nur das gesamte System offen schalten. Brandschaltung, für Notfälle. Dann entriegeln sich alle Schlösser. Aber …"

„Aber was?“

„Aber dann gehen alle Zellen auf!“

Seine Stimme wurde noch nasaler und weinerlicher. Stefan winkte mit seiner Pistole zu der Konsole hinüber.

„Aufstehen. Mach diese Schaltung jetzt. Schnell.“

Der Techniker erhob sich zögerlich und trottete wie in Trance zu der Steuerkonsole. Er gab auf der Tastatur etwas ein, wobei seine Hände immer noch so stark zitterten, dass er mehrere Versuche brauchte. Auf einem Bildschirm vor ihm liefen mehrere rote Zahlenkolonnen ab. Eine Warnleuchte an der Seite des Bildschirms begann hektisch zu flackern. Er drehte sich zu Stefan um.

„Ich … also, wenn ich jetzt bestätige, dann ist die Brandschaltung aktiv. Aber soll ich wirklich …?“

Stefan schüttelte verärgert den Kopf.

„Mach. Jetzt. Auf!“

Abermals schluckte der junge Mann, dann nickte er und drückte eine finale Taste. Ein durchdringender Sirenenton fuhr durch das Gebäude, und noch mehr Signallampen begannen wild zu blinken. Alle Lichter im Gebäude sowie die Außenlichter an der Fassade leuchteten gleichzeitig auf. Der Techniker nickte Stefan zu.

„Jetzt ist alles auf. Und die Feuerwehr ist auch alarmiert. Aber … jetzt können die da unten auch raus …!“

Die weinerliche Art ging Stefan wirklich auf die Nerven. Er senkte seine Waffe, drehte sich um und schritt rasch zur Tür. Aber da war noch etwas anderes in dem, was der Kerl gesagt hatte, das ihn störte. Er überlegte kurz. Dann wandte er sich noch einmal um.

„Was meinst du mit ‚die da unten‘?“, fragte er.

Bei seiner Frage weiteten sich die Augen seines Gegenübers noch einmal mehr. Seine Antwort war kaum mehr als ein Flüstern.

„Die Kaputten …"

Stefan seufzte und schüttelte den Kopf. Er drehte sich um und zog die Tür zu dem Kontrollraum zu. Dann nahm er als kleine Vorsorge noch einen Stuhl und schob ihn unter die Klinke. So verängstigt wie der Typ da drinnen war, würde der ihm wohl sowieso nicht mehr in die Quere kommen, und er konnte jetzt wirklich keine weitere Störung mehr gebrauchen. Als er den Stuhl mit der linken Hand gegen die Tür presste, spürte er abermals ein Kribbeln in seinem Kopf. Seine Nackenhaare stellten sich unwillkürlich auf. Dann fiel seine linke Hand schlaff herab. Aus der Schusswunde an seinem Arm lief eine zähe, klare Flüssigkeit, und er konnte ein ganz leises Surren hören. Offensichtlich hatte der Schuss die Mechanik doch nachhaltiger beschädigt. Er versuchte noch einmal, seine Hand wieder zu heben, mehr als ein Zucken brachte er jedoch nicht mehr zustande. Seufzend wandte er sich von der Tür ab. Zum Glück war es jetzt fast vorbei. Mit großen Schritten sprang er die Wendeltreppe hinunter und ging zu dem Zellentrakt. Überall um ihn herum verteilten Alarmleuchten zuckend-organgenes Licht, und der heulende Ton der Sirenen tat in seinen Ohren weh. Es blieb nicht mehr viel Zeit, denn mit Sicherheit würde nicht nur die Feuerwehr ausrücken, sondern auch noch weitere Truppen. Er stieß die Tür zum Zellentrakt auf. Der Flur lag verlassen vor ihm, einige Türen waren aufgestoßen. Schnell rannte er die kurze Entfernung zur Zelle des Professors und zog die Tür auf. Professor Keppler stand in der Mitte seiner Zelle und sah ihn verwirrt und erschrocken an. Dann erkannte er Stefan, und eine Welle der Erleichterung ließ sein Gesicht strahlen.

„Herr Roth, Allmächtiger! Wie haben Sie …“, stieß er aus.

Stefan trat zu ihm und zog ihn am Arm aus der Zelle.

„Wir müssen hier raus. Bitte! Uns bleibt nicht mehr viel Zeit. Sind Sie okay? Können Sie laufen?“

Der Professor nickte.

„Mir fehlt nichts. Ich bin nur … Wie geht es Ihnen? Ist meine Tochter bei Ihnen?“

Stefan zog ihn wortlos mit sich in den Gang und bedeutete ihm zu warten. Dann trat er rasch zur Zelle von Henry Cols vor und riss die Tür auf. Er fand ihn ebenfalls stehend, jedoch in der hintersten Ecke des kleinen Raumes. Im Gegensatz zu Professor Keppler schien Henry aber zutiefst besorgt. Er trat nicht auf Stefan zu und sah sich gehetzt um.

„Henry, wir müssen hier weg. Schnell! Ihr seid frei. Keiner von denen steht mehr. Aber wir müssen uns beeilen!“

Henry machte einen vorsichtigen Schritt auf ihn zu, aber der besorgte Gesichtsausdruck blieb. Stefan trat in den Gang und hielt die Tür auf.

„Verdammt noch mal, komm jetzt!“, zischte er ihn an.

Henry folgte, wenn auch widerwillig. Er lugte vorsichtig aus der Tür und sah Stefan eindringlich an.

„Sind alle Türen auf?“, fragte er flüsternd.

Stefan nickte knapp.

„Ja, sind sie. Mann, warum ist das denn jetzt wichtig? Wir müssen los. Wer weiß, wann hier Verstärkung ankommt."

Henrys Gesicht wurde um eine Schattierung blasser. Er flüsterte immer noch.

„In den anderen Zellen … Hast du gesehen, was da drin war?", fragte er.

Stefan schüttelte den Kopf, packte ihn am Arm und zog ihn grob mit sich, bis sie mit dem Professor zusammen in der Mitte des Flurs standen. Dann erst antwortete er.

„Nicht alle. Warum sollte ich auch? Ich bin wegen euch hier!"

Henry trat einen Schritt von ihm zurück und schüttelte abwesend den Kopf. Er sah den Gang hinunter auf die beiden weit offenstehenden Zellentüren hinter ihnen. Dann sah er Stefan eindringlich in die Augen.

„Diese Sicherheitszellen … Die sind für die … die Kaputten … für die Fehlversuche."

Er sah auf den Boden, so, als könne er Stefan nach dieser Eröffnung nicht mehr in die Augen sehen.

„Was?"

In dem Moment flog die Tür zum Gang auf. Stefan schnellte herum und riss in einer fließenden Bewegung Henry und den Professor zu Boden. Weil sein kaputter linker Arm ihn nicht abfangen konnte, prallte er schmerzhaft ungebremst auf den Linoleumboden. In der Tür stand ein Schatten, unmenschlich verzerrt durch das wild kreisende Licht der Alarmleuchten. Stefan blinzelte ungläubig, da krachte bereits ein Schuss. Das Mündungsfeuer ließ die Gestalt noch verzogener erscheinen, und Stefan spürte, wie eine Kugel heiß und sengend nur wenige Zentimeter über ihre Köpfe hinwegflog. Sie schlug in der Wand hinter ihnen ein, und kleine Stücke Putz regneten auf ihn herab.

Blitzschnell rollte er sich zur Seite und zog in einer flüssigen Bewegung seine Waffe. Die Gestalt vor ihm schoss noch mal, verfehlte ihn wieder nur um Haaresbreite. Verdammt, der Typ war unglaublich schnell! Stefan warf sich abermals zur Seite, legte an und feuerte blind sein Magazin leer, in der Hoffnung, dass einer seiner wilden Schüsse sein Ziel finden würde. Ein Grunzen und Sekundenbruchteile später ein klatschender Aufschlag eines schweren Körpers auf dem Linoleum bestätigten seine Hoffnung. Er wirbelte hoch, sprang mit zwei großen Sätzen zu der auf dem Boden liegenden Gestalt hin – und erstarrte. Auf dem Boden lag, mit von drei Kugeln aufgerissenem Brustkorb, eine Kopie seiner selbst.

Erst auf den zweiten Blick sah er, dass der Tote vor ihm sich von ihm selbst doch sehr stark unterschied: Er war deutlich massiger und größer, und seine Haut war von Flecken, Läsionen und verschorften Wunden übersät. Sein Gesicht war breit und kantig und im Tod noch zu einer wütenden Grimasse verzerrt. Die Zähne waren gebleckt, viele von ihnen waren zu kleinen Spitzen abgebrochen. Aus seinem Mund quoll blutiger Schaum. Der zerschundene Körper vor ihm war komplett nackt, und die schwarz glänzenden Arm- und Beinprothesen waren identisch mit seinen eigenen. Er erschauerte. Dann fuhr er herum, als Henry sich vorsichtig von hinten näherte. Henry hob abwehrend die Hände.

„Ich bin es nur, okay? Ruhig, ganz ruhig“, sagte er, seine Stimme bereits wieder etwas fester.

„Das da … sind die Kaputten. Prototypen, die nicht funktioniert haben. So haben die sie genannt. Bei manchen hat die Steuerung im Gehirn etwas ausgelöst, was nicht mehr kontrollierbar war … Die sind dann einfach durchgedreht. Kaputt eben. Manche haben sich selber verstümmelt, komplett wahnsinnig. Und ein paar von denen … da hat dann das Kampfprogramm irgendwann komplett übernommen, und die sind blind auf alles losgegangen, was sich bewegt hat. Deswegen haben sie sie hier weggesperrt, in die Sicherheitszellen."

Stefan fühlte, wie heiße Wut in ihm aufstieg. Er hob die Pistole und zielte genau auf Henrys Gesicht. Sein ganzer Körper vibrierte vor Zorn. Er schrie fast.

„Du hast gesagt, ich bin der Erste. Was ist das dann hier? Wie viele gibt es? Was zur Hölle habt ihr hier gemacht?"

Henry wich kreidebleich einen Schritt zurück.

„Ich wusste davon nichts, ehrlich. Damit hatte ich nichts zu tun. Verdammt, ich bin doch nur ein Angestellter hier gewesen, ich habe gemacht, was man mir gesagt hat! Von den Kaputten hab ich erst erfahren, als die uns hier eingesperrt haben."

Er wich abermals einen Schritt zurück. Stefan blieb stehen, in seinem Kopf tobte plötzlich wieder ein Orkan aus Schmerzen. Er kniff die Augen zusammen und krümmte sich unwillkürlich. Dieses Mal war der Anfall so schlimm, dass er auf die Knie sank, die Welt um ihn herum verschwamm für einen Augenblick. In seinem Kopf kreisten wieder Bilder und Erinnerungsfetzen herum wie in einem wild gewordenen Kaleidoskop. Er erbrach würgend bitter-sauren Magensaft auf den Boden zwischen seinen Knien. Als die Krämpfe nach einigen Sekunden nachließen und er wieder etwas klarer sehen konnte, kniete Professor Keppler neben ihm und stützte ihn vorsichtig. Sein Blick verriet Besorgnis.

„Herr Roth, hören Sie mich?“, drang seine Stimme zu Stefan durch. Der nickte kaum merklich und nahm seine ganze Kraft zusammen, um aufzustehen. Kraftlos stieß er den Professor von sich weg.

„Raus hier. Wir müssen weg“, presste er mühsam hervor und taumelte zur Tür.

Er sah sich nicht um, hoffte nur, dass die beiden ihm folgen würden.

Zu dritt durchquerten sie schweigend und zügig die verwüsteten Räume. Stefan konnte hören, wie Professor Keppler jedes Mal, wenn sie an einem Toten vorbeikamen, die Luft anhielt oder kurz betroffen etwas murmelte. Er drehte sich nicht zu ihm um, denn er wollte dem Professor nicht in die Augen sehen müssen. In seinem Kopf flogen noch immer die Erinnerungen wild umher, seine Gefühle liefen gerade völlig aus dem Ruder. Die grässlichen, pochenden Schmerzen kamen ihm da fast gelegen, so hatte er genug damit zu tun, sich auf das Weiterlaufen zu konzentrieren, ohne nachdenken zu müssen, was er getan hatte. Humpelnd, taumelnd und nur halb bei Bewusstsein erreichte er die kleine Tür zum Außengelände. Feuchte, schneidend kalte Luft schlug ihm entgegen. Feiner Nieselregen legte sich auf sein Gesicht. Hinter sich konnte er den Professor schwer atmen hören. Offenbar war er doch schneller gegangen, als er bemerkt hatte. Sein Kopf klärte sich ein wenig. Er blickte an sich hinunter und stellte fest, dass er die Pistole immer noch fest in seiner rechten Hand hielt. Einige Sekunden stand er in der Tür und wartete, sowohl darauf, dass die frische Luft ihm half, etwas mehr zu sich zu kommen, als auch darauf, ob draußen verdächtige Geräusche erklangen. Zu seiner Erleichterung blieb es still. Er winkte den Professor und Henry mit einer knappen Geste an sich vorbei. Henry ging zügig nach draußen, der Professor hatte sichtlich mehr Mühe, seine Schritte zu koordinieren. In seinem Gesicht war blankes Entsetzen erkennbar. Stefan konnte es ihm nicht verdenken. Als Professor Keppler an ihm vorbei war, drehte sich Stefan noch einmal um. Er glaubte, aus dem Augenwinkel eine schattenhafte Bewegung gesehen zu haben. Der feine Regen lief ihm in die Augen und behinderte seine Sicht. Die sich immer noch drehenden Alarmlichter tauchten das Innere der Halle in ein zuckendes Licht, das ihm Bewegungen in jeder Ecke des Raumes vorgaukelte. Er schloss eine Sekunde die Augen und wandte sich dann ab. Den Schatten, der in diesem Moment wieder im Gang auftauchte, sah er zwar, aber sein erschöpftes Gehirn brauchte zu lange, um darauf zu reagieren. Die Schüsse hinter sich hörte er wie einen verzögerten Hall. Zwei Kugeln jagten bösartig surrend an ihm vorbei, die dritte fand ihr Ziel. Stefan wurde zur Seite gerissen und drehte unfreiwillig eine Pirouette, bevor er zu Boden fiel. Instinktiv riss er die Pistole hoch, aber die zufallende Tür versperrte seine Sicht. Dann setzten die Schmerzen ein. Seine rechte Körperhälfte schien unterhalb der Rippen plötzlich in

Flammen zu stehen. Stöhnend wälzte er sich nach links, die Waffe zitternd vor sich. Vor seinen Augen tanzten Lichter. *Ich darf jetzt nicht bewusstlos werden!* Wie aus weiter Ferne hörte er Henrys Stimme hinter sich. Sein Arm mit der Pistole schien plötzlich bleischwer. Dann packten ihn mehrere Hände unter den Achseln, und er spürte, wie sie ihn anhoben und hastig wegschleiften. Er ließ es willenlos geschehen, seine ganze Konzentration war auf die kleiner werdende Tür vor ihm gerichtet, und auf den Versuch, seine Waffe weiterhin darauf zu richten. Wer oder was auch immer diese Tür öffnen würde, durfte nicht überleben. Sie zerrten ihn weiter, bis die Tür fast außer Sicht war. Sie blieb geschlossen, niemand kam. Er konnte hören, wie die beiden Männer vor Anstrengung schwer atmeten. Dann legten sie ihn sanft ab. Henrys Gesicht schwebte über seinem. Henry redete aufgeregt auf ihn ein. Stefan nahm sich zusammen, um zu verstehen, was er ihm sagte.

„… Wagen? Hast du irgendwo ein Fahrzeug? Wir müssen dich von hier wegbringen, sofort …"

Stefan nickte schwach. Seine Stimme war ein Krächzen, als er Henry beschrieb, wo Kepplers BMW abgestellt war. Henry nickte, und sein Gesicht verschwand für einen Moment aus Stefans Blickfeld. Mit großer Anstrengung stützte er sich auf seinem Arm hoch und versuchte sich aufzurichten, was eine weitere Welle von Schmerzen in seiner rechten Seite explodieren ließ. Mit angehaltenem Atem hielt er seinen Oberkörper weiter hochgedrückt. Er blickte an sich hinunter. Aus einem Loch in seinem Sweatshirt kurz oberhalb seiner Hüfte quoll Blut. Henry und

Professor Keppler beugten sich wieder zu ihm herunter und fassten ihm unter die Arme.

„Herr Roth, wir versuchen jetzt, mit Ihnen zum Wagen zu laufen. Wir können Sie nicht tragen, aber stützen. Schaffen Sie das?"

Der Professor hatte sich etwas aus seiner Erstarrung gelöst, seine Instinkte als Arzt, der einen Verletzten vor sich hatte, halfen ihm. Seine Stimme klang jetzt wieder so ruhig und sicher, als wäre er in seiner Klinik an einem Krankenbett. Das gab Stefan wieder ein wenig Energie. Er sah vom einen zum anderen, dann zu der Halle, deren Tür immer noch geschlossen war. Seine Mission war fast erfüllt, er hatte die beiden befreit. Die letzten Meter würde er auch noch schaffen, egal wie. Stefan sah zum Professor und nickte. Sekunden später zerrten die beiden ihn ächzend auf die Beine. Sie stolperten mühsam vorwärts, und jeder Schritt fühlte sich an wie ein Messerstich in Stefans Seite. Irgendwie schafften sie es. Vor seinen Augen wechselten sich flackernde Sterne und alles schluckende Finsternis ab, und über sein Gesicht lief kalter Schweiß. Aber er setzte taumelnd einen Fuß vor den anderen, Meter um Meter. Nach einer Weile spürte er, wie Henry ihn losließ und sie ihn gegen ein Auto lehnten. Hände tasteten in seiner Jackentasche nach dem Schlüssel. Er versuchte ihnen zu sagen, dass der Schlüssel in der rechten Innentasche war, aber brachte nur ein unverständliches Nuscheln heraus. Zum Glück fand Henry schnell, was er suchte, und mit einem kurzen Aufleuchten der Scheinwerfer signalisierte der BMW, dass er entriegelt war.

„Können Sie fahren, Professor Keppler? Wir müssen ihn so schnell wie möglich in Ihre Klinik bringen!“, sagte Henry.

Der Professor war einen Moment unschlüssig.

„Ich kann … aber er muss hier in eine lokale Klinik. Wenn er innere Blutungen hat, dann überlebt er die Fahrt nicht. Das ist zu weit, zu lange!“

Henry öffnete die hintere Tür und Stefan spürte, wie sie ihn gemeinsam auf die Rückbank bugsierten. Er nahm alles um sich herum nur noch durch einen Schleier wahr, fast wie in einem Traum. Sie setzten ihn, so gut es ging, aufrecht hin, und Professor Keppler legte ihm vorsichtig den Gurt an, bemüht, dabei keinen Druck auf die immer noch blutende Wunde auszuüben. Henry sah den Professor durchdringend an und schüttelte den Kopf.

„Das Erste, wo die uns suchen werden, sind lokale Krankenhäuser. Wenn die uns finden, dann ist er sowieso tot – und wir auch. Ihre Klinik ist sicherer. Wir müssen das riskieren!“

Keppler schluckte, als ihm die Tragweite dessen, was Henry ihm gesagt hatte, klar wurde. Dann nickte er und stieg wortlos auf der Fahrerseite ein. Henry setzte sich eilig auf den Beifahrersitz. In der Ferne waren schon Feuerwehrsirenen zu hören, die rasch näherkamen. Der Wagen setzte sich fast geräuschlos in Bewegung. Stefan spürte, dass sie zügig um eine Kurve fuhren. Er hob mühsam den Kopf und öffnete die Augen. Sie passierten eben die Halle, aus der sie gerade geflohen waren. Die Straßen waren verlassen, aber es waren sicher nur noch Momente, bis hier alles von Feuerwehr und anderen wimmeln würde.

„Hinter dem Gebäude rechts, von da kommen wir auf die Autobahn nach Deu …“

Henry stoppte mitten im Satz, die Augen weit aufgerissen. Aus der Einfahrt vor ihnen kam eine Gestalt gerannt, komplett nackt, mit schwarz glänzenden Armen und Beinen. In irrsinnigem Tempo lief sie auf die Mitte der Fahrbahn und stellte sich breitbeinig hin. In ihrer Hand war eine Pistole. Professor Keppler trat instinktiv voll auf die Bremse und Stefans Kopf wurde nach vorne geschleudert. Sekunden später schlug der erste Schuss in die Windschutzscheibe ein und hinterließ ein Loch mit einem sich ausbreitenden Spinnennetz. Die Kugel schlug mit einem dumpfen Geräusch keine zehn Zentimeter neben ihm in der Mitte der Rückbank ein und stanzte ein ausgefranstes Loch in das Leder.

„Weiterfahren! Oh Gott, Mann, fahren Sie ihn über den Haufen! Los!“, schrie Henry.

Seine Stimme überschlug sich vor Panik. Er zog seinen Kopf hinunter auf die Knie. Keppler saß, vor Schreck wie eingefroren, in seinem Sitz und starrte den grotesken Schützen vor ihnen an. Im Licht der Scheinwerfer sah er noch schlimmer aus als der erste, dem sie zuvor im Inneren des Gebäudes begegnet waren. Sein ganzer Körper war aufgedunsen, entzündete Wunden bedeckten fast jeden Quadratzentimeter seiner nackten Haut. Dort, wo sein Penis hätte sein sollen, war nur ein blutig verkrusteter Stumpf. In seinem zerkratzten und verzerrten Gesicht leuchtete ein weit aufgerissenes Auge. Das andere war nur noch eine blutige Höhle, umgeben von tiefen Kratzspuren, als hätte er sich das eigene Auge herausgekratzt.

Seine Pistole schwenkte zuckend hin und her. Sie schien in seiner Hand ein Eigenleben zu haben und konnte sich gerade nicht entscheiden, auf wen sie zuerst schießen wollte.

Dann pendelte sich die Mündung langsam, immer noch unterbrochen von Zuckungen, auf Stefan ein. Das Auge der grotesken Gestalt zog sich minimal zusammen, fixierte ihn. Das löste den Professor aus seiner Erstarrung. Seine Finger krampften sich um das Lenkrad und sein Fuß stampfte das Gaspedal in den Boden. Der zwei Tonnen schwere Wagen schoss mit kreischenden Reifen vorwärts, sein Motor heulte auf wie ein wütendes Tier. Es dauerte nur einen Atemzug, bis der wuchtige Kühlergrill des BMWs gegen den Schützen prallte und ihn wie eine Spielzeugpuppe meterweit nach hinten warf. Er prallte auf dem Boden auf, rutschte ein paar Meter nach hinten und blieb im Dunkeln liegen. Wieder bremste der Professor scharf, die Augen zugekniffen. Stefan stöhnte unwillkürlich, die gewaltsamen Bewegungen ließen seine Wunde grellen Schmerz in alle Richtungen ausstrahlen. Er schloss die Augen und ließ den Kopf vornüber sinken.

Henry stieß den Professor unsanft an.

„Weiter! Wir müssen weiter. Bitte, fahren Sie schon!“, zischte er.

Der Professor starrte weiterhin entsetzt auf die Straße, auf den zerschundenen Körper, der wenige Meter vor ihnen lag. Keppler bewegte die Lippen, als würde er tonlos sprechen. Seine Augenlider zuckten. Seine Hände hielten weiterhin das Lenkrad umklammert, dass seine Knöchel weiß hervortraten. Henry stieß ihn erneut an, diesmal noch fester. Professor Keppler drehte sich zu ihm um, sah ihn mit verzweifeltem Ausdruck an.

„Ich habe ihn … ich habe einen Menschen getötet …"

„Das war kein Mensch mehr! Und er war sowieso schon so gut wie tot. Bitte, um Himmels willen, fahren Sie weiter!", bedrängte Henry ihn.

Doch der Professor schien ihn nicht zu hören, sondern wandte seinen Blick wieder auf die Straße. Die Sirenen der Feuerwehr waren mittlerweile selbst durch die gedämmten Scheiben des Wagens gut zu hören, sie würde in wenigen Sekunden eintreffen. Henry schlug sich in schierer Verzweiflung auf die Schenkel. Da zeigte der Professor mit einem zittrigen Finger nach vorn und stammelte: „Oh Gott …"

Henry folgte seinem Blick. Der Körper auf der Straße zuckte, hob mühsam seinen Kopf. Sein Gesicht war eine blutige, verschobene Masse, aus der ein Auge sie direkt anstarrte. Ein Arm zuckte, dann fingen die Beine unkontrolliert an zu krampfen und auf den Boden zu schlagen.

„Keppler, fahren Sie!", schrie Henry aus vollem Leibe.

Das schien den Professor aus seiner Erstarrung zu lösen. Er holte stockend Luft, dann nahm er den Fuß von der Bremse und gab Gas. Der Wagen machte einen ruckartigen Satz nach vorne. Keppler lenkte hastig mit quietschenden Reifen an dem zuckenden, blutigen Bündel vorbei und gab weiter Gas. Als sie nach wenigen Sekunden rechts abbogen, konnten sie im Rückspiegel bereits den ersten blauen Lichtschein sehen. Dann beschleunigte der Professor und fuhr kurz darauf, immer noch schwer atmend, auf die Autobahn auf.

Einige Zeit sprach niemand ein Wort. Stefan hielt die Augen geschlossen und versuchte, die Schmerzen in seiner Seite auszublenden. Sein Mund fühlte sich geschwollen und pelzig an. Immer wieder driftete sein Bewusstsein weg. Er hatte kein Zeitgefühl mehr. Ab und an konnte er Henry sehen, der sich mit besorgter Miene zu ihm umdrehte und ihn ansprach. Was er sagte, konnte Stefan nicht verstehen. Hinter den Seitenscheiben flog die Landschaft an ihnen vorbei, und der Fahrtwind pfiff durch das Einschussloch in der Frontscheibe. Doch niemand hielt sie auf. Sie hatten es geschafft. Sie waren gerettet. Er hatte seine Mission erfüllt. Er wusste es nicht genau, aber es fühlte sich so an, als würde er ein wenig lächeln.

Eine ganze Weile war Stefan bewusstlos, wie lange, wusste er nicht. Als er wieder zu sich kam, konnte er das Innere des Wagens etwas deutlicher erkennen. Er fühlte sich sehr, sehr schwach, und seine rechte Seite war komplett taub. Immerhin spürte er so auch kaum noch Schmerzen. Mühsam hob er den Kopf und versuchte zu sprechen. In seinem Dämmerzustand war ein Gedanke in seinem Kopf aufgetaucht, ein vages Bild, das immer gerade unterhalb seines Bewusstseins zu wabern schien. Erst jetzt wurde ihm die Wichtigkeit dieses Bildes klar. Er musste es unbedingt Henry sagen, schaffte aber nur ein krächzendes Flüstern. Henry drehte sich zu ihm um. Er wirkte erschöpft, aber als er ihn ansah, hellte sich sein Gesicht auf. Er redete sanft auf Stefan ein.

„Hey Mann, wir haben es fast geschafft. Halt noch ein bisschen durch … In weniger als einer Stunde sind wir in der Klinik, dann flicken wir dich wieder zusammen."

Stefan winkte ihn mit einer Hand zu sich heran. Henry beugte sich, soweit er konnte, zu ihm nach hinten.

„Stör … Sender", presste Stefan mühsam hervor und schob vorsichtig den Aufschlag seiner Jacke zur Seite. Unterhalb der blutverklebten Einschussstelle in seinem Sweatshirt war der kleine Kasten, den Henry ihm gegeben hatte, sichtbar – oder vielmehr das, was davon übrig war. Er war darauf gefallen, als der Schuss ihn getroffen hatte, und das Gerät war unter seinem Gewicht schlicht auseinandergebrochen.

Henry blickte auf die zertrümmerten Reste an seinem Gürtel und nickte ernst.

„Okay, verstehe. Mach dir darüber jetzt keine Sorgen. Ich denke nicht, dass die jetzt im Moment versuchen werden, dich zu steuern. Die haben bestimmt gerade andere Sorgen. Du hast denen ja ziemlich gut eingeheizt da oben …"

Henry lächelte ihn beruhigend an.

„Bitte …", flüsterte Stefan, „in der Klinik, da … holt, … holt das aus mir raus … will nicht so enden wie …"

Seine Stimme erstarb. Sein Hals war so trocken, dass er keinen Ton mehr zustande brachte. Henry sah ihn an und nickte.

„Ich verstehe dich, Mann. Wir werden das alles regeln. Du wirst nicht wie die Kaputten, dafür sorg ich. Sobald wir in der Klinik sind, kümmere ich mich um alles. Das ist jetzt alles bald vorbei, glaube mir."

Stefan nickte und sank wieder in sich zusammen. Dann sah er noch einmal zu Henry und presste „Becca" hervor.

Henry griff vorsichtig nach hinten und tätschelte unbeholfen sein Knie.

„Kümmern wir uns auch drum. Sie ist in Sicherheit. Wir rufen Major Hendricks an, sobald wir in der Klinik sind. Es ist bald vorbei."

Stefan schloss wieder die Augen. Henrys letzter Satz hallte in seinem Kopf wider. Etwas störte ihn daran, aber er kam nicht darauf, was es war. Er hörte noch, wie Professor Keppler leise etwas sagte, aber die Worte ergaben keinen erkennbaren Sinn mehr. Dann verschwamm die Welt wieder, und er sank in tiefe Bewusstlosigkeit.

30

Februar, Projektbesprechung der EU-Verteidigungskommission

Der Sitzungsraum 109 war unauffällig. Ein großer Halbkreis aus Tischen, gruppiert um den Sprecherplatz vor einer Projektionsleinwand in der Mitte wirkte er wie eine kleine und unscheinbare Ausgabe eines Plenarsaales. Doch wie so oft war es dieser eher unscheinbare Ort, an dem die wichtigen Dinge verhandelt und entschieden wurden. Alle Anwesenden an den Tischen vor ihr waren Entscheider aus verschiedensten europäischen Verteidigungsministerien. Wirkliche Entscheider, nicht die Clowns, die alle paar Jahre neu gewählt wurden und dann vor der Presse irgendwelche Erklärungen abgaben. Hier saß die wirkliche Macht. Frauen und Männer, die selten in den Nachrichten auftauchten, aber dafür beständig und professionell die Europäische Union weiterentwickelten. Fayola Chedjo sah in die vor ihr versammelte Runde. Die Anhörung war bis jetzt gut verlaufen. Ihre Präsentation war kurz, sachlich und schlüssig gewesen, so, wie man es von ihr erwartete.

„Gibt es Fragen bis hierher?“, sprach sie mit fester, voluminöser Stimme in die Runde.

Zunächst antwortete keiner der Anwesenden. Sie ließ abermals ihren Blick schweifen. Sie hatte es weit gebracht, von dem armen schwarzen Mädchen aus der Banlieue zur Projektleiterin in einem der mächtigsten Konzerne in Europa. Das Förderstudium in Paris, gute Kontakte und ihr eiserner Machtwille hatten ihr eine Karriere ermöglicht, von der andere nur träumen konnten. Und sie würde sich hier und heute wieder einmal beweisen.

Ein älterer, schmächtiger Mann hob seine Hand. Sie sah zu ihm hin. Eric Van Damme, der Belgier. Sie nickte ihm zu.

„Was ist mit den Kollateralschäden? Ich verstehe Ihren Ansatz, einen Test unter realen Bedingungen durchzuführen, und wir haben das ja auch genehmigt. Aber ich hätte mir das Ganze, nun, vielleicht ein wenig leiser gewünscht."

Fayola nickte und erwiderte seinen Blick selbstbewusst.

„Mr. Van Damme, ich verstehe Ihre Sorgen. Und natürlich war das Ganze auf Ihrem Territorium und betrifft somit Ihre Kommunikationsarbeit ganz besonders. Aber Sie können davon ausgehen, dass wir für alles vorgesorgt haben. Ein schlüssiges Narrativ für die Öffentlichkeit war ja Teil unserer vereinbarten Leistungen, und diese haben wir selbstverständlich auch erfüllt."

Sie machte eine kurze Pause und ließ den Blick ihrer ausdrucksstarken, dunklen Augen über die Anwesenden streifen.

„Was in Belgien passiert ist, war offiziell das Werk rechtsradikaler Elemente mit Kontakten zu diversen Militäreinheiten. Ein Überfall auf ein militärisches Lager am Flughafen, bei dem die Täter sich erhofften, Sprengstoffkomponenten zu erbeuten. Die Täter wurden bei dem Versuch getötet. In ihren Wohnungen werden in den kommenden Tagen Pläne für einen Anschlag gefunden werden, den die belgischen Behörden und Europol so gemeinsam verhindert haben."

Sie drückte eine Taste auf ihrer Fernbedienung, und auf der großen Leinwand hinter ihr erschienen vier Gesichter von jungen Männern in Tarnkleidung. Alle hatten kantige Gesichter, borstig kurz rasierte Haare und einen grimmigen Ausdruck. Einer von ihnen hatte ein umgedrehtes „R" und ein Lambda auf den Hals tätowiert.

„Die Täter wurden sorgfältig ausgesucht, und Befragungen bei Kameraden werden ergeben, dass alle vier radikale Neigungen aufwiesen und auch in entsprechenden Chat-Gruppen kommunizierten."

Sie lächelte kurz säuerlich.

„Niemand wird sie also vermissen …"

Van Damme nickte anerkennend, bohrte aber weiter nach.

„Aber warum mussten Sie eine von uns dafür opfern? Mrs. Moreau war schließlich in leitender Funktion …"

Fayola schnitt ihm mit einer herrischen Geste das Wort ab.

„Wir waren uns alle darüber klar, dass diese Option bestand. Und – bei allem Respekt … Wir haben uns ja bewusst für Mrs. Moreau entschieden, weil sie so stark ideologisch motiviert war … und damit leichtgläubig und sehr einfach zu führen. Und es war klar ausgemacht, dass wir für den Test einen autarken Gegenspieler benötigten, der eine strategische wie auch persönliche Herausforderung realistisch abbilden konnte."

Dann entspannte sich ihr Gesicht und sie bedachte ihr Gegenüber mit dem charmant-entwaffnenden Lächeln, das ihr schon viele Türen geöffnet hatte.

„Damit will ich Ihnen natürlich nicht zu nahe treten, Mr. Van Damme. Ich weiß, dass sie lange in Ihrem Stab war. Aber so haben Sie selbst dazu beigetragen, das Projekt so real wie möglich ablaufen zu lassen. Dafür gebührt Ihnen unsere Anerkennung!"

Van Damme überlegte einige Sekunden und nickte dann. Einige andere aus der Gruppe sprachen leise miteinander. Fayola konnte ihre Bewunderung geradezu körperlich spüren. Sie war die Königin, die unangefochtene Meisterin dieser Leute. Als niemand sonst eine Frage stellte, fuhr sie fort.

„Dann gehen wir jetzt zu den technischen Details über. Ich möchte dazu noch besonders die Leistungen eines jungen Mitarbeiters hervorheben, dessen Einsatz und Fähigkeiten ich hier gar nicht genug loben kann! Mr. Cols, würden Sie unseren Gästen einige Details selbst vorstellen?"

Henry erhob sich von seinem Stuhl am Rande des Konferenztisches: Seine Haare waren frisch geschnitten, sein Gesicht glattrasiert, und der dunkelblaue Anzug gab ihm eine seriöse Ausstrahlung. Er war sichtlich stolz, als er von seiner Chefin die Fernsteuerung übernahm. Er räusperte sich.

„Nun, Sie alle kennen mich ja …" Er lächelte etwas nervös.

„Also, was vielleicht das Wichtigste ist: Wir sind einsatzbereit. Alle Tests wurden mit Bravour absolviert. Die Steuerbarkeit war perfekt, gerade mit der Synthese der zwei Persönlichkeitsaspekte. Der Proband hat alle Befehle umgesetzt, jedoch zu keinem Zeitpunkt seine eigene Kreativität und Spontaneität verloren. Eine Fallbackoption in die ursprüngliche Persönlichkeit war ebenfalls abrufbar."

Er spürte, wie seine Wangen warm wurden vor Stolz. Hinten vom Konferenztisch hob eine ältere Frau mit heruntergezogenen Mundwinkeln, deren Namen er nicht kannte, die Hand mit einer Zwischenfrage.

„Wie haben Sie denn bitte die Kontrolle sichergestellt? Ihr ...", sie zögerte und suchte nach passenden Worten, „... Gerät ... war ja relativ viel unterwegs, wie wir gehört haben!"

Henry strahlte vor Freude und drückte eine Taste der Fernbedienung. Das Foto eines kleinen, unscheinbaren Kästchens erschien auf der Leinwand.

„Ich habe erwartet, dass diese Frage kommen würde ... und wir haben uns natürlich auch gefragt, wie wir für den Test absolute Sicherheit gewährleisten können. Ich habe daher dem Probanden diesen Sender mitgegeben, mit einer entsprechenden psychologischen Motivation, diesen keinesfalls abzulegen. Damit hatten wir zu jeder Zeit vollen Zugriff auf das Kontrollsystem, sowie auf die GPS-Daten. Nur zur Sicherheit natürlich, falls etwas aus dem Ruder gelaufen wäre."

Er holte tief Luft und rief dann ein neues Bild auf der Leinwand auf.

„Alle Teile der Live-Mission wurden ansonsten ausschließlich über externe Hinweise und Szenarien gesteuert, der Proband hatte zu keinem Zeitpunkt Verdacht und handelte aus eigener Motivation, mit eigener taktischer

Planung. Das Narrativ wäre somit, auch für den Fall, dass der Assassine in Feindeshand fällt, auch bei verstärkten Verhörmethoden absolut wasserdicht. In diesem Zusammenhang auch noch mal mein Dank an Major Hendricks. Vertrauenspersonen sind für ein passendes Narrativ hier natürlich absolut essenziell."

Er räusperte sich kurz und wies auf den Major, der in einer frisch gebügelten Uniform der Bundeswehr am Tisch saß.

„Major Hendricks hat im Übrigen auch dafür gesorgt, dass alle weiteren störenden Personen im Nachgang unauffällig eliminiert wurden. Es gibt also hier keine Probleme. Ich übergebe für die weitere Präsentation an ihn persönlich, als unseren Koordinator und militärischen Planungsoffizier."

Henry drückte abermals auf die Fernbedienung. Das Bild wechselte zu einem grobkörnigen Video. Gleichzeitig stand Major Hendricks auf und stellte sich neben die Projektionsleinwand. Er ließ das Video einige Sekunden laufen und begann dann in sachlichem Ton seine Erklärungen.

„Auf der Aufnahme der Überwachungskamera sehen Sie exemplarisch noch die Reaktionsgeschwindigkeit. Der Proband ist jetzt im vollen Kampfmodus, die originäre Persönlichkeit ist temporär abgeschaltet. Der Übergang ist fließend und stufenlos."

Beeindruckt sah die Gruppe auf die Leinwand. Die Militärs unter ihnen waren besonders gebannt, raunten einander Kommentare zu und gestikulierten.

„Ich darf dazu noch anmerken, dass der Proband in dieser Situation bereits stark erschöpft und desorientiert war. Trotzdem war eine Funktionalität zu hundert Prozent gegeben. Reaktionszeiten, Waffenbeherrschung und Zugriff auf das im Programm angelegte taktische Wissen sind perfekt. Ein Assassine dieses Typs ersetzt ohne Weiteres bis zu zwanzig gut ausgebildete Soldaten. Unsere Aufgabe als Rüstungskonsortium war es, Ihnen eine technologische Alternative zu schaffen, die Ihnen sowohl den Aufbau einer schlagkräftigen und unabhängigen Europäischen Armee, als auch die Möglichkeit einer geheimdienstlichen Nutzbarkeit entwickeln konnte. Wir können aus militärischer Sicht und im Sinne des Auftrages sagen … Test bestanden …"

Einige der Anwesenden klatschten zögerlich in die Hände, andere nickten anerkennend.

„Ich möchte noch anmerken, dass wir uns entschlossen haben, Zeugen, die eventuell vertrauliche Informationen weitergeben könnten, zu eliminieren. Diese Entscheidung haben wir uns natürlich nicht leicht gemacht, aber im Sinne der wichtigen Aufgabe dieses Gremiums war die Sicherstellung der Diskretion unumgänglich. Der Leiter der Klinik, Professor Keppler, ist daher im Januar umgehend nach Ablieferung des Assassinen in der Klinik gemeinsam mit seiner Tochter Rebecca bei einem Autounfall in seinem Fahrzeug ums Leben gekommen. In seinem Blut fanden die Ermittler der deutschen Polizeibehörden einen hohen Alkoholanteil."

Er holte tief Luft, machte ein paar Sekunden lang ein betroffenes Gesicht. Dann lächelte er schmallippig.

„Die Privatklinik wurde im Februar an eines unserer beteiligten Forschungsunternehmen im Konsortium verkauft und steht somit nun anstelle des Stützpunktes in

Belgien für weitere medizinische Forschung und Erprobung zur freien Verfügung. Sämtliche Mitarbeiter sind natürlich sozialverträglich ausgetauscht worden. Auch hier wird es also keinerlei Auffälligkeiten oder lose Enden geben. Wir wollen ja schließlich keine Verschwörungstheoretiker auf den Plan rufen."

Seine letzten Worte riefen unterdrücktes Gelächter bei einigen der Anwesenden hervor.

Henry und der Major standen noch ein paar Sekunden da, bis Fayola Chedjo ihnen mit einem kurzen, strengen Blick zu verstehen gab, dass ihre fünf Minuten Ruhm nun vorbei waren. Hendricks räusperte sich noch einmal und ging gemeinsam mit dem jungen Techniker eilig zu seinem Stuhl zurück.

Fayola schenkte ihnen ein strahlendes Lächeln und zeigte noch einmal in Richtung der beiden.

„Nun, ich möchte nochmals anmerken, dass Herr Cols nicht nur als technischer Projektleiter hervorragende Arbeit geleistet hat, sondern auch zu diversen Zeitpunkten unter beträchtlicher Gefahr für sein Leben agieren musste. Trotz allem, dass wir stets die Kontrolle hatten, dürfen wir nicht vergessen – ein Assassine ist eine absolut tödliche Waffe … wie sie im Vortrag von Herrn Major Hendricks gerade eben gesehen haben."

Sie ließ einige Sekunden verstreichen, sah jedem der Anwesenden bedeutungsvoll in die Augen. Dann ließ sie eine Weltkarte auf der Leinwand erscheinen. Sie deutete auf diverse rot markierte Regionen.

„Die Werte der Europäischen Union werden in Zukunft immer mehr verteidigt werden müssen. Gegen Feinde im

Äußeren, aber auch im Inneren. Über Jahre war es kaum möglich, eine ausschließlich über die Europäische Ebene kontrollierte Armee ohne lästige Mitsprache der Nationalstaaten in den Dienst zu stellen. Unser Assassinen-Modell ist die Lösung Ihres Problems. Wir geben Ihnen somit nach nur wenigen Jahren Entwicklungsarbeit hiermit den Schlüssel, die Freiheit und Demokratie nach Europäischen Werten in der Welt zu etablieren. Europa kann nun bald auch militärisch ebenbürtig neben den Großmächten stehen. Assassinen-Modell A-100 ist geeignet als perfekt kontrollierbare, intelligente Waffe für militärische Großeinsätze, ebenso wie für diskrete, geheimdienstliche Aufgaben."

Fayola sah auf die Gruppe vor ihr. Alle hörten nun gebannt, fast atemlos zu. Sie fraßen ihr aus den Händen. So wie sie es gewohnt war. Zweiunddreißig Männer und Frauen saßen vor ihr, teils in Anzügen und schlichten, aber teuren Businesskostümen, manche auch in Militärkleidung. Alle von ihnen waren weiß. Sie musste bei dem Gedanken, wie diese machtbewusste und überhebliche Gruppe sie am Anfang argwöhnisch und von oben herab behandelt hatte, unweigerlich lächeln. Der Argwohn war geblieben, aber sie hatte Resultate geliefert, die die Arroganz dieser Typen pulverisiert hatten. Sie setzte zum Höhepunkt ihrer Präsentation an.

„Und diese Waffe, die gehört jetzt Ihnen. Ich denke, dass mit dem erfolgreichen Abschluss des Live-Tests nun Ihrer Freigabe für die Fertigung der ersten einhundert Einheiten zur Problemlösung in Westafrika nichts mehr im Wege steht. Oder wie sehen Sie das?"

Eine Weile herrschte Schweigen, dann stand einer der Generäle auf und lehnte sich über den Tisch. Seine wässrigen Augen fixierten sie, um seinen schmalen Mund spielte ein spöttisches Lächeln. Matteo Formici, der Italiener. Sie konnte ihn nicht ausstehen. Ein Macho, deutlich über sechzig Jahre alt, ein Militär vom alten Schlag, der sich selbst überschätzte. Dennoch lächelte sie ihm aufmunternd zu. Er hatte immerhin noch einen gewaltigen Einfluss in der Kommission.

„Und wie sollen die aussehen? Da unten brauchen sie doch …“, er zog das Wort genüsslich in die Länge und starrte sie dabei anzüglich an, „Neeger! So wie Sie! Ihr Assassine fällt da unten doch auf wie ein Clown!“

Sie ließ sich ihre Empfindungen für diesen Kretin trotz der offenen Provokation nicht anmerken. Ihr Gesicht blieb eine freundlich lächelnde, professionelle Fassade, ihre Stimme war ruhig, besonnen, neutral.

„Danke, General Formici, für Ihren Einwand. In unseren vertraglichen Leistungen für die Befriedung der afrikanischen Ex-Kolonien ist der Aufbau einer NGO inbegriffen, welche lokalen Verwundeten und Kranken medizinische Hilfe zukommen lässt. Tatsächlich existiert diese NGO – wie bereits einige andere – an anderen strategischen Punkten schon heute. So rekrutieren wir in Nord- und Westafrika lokale Assassinen, perfekt getarnt, mit perfekter Geschichte, und ohne offizielle Verbindung zu dieser Gruppe. Sie leben augenscheinlich wieder ein normales Leben, sind auf keiner Gehaltsliste, aber trotzdem jederzeit einsatzbereit. “

Der spontan einsetzende Applaus der anderen war ein Labsal. Der General setzte sich wieder und fing ebenfalls an, widerwillig in die Hände zu klatschen. Sie konnte es sich nicht verkneifen, ihn breit anzugrinsen. Niemand konnte ihr das Wasser reichen, schon gar nicht so ein dumpfer, alter Mann. Seine Zeit war vorbei. Frauen wie sie selbst waren es, die von jetzt an die Welt zu einem besseren Ort machen würden.

Sie sah in die Runde. Schaltete den Projektor in der Decke mit einem kurzen Tastendruck aus.

„Dann darf ich Ihnen jetzt unseren Star vorstellen, das Resultat von vielen Jahren Forschung, Entwicklung und fantastischem Teamwork. Wir haben ihn komplett wieder instandgesetzt, damit Sie heute in den Genuss einer persönlichen Begutachtung kommen. Darf ich vorstellen … Assassine A-100!"

Die Tür zu dem Sitzungssaal öffnete sich. Fayola konnte hören, wie einige am Tisch scharf einatmeten. Raunendes Getuschel begann.

Der Assassine betrat mit ruhigen Schritten den Raum. Er trug einen schwarzen Anzug mit weißem Hemd und gedeckter Krawatte. Seine Haare waren modisch geschnitten, und bis auf die kleinen, halb verheilten Verletzungen in seinem Gesicht sah er aus wie ein junger, aufstrebender Geschäftsmann. In seinem Kopf war gleichgültige Stille. Die Wunde an seiner Seite war versorgt und genäht worden, heilte aber nur langsam. Die verbleibenden Schmerzen registrierte er bei jedem Schritt, aber sie störten ihn nicht. In seinem Kopf geisterten ab und an kurz Namen herum. Stefan. Rebecca. Er nahm sie wahr wie plötzlich aufblitzende Reflektionen, wusste aber damit nichts anzufangen. Es war bedeutungslos geworden. Mit gleichgültiger Ruhe stellte er sich vor den Konferenztisch und wartete. Nach einigen Minuten ehrfürchtigen Schweigens standen die Ersten auf und gingen vorsichtig zu ihm. Eine jüngere Frau mit pechschwarzen Haaren trat vor. Sie gehörte zur spanischen Delegation und war eine erfrischende Ausnahme unter den abgebrühten Machtpolitikern in der Gruppe. Sie berührte vorsichtig sein Gesicht und zuckte dann zurück.

Ihre Wangen wurden rot und sie sah leicht verlegen zu Boden. Das Gemurmel der Anwesenden wurde lauter. Immer mehr standen nun auf und scharten sich um ihn. Der Assassine registrierte jede Bewegung, doch er selbst blieb regungslos. Er sah die junge Frau ausdruckslos an und erwartete neuen Input.

„Ist er … ist er … kann er …“, fragte die Frau stammelnd. Sie war sichtlich aus der Fassung.

Fayola lächelte sie warmherzig an.

„Er nimmt alles wahr, so wie ein normaler Mensch. Aber seine ursprüngliche Persönlichkeit ist komplett gelöscht, aus Sicherheitsgründen. Er hat keine eigenen Gedanken und Gefühle mehr. Aber er ist jederzeit bereit für eine Mission. Ohne Fragen. Ohne Zweifel … Und ohne Gewissen. Zum Einsatz für Frieden und Demokratie“, fügte sie abschließend hinzu.

Die Frau nickte eifrig und lächelte ebenfalls.

Langsam und unauffällig zog sich Fayola Chedjo von den anderen zurück. Sie winkte Henry und den Major heran und wies sie an, sich unter die Gäste zu mischen und Fragen zu beantworten. Dann zog sie sich leise zurück in eine Ecke des Raumes und beobachtete das Ganze. Sie war müde, aber auch glücklich. So viele Jahre harter

Arbeit. Nun war es geschafft. Ihre Arbeit war nicht immer leicht gewesen, es hatte vieles abzuwägen gegeben, harte Entscheidungen, Opfer und viele Entbehrungen. Aber am Ende war es doch immer ein gutes Gefühl, Erfolg zu haben und auf der richtigen Seite zu stehen.

THE END

Helmut Wlasak

In allen Punkten

ISBN 978-3-99200-287-0
320 Seiten, Klappenbroschur
(D) **€ 19**

In uns allen schlummern vielleicht potenzielle Täter und Täterinnen. Der Strafrichter Helmut Wlasak weiß aus seiner jahrzehntelangen Erfahrung: Geschieht etwas gänzlich Unvorhergesehenes, können Menschen zu Reaktionen fähig sein, die sie sich selbst niemals zugetraut hätten. Neben versuchtem Mord und Totschlag, islamistischem Terrorismus, Körperverletzungen, häuslicher Gewalt, Drogendeals, Einbrüchen und Betrug taucht der Autor ein in die Abgründe menschlicher Schicksale. Im alltäglichen Strafbereich ergeben sich dabei auch immer wieder unfreiwillig komische, absurde und lustige Situationen. Dieses Buch erzählt Geschichten von Menschen, deren Leben anders verlaufen sind als sie es jemals erwartet oder geplant hätten.

Johannes Ballestrem
Somnambulia
Thriller

ISBN 978-3-99200-209-2
192 Seiten, Klappenbroschur
(D) **€ 18**

Der schottische Altphilologie-Student Louis Macreiffe wird im Laufe eines halben Jahres mit einer Reihe unerklärlicher Ereignisse konfrontiert. Spuren führen in die Antike und zum hellenistischen Mysterienkult von Eleusis. Auf der Suche nach Antworten stoßen der legendäre Geschichtsprofessor Fitzpatrick und seine Getreuen in Istanbul auf ein Palimpsest. Die ausgewetzten Schriftzeichen deuten darauf hin, dass der geheime Ritus von Eleusis Übernatürliches zutage fördert. Genau das ist das Ziel des Hohepriesters von Eleusis, des sogenannten Hierophanten. Seine Reisen führen ihn zum Klosterberg Athos, ins jordanische Petra und schließlich nach Havanna, wo er die Ritualgegenstände des antiken Kultes wieder vereint. Bald wird klar, dass es um mehr geht als nur Einzelschicksale – der Rückfall in die Dunkelheit vorchristlicher Zeiten steht bevor. Alte Bekannte manifestieren sich in neuer, schrecklicher Gestalt. Die letzte Hoffnung: eine alte Oxforder Tradition, deren wahrer Sinn in Vergessenheit geraten ist.

Ludwig Cardano
Trockeneis
Thriller

ISBN 978-3-99200-313-6
ca. 380 Seiten, Klappenbroschur
ca. (D) **€ 19**

In einer Wiener Villa geschehen eigenartige Dinge: Der ebenso reiche wie zwielichtige Rudolf Gollner soll erpresst werden. Gollner, gut vernetzt in der Unterwelt, wehrt sich – aber alles läuft aus dem Ruder. Er stirbt bei einem Gärunfall in seinem Keller. Die Polizei glaubt nicht an einen Unfall. Verdächtig sind der Universalerbe und Stiefsohn Markus Gollner und dessen Frau Amalie, die in den höchsten Charitykreisen engagiert ist, aber auch der Neffe des Opfers, ein Chemiker. Markus hatte vor dem Tod seines Stiefvaters mit dem Chemiker Kontakt und wollte vom Fachmann einiges wissen, zum Beispiel die Eigenschaften von Trockeneis. Welche Rolle spielt der Neffe wirklich? Die Opferzahl steigt, und die ratlosen Ermittler finden die Mordwaffen nicht. Sie lösen sich jedes Mal buchstäblich auf; beunruhigend, womit man außer Schuss-, Hieb- und Stichwaffen noch so morden kann.

Ludwig Cardano

Die Glocke

Thriller

ISBN 978-3-99200-238-2
432 Seiten, Klappenbroschur
(D) **€ 19**

Als der Schriftsteller Michael Manolis in einer angeblich verlassenen Seevilla die Silhouette einer Frau sieht, ist seine Neugier geweckt. Er begibt sich heimlich an den Ort und entdeckt nicht nur einen Betonbunker und ein im Wasser liegendes Klein-U-Boot, sondern belauscht auch ein Gespräch zwischen Baron Coltrano, einem älteren Mann im Rollstuhl, und dessen Gehilfen. Das U-Boot soll zur Bergung eines Nazi-Schatzes dienen. Elena, die Tochter des Barons, steht dem Vorhaben misstrauisch gegenüber und vertraut sich Manolis an. Vor den Augen des Schriftstellers entfesselt sich nun eine gefährliche Jagd nach dem sagenumwobenen Schatz, der geheimnisvollen „letalen Glocke". Steckt hinter dem legendären Artefakt aus dem Zweiten Weltkrieg ein reales Gerät – und wenn ja, wozu dient es? Und als Auszüge aus einem fiktiven Tagebuch eines Nazi-Wissenschaftlers auftauchen, ist nicht mehr auszumachen, was der Realität oder purer Täuschung entspricht.

Iva Procházková

Der Mann am Grund

übersetzt von Mirko Kraetsch

ISBN 978-3-99200-222-1
448 Seiten, Klappenbroschur
(D) **€ 19**

Ein Leichenfund nahe Prag sorgt für Wirbel: Ein für seine sehr speziellen Methoden bekannter Polizist wird, tot in seinem Auto sitzend, auf dem Grund eines Baggersees entdeckt. Die Spuren führen den Prager Hauptkommissar Marián Holina und seinen jungen Kollegen Diviš Mrštík unter anderem zu einem Marihuana-Züchterpärchen, einem renommierten Architekten und der Inhaberin einer Sprachschule. Der Kreis der Verdächtigen wird immer größer, das Zweierteam braucht Verstärkung. Die wird ihm nicht nur in Gestalt der für den eher bedächtigen Holina übereifrigen Kommissarin Lída Šotolová zugeteilt, sondern auch Holinas Geliebte Sabina, pikanterweise die Ehefrau eines seiner Kollegen, wird als Astrologin zu Rate gezogen und erstellt Horoskope. Als im Laufe der Ermittlungen auch noch mehrere Zeugen, die etwas Licht in den Fall hätten bringen können, auf teils spektakuläre Weise ums Leben kommen, wird klar, dass der Mord mit einer Vergangenheit zusammenhängt, in der gleich mehrere der Verdächtigen etwas zu vertuschen haben.

Ethan Bayce

Mount Maroon

Thriller

ISBN 978-3-99200-057-9
480 Seiten, gebunden
(D) **€ 21,90**

Peter Saunders erwacht in einem Krankenhaus in Cincinnati. Er hat wirre Vorstellungen von einem Autounfall und einer Wanderung mit seinem Freund Luther, die in einem heftigen Gewittersturm endete. Darüber hinaus hat er Erinnerungen an ein Leben, das er offenbar nie geführt hat. Was Saunders nicht weiß, ist, dass er während eines unglaublichen Experiments in einem Forschungstunnel des Mount Maroon Laboratory entdeckt wurde. War er für die gewaltige Explosion verantwortlich, bei der zwei Techniker getötet wurden? Ist er ein Umweltschützer oder gar ein Terrorist? Dann tauchen mysteriöse Fakten auf. Als Peter Saunders eine schreckliche Entdeckung macht, beginnt eine wilde Jagd auf der Suche nach Identität und Wahrheit.